AF196350

Gunter Stemmler

Die Theatersynode.

Ein historischer Reise-Roman

© 2020 Gunter Stemmler

Verlag & Druck: tredition GmbH, Halenreie 40-44, 22359 Hamburg.

ISBN: 978-3-347-06742-4 (Paperback)

Bibliografische Information der Deutschen Nationalbibliothek: Die Deutsche Nationalbibliothek verzeichnet diese Publikation in der Deutschen Nationalbibliografie; detaillierte bibliografische Daten sind im Internet über http://dnb.dnb.de abrufbar

Fotografische Kreationen Front- und Backcover:
© Tom Zimmermann, Frankfurt am Main 2020

Protagonisten

Cornelia Aurora, genannt "Ruth"
Die Mama. Sie ist eine reiche Unternehmerin.

Julia Aurora
Julia ist die Tochter. Sie wird verlobt und verliebt sich.

Monica
Julias Sklavin mit gesegneter Stimme.

Helena
Die Tante.

Rosa
Die Nachbarin.

Lucius Aurelius Pulvis
Die Hauptperson, besucht als Gast die Synode.

Gaius Claudius Ulpianus
Kaufmann und Erfinder, ist Lucius bester Freund.

Aulus Agentius Afer, Spitzname: der "Schöne"
Afer verdient sein Geld als Theaterdirektor.

Numerius Granius Atrox
Numerius wird zum Bischof von Perge geweiht.

Und Bischöfe, Sklaven, Politiker, Helfershelfer.

Inhalt

Wir befinden uns im Jahre 225 n.Chr. im Süden der heutigen Türkei, und zwar bei Side in der Nähe von Antalya, wo die deutschen Touristen mit dem Flugzeug ankommen. Damals reiste man im Römischen Reich zumeist per pedes.

1
Nach Side

Es war früh am Morgen. Auf dem Weg zum Strand gab es größere Pfützen; manche waren beinahe kleine Seen. In letzter Zeit hatte es im Süden wiederholt geregnet - zum Teil sogar heftig.

Gestern war das Wetter umgeschlagen: es würde sonnige Tage geben. Der Frühling war endlich da. Für die Menschen waren die Monate vorbei, wenn nachts alle froren, weil die Holzkohlenfeuer kaum die Zimmer wärmten.

Deshalb gehörte eine dicke Decke zum Reisegepäck des christlichen Priesters, der in Richtung Strand ging, außerdem Schreibzeug, einige heilige Schriften, ebenso auch Abschriften heidnischer Philosophen. Er war auf dem Weg zur Synode nach Perge. Doch zuvor wollte er einen guten Freund in Side besuchen. Dafür machte er einen kleinen Umweg.

Weil er aus einer anderen Provinz kam, gehörte er nicht zu den Mitgliedern der Synode; er kam als Gast und Beobachter. Er galt als intellektueller Kopf; und er hielt es für möglich, daß man ihn um Rat fragen würde, obwohl er gerade 30 Jahre alt war. Er war jedenfalls vorbereitet. Sicher ist sicher, hatte er sich gedacht. Es würde einen hitzigen Disput geben, schärfer als ihm lieb war.

Das Thema, das auf der Synode beraten werden sollte, war seinem Bischof genannt worden. Und der hatte es ihn natürlich wissen lassen:
Darf ein Christ das Theater besuchen?
Soll dieses bestehende kirchliche Verbot aufgehoben werden?
Die ethischen Maßstäbe waren rigoros, als der christliche Glaube das Römische Reich eroberte.

Der Priester erreichte den Strand, an dem entlang er auf dem kürzesten Weg nach Side gehen wollte. Der feinkörnige Sand gab leicht unter seinen Füßen nach. Sein Blick erfaßte einen Tempel in der Ferne. Weiß ragten die Säulen über dem blauen Meer in die Höhe. Ein faszinierendes Bild. Er mußte sich zur Abscheu zwingen, denn zu schön war der Anblick dieses Bauwerks, in dem der Aberglaube regierte. Die Morgensonne machte das Weiß noch strahlender, ließ den Bau noch schlanker erscheinen, das Giebeldreieck noch prächtiger. Der Priester registrierte den Glanz und die Pracht, sah darin Vorteile der "Konkurrenz"; verführerisch für Schwache, die von Äußerlichkeiten leicht beeindruckt werden. Es war seine Aufgabe, geistige Bilder von der Schönheit des Paradieses zu schaffen, die Attraktivität der inneren Werte erfahrbar zu machen, das Sein statt des Schein so zu betonen, daß es nicht schwächlich wirkte.

Er schritt zügig voran. Hätte er gewußt, was ihm bevorstand, wer weiß, ob sein Schritt nicht zögerlicher gewesen wäre. Zwar teilte er als frommer Christ die Anschauung seiner Glaubensbrüder, es sei eine göttliche Gnade, für Christus zu sterben. Jedoch war dies bei ihm eine Überzeugung seines Verstandes, nicht seines Herzens: Er war nicht erpicht darauf, zu leiden oder gar als

Märtyrer zu sterben. Noch sah er seine Zukunft sehr verheißungs-
voll, denn er kannte sie nicht. Er dachte allein an die Aufgabe, die
er erfüllen wollte - weshalb er zu der weiten Reise aufgebrochen
war.

Die Stadt, die der christliche Priester Lucius Aurelius Pulvis in
einer knappen Stunde erreichen wollte, war Side. Side war die
Hauptstadt der römischen Provinz Pamphylien. Sie füllte eine
Halbinsel von ca. einem Kilometer Länge und 400 Meter Breite,
die ungefähr in Nord-Süd-Richtung aus einer ansonsten eher
geraden Küstenlinie mitten ins Meer ragt. An der südwestlichen
Spitze dieser Landzunge lag der Hafen mit seinem weiten Becken.
Daneben stand der besagte Tempel. Side war eine Handelsstadt.
Dabei war Side größer als die Halbinsel: Die Stadt erstreckte sich
über einige hundert Meter ins Festland hinein. Der Friedhof, zu
dem einfache Gräber wie prächtige Mausoleen gehörten, lag
außerhalb der Stadtmauern im Westen; es wurde viel Wert auf
eine stattliche Grabstätte gelegt. Dann kamen - wie im Osten der
Stadt - die Armeleuteviertel mit ihren wackeligen Holzhütten.

Lucius war stämmig gebaut und dabei muskulös wie ein
Bauarbeiter. Bei seinem energischen Schritt kam er früher an als
geplant. Der Priester sah die dreistöckige, hellverputzte
Stadtmauer, die, wie in der Gegend üblich, aus schweren
Zementquadern zusammengefügt war. Die Stadtväter hatten die
Mauer massiv bauen lassen, nicht aus militärischen Gründen,
sondern um damit anzugeben. Es war ein Statussymbol der Stadt -
wie das prächtige römische Theater. Die Stadtmauer hätte einer
feindlichen Belagerung kaum widerstanden, da in ihr stadt-
auswärts gerichtete Verkaufsräume lagen, womit ihre Festigkeit
im Fall der Fälle entscheidend geschwächt war. Im übrigen ging

es im Römischen Reich in jener Zeit im großen und ganzen friedlich zu. Es gab immerhin ab und an kleinere Räuberbanden, die manche Gegend unsicher machten, und die von den Statthaltern immer weniger eingedämmt werden konnten. Denn entlaufene Sklaven oder andere, von der Gesellschaft Ausgestoßene hatten nichts zu verlieren. Und im allgemeinen waren die Menschen zu passiv: Es mangelte an Verantwortungsgefühl, Bürgersinn und Eigeninitiative. Der kleine Mann wollte nur Brot und Spiele - langfristige Folge einer Politik, die auf Oberschicht und Lumpenproletariat ausgerichtet war.

Lucius sah ein kleines Tor zum Wasser hin liegen. Auf das schritt er zu - und hatte zu seiner Rechten schon die hohe Stadtmauer, die nur durch einen schmalen Strand vom Mittelmeer getrennt war. Nach dreihundert Metern erreichte er dieses Tor östlich der Staatsagora, dort, wo die Halbinsel aus der Küstenlinie herausragt. Der Priester wollte nicht viel Zeit verlieren und fragte sogleich einen Torwächter nach dem Weg zu der Hafentherme. Lucius sprach Griechisch, die Lingua franca des östlichen Mittelmeeres. Jeder sprach es - mindestens bruchstückhaft. Latein konnten nur Gebildete, Militärs oder höhere Staatsbeamte. Lucius ging in Richtung des Bades am Hafen, von dem, wie er wußte, wenige Häuser entfernt sein Freund Gaius Claudius Ulpianus wohnte.

Gleich durchschritt er die Staatsagora; dann ging es eine Ladenstraße entlang zur Hauptagora. Von dort führte ihn sein Weg nach links durch einen Triumphbogen auf die Prachtstraße, die zur Spitze der Halbinsel ging. Nach Zweidrittel der Wegstrecke, auf Höhe der Großen Therme, bog er nach rechts zur Hafentherme. Dort angekommen, wollte er nach dem Haus seines

Freundes fragen. Ein älterer, geschunden aussehender Mann, den er für einen Hafensklaven hielt, stand wie zufällig da; den wollte er ansprechen. Als christlicher Priester begann er bewußt höflich: "Können Sie mir bitte sagen, wo ..., ach, hat sich schon erübrigt!" Der Sklave sah ihm verwundert nach, wie Lucius mit seinem ganzen Reisegepäck in leichtem Trapp losgelaufen war. Lucius hatte nämlich überraschend seinen Freund Gaius erblickt, wie er das Entladen eines Schiffes überwachte, das am Pier lag. Der bemerkte im Augenwinkel, wie jemand auf ihn zugelaufen kam, und schaute ihn sich genauer an. Als er ihn erkannte, stieß er ziemlich rüde einen schwerbepackten Sklaven zur Seite, daß dessen Last beinahe ins Hafenwasser gefallen wäre, und rannte seinem Freund entgegen. Herzlich umarmten sie sich, hielten einander an den Oberarmen fest, grüßten sich mit dem unter Christen üblichen Friedenskuß und hatten das Getümmel am Hafenbecken vergessen.

"Komm in mein Haus. Du bist schwer bepackt. Da kannst du ablegen. Wie war deine Reise? Ich hatte an beiden Tore Sklaven postiert. Wie konnten die dich übersehen, da ich dich ihnen genau beschrieben hatte? Ich wollte dir bei deiner Ankunft einen großen Empfang bereiten. Und nun bin ich völlig unvorbereitet, habe meine Arbeitskleidung an." Es sprudelte aus Gaius heraus, während er seinem Freund gleichzeitig etwas Reisegepäck abnahm und ihn durch die Gruppen emsiger Hafenarbeiter und Händler zu seinem Haus geleitete. Nach wenigen Schritten waren sie bereits angekommen; auf sein Klopfen öffnete ein Haussklave die Tür.

Ehrfürchtig wurden der junge Hausherr und sein angekündigter Ehrengast begrüßt. Der Umgangston zwischen Gaius und seinen Sklaven war leutselig von seiten Gaius und respektvoll von seiten der Sklaven. Unter ihnen gab es einige Christen. Freigelassen hatte Gaius keinen, als er nach dem frühen Tod seines Vaters Firma und Haus übernommen hatte. Aber er schlug sie nicht, gab den Christen Zeit zum Gebet und zum Besuch des Gottesdienstes. Er hatte einen Hafensklaven nach einem schweren Unfall nicht verstoßen, sondern dessen Frau, die ihm auch gehörte, gestattet, ihn zu pflegen, bis er nach Monaten qualvoll gestorben war. Gaius zerriß nicht Sklavenfamilien, indem er einzelne Sklaven verkaufte; dann veräußerte er schon eher die Familie geschlossen an jemand anders. Denn war ein Sklave falsch, betrügerisch oder besonders faul, verkaufte oder züchtigte er ihn.

Gaius war größer und schlanker als der stämmige Lucius, auch waren Haut und Haare bei ihm heller. Nach einer kurzen Pause im Haus, bei der Lucius sein Gepäck deponierte, gingen sie zurück zum Hafen. Sie setzten sich auf die Reling eines Lastschiffes. Gaius konnte die Leute beaufsichtigen, wie sie das Schiff auch mit seinen Waren beluden. Und man war ungestört, einige Meter abseits vom Trubel der Stadt.
"Wie war die Reise?", fragte Gaius seinen Freund.
"Wie ein Gespräch oder wie eine Lektüre ist mir diese Reise erschienen, da ich intensiv darüber nachgedacht habe, wie ich mich auf der Synode äußern soll."
"Gibt es Streit? Was ist das Thema?"
"Die Christen und das Theater", antwortete Lucius leise und schaute gedankenverloren auf das Wasser.
Gaius legte seine Stirn in Falten und entgegnete: "Es ist gut, daß darüber gesprochen wird. Immer mehr von uns sind der Ansicht, daß man es nicht rigoros verurteilen dürfte. Ist das nicht eine Anpassung an diese Welt, von der wir befreit worden sind? Ist es Angst? Ist es der Zwang der Dinge?"

"Was meinst du mit ´Zwang der Dinge´?"

"Sieh, Lucius. Side ist ein gutes Beispiel: Das Theater dominiert die Stadt. Es liegt im Zentrum der Gesamtstadt und in der Mitte des Halses, wo die Halbinsel beginnt. Wenn man vom Festlandteil der Stadt zum Halbinselteil geht, ist man stets dicht beim Theater. Es ist der höchste Bau und so riesig, daß er alles optisch beherrsch, ja, erdrückt. Tag für Tag stoße ich mich an diesem Bau, reibe ich mich an ihm ..."

"Du warst wohl auch schon da?", fragte Lucius provokativ.

"Beruhige dich", sagte sein Freund, "ich bleibe standhaft, ich weiß, wo die Grenze ist. Aber ..."

"Was ´aber´?", unterbrach ihn Lucius.

"Aber, ich versuche mich in die Haut der anderen zu versetzen. Es erfordert viel Standfestigkeit, sich nicht vom Strom mitreißen zulassen, wenn alle ins Theater gehen. Manchmal denkt man, die ganze Stadt sei in der Aufführung, so strömen sie von allen Seiten zum Theater. Als ob es nichts anderes im Leben gäbe." Und Gaius warf ein Stöckchen ins Wasser, mit dem seine Hände eine Weile gespielt hatten.

"Wer nicht weiß, woher er kommt und wohin er geht, der ist in großer Gefahr, von den Massen mitgerissen zu werden."

"Da hast du Recht, Lucius", warf Gaius ein. "Aber es ist nicht alles ... Entschuldige mich bitte für einen Augenblick. Ich muß mit dem Kapitän sprechen. Meine letzten Amphoren mit Weißwein sind verladen worden. Wir können uns anschließend die Stadt anschauen."

Gaius sprach einige Minuten mit dem Kapitän und kehrte fröhlich lächelnd zu Lucius zurück. "Alles in Ordnung. Laß uns losgehen", sagte er zu Lucius und ging ihm voran. Bei ihrer Besichtigung mußten sie sich durch die vielen Menschen quälen, die die

Straßen von Side bevölkerten. Die Stadt blühte und sah wohlhabend aus. Vor ein, zwei Generationen waren viele öffentliche Bauten errichtet oder gründlich renoviert worden. Mit Marmor hatten die Stadtväter nicht gegeizt. Die Mauern an der Seeseite hatte man verfallen lassen; sie störten nur. Viel Geld und Energie wurde in den Hafen investiert, der Side den Wohlstand brachte, denn der Hafen versandete schnell. Um eine mühevolle Arbeit zu beschreiben, gab es im östlichen Mittelmeer das geflügelte Wort: "Ich muß den Hafen von Side vom Sand befreien."

In den Straßen sah man Gesichter und Hautfarben aus allen Teilen des Imperium Romanum und darüber hinaus. Die Gastwirte und Kleinhändler in Side beherrschten die notwendigen Bruchstücke der wichtigsten Sprachen. Lucius und Gaius kamen an einem beliebten Straßencafé vorbei, wo reiche Jugendliche saßen und aus kostbaren Glasbechern leicht alkoholisierten Fruchtsaft tranken; in Mode waren möglichst exotische Fruchtsorten. Eine Frucht auf dem Glasrand verkündete den anderen, welche Wahl man getroffen hatte.
Einige Meter weiter amüsierten sich Matrosen in einer Bar, obwohl es Vormittag war - oder amüsierten sie sich noch immer? Bei ihnen war ein Kleinkrimineller, der eben noch, ganz Kavalier, spontan einer Frau geholfen hatte, deren Traglast verrutscht gewesen war. Er trug die Haare lang; sie glänzten ölig. Ein Amulett hing an seinem Hals.

Gaius fühlte sich wohl in dem Menschengewimmel - wie ein Fisch im Wasser; Lucius hingegen nicht. Tarsos, wo er lebte und wirkte, war bescheidener, schlichter als Side. Auch war er kein Freund von Menschenmassen, dem Geschrei der Straße oder dem

Gewühl in den Gassen. Er verbrachte statt dessen viel Zeit mit dem Besuch von Gemeindegliedern.

Sie gingen zum Haus von Gaius zurück. Das Mittagessen wartete. Beide hatten Hunger. Sie mußten noch einige Schritte gehen, als Lucius neugierig fragte:
"Und was ist hier links?"
"In der Gasse gehen die Huren ihrem Gewerbe nach", erwiderte Gaius.
"Die lästerliche Gegend können wir uns sparen."
"Das dachte ich mir." Sie grinsten sich an, womit sie zum Ausdruck brachten, daß sie einer Meinung waren.
Eine Wolke verdeckte die Sonne; es wurde umgehend unangenehm kühl, da der Wind von der See recht frisch war. Als sie das Haus erreichten, wich die imposante Wolke. Sogleich strahlte die Sonne kräftig vom Himmel herab. Es kamen weitere Wolken auf, die mit der Zeit grauer wurden. Sie begaben sich zum Mittagessen. Es wurde den beiden Freunden zuerst ein Getränk serviert, um den Appetit anzuregen: ein mit Honig versetzter Wein, von dem beide nur ein kleines Glas nahmen.

Wenige Minuten zuvor, als Gaius und Lucius von der Hauptstraße in Höhe der Großen Therme in Richtung Hafentherme abbiegen wollten, wäre Lucius beinahe von Trägern einer stattlichen Sänfte umgerannt worden. Lucius wußte nicht, wie bedeutsam dieser Mann für ihn noch werden würde, den er hinter den Vorhängen der Sänfte gar nicht zu Gesicht bekommen hatte. Es war der freie Theaterdirektor Aulus Agentius Afer, genannt der "Schöne". Er war in Richtung Theater unterwegs, um vor Ort mit dem Gouverneur der Provinz Pamphylien, Q. Aulus Celsus, das geplante Festprogramm zu besprechen. Das Fest sollte an den Tag erinnern, an dem Kaiser Severus Alexander zum Mitregenten ernannt worden war. Afer demonstrierte seinen gesellschaftlichen Anspruch mit der massigen Sänfte, die von muskelbepackten Trägern mit tiefdunkler Hautfarbe durch die Fußgängermassen gestemmt wurde.

Afer drängte sich selbstbewußt in die Nähe der Männer der Macht. Er war eine stattliche Erscheinung: große Nase, langgewelltes Haar. Er kam im Theater an und begrüßte feierlich den Gouverneur. Es ging um einen neuen Auftrag, über den er sich freute; es winkte ein stattlicher Gewinn.

"Man muß die Feste feiern, wie sie fallen", meinte Afer zum Gouverneur. "Und wie kann eine dankbare Provinz den Kaiser mehr ehren als durch großartige Aufführungen zu seinem Ehrentag?"

"Man merkt, mein lieber Afer", entgegnete kühl der Gouverneur, "Sie geben das Geld aus, das wir irgendwoher auftreiben müssen. Panem et circenses, das ist nicht gerade die preiswerteste Form des Regierens. Die Städte könnten sich auch mehr an den Kosten beteiligen ..." Der Gouverneur hatte eher ins Leere gesprochen als zum Theaterdirektor. Das Gesicht des Gouverneurs wirkte müde: es war blaß, die Augenlider hingen auf Halbmast, die fleischigen Wangen waren lasch. "Die Macht hat zwar die Mama, Julia Mamaea, nicht das Söhnchen. Aber Ehre wem Ehre gebührt", sinnierte der Gouverneur Q. Aulus Celsus. Seine Finger spielten mit seinem Vollbart. Seine Gedanken verließen alsbald die Welt der Politik und wandten sich dem Theater zu. Umgehend belebten sich seine Gesichtszüge; und sein beinah krankhafter Optimismus gewann wieder die Oberhand.

Mit einem leichten Hinken, der Folge einer Kriegsverletzung, schritt der Gouverneur über die Bühne des Theaters, begleitet vom schönen Afer. Ihre gedämpften Stimmen hallten leicht. Die tadellose Akustik transportierte die Bässe wie die Höhen ihrer Stimmen bis in die obersten Ränge. Auch ihre Schritte hätte ein Besucher deutlich vernehmen können, wenn jemand bei ihrer Besichtigung anwesend gewesen wäre. Der Wind strich leicht ins Theater; im oberen Rund spürte man dann seinen Hauch im Nacken. Die Architektur lenkte und leitete die Aufmerksamkeit der Zuschauer: Der Blick aus den obersten Reihen auf die Bühne war sehr steil, wodurch er direkt nach unten auf die Spielfläche gezogen wurde. Schaute man seitwärts in die Ränge, erschienen diese nicht steil: dadurch gewann der Zuschauer den Eindruck, das Theater-Spiel würde allein für ihn ausgerichtet werden. Die Sitzreihen für die Prominenz lagen direkt vor der Bühne. Es herrschte eine vertraute Nähe, fast eine Geborgenheit, ohne daß ein Zuschauer sich durch ein zu dicht vorgetragenes Spiel beunruhigt fühlen mußte. Auch was am hinteren Bühnenrand geschah, konnten die Auf-den-besseren-Plätzen sehr gut erkennen.

Während Afer und der Gouverneur Q. Aulus Celsus ihre Ortsbesichtigung allmählich beendeten, saßen Lucius und Gaius beim Mittagessen. Nach der Vorspeise, einem Eiersalat, waren zwei Hauptgänge gefolgt, zuerst Fisch mit Muscheln und dann zarte Hühnchen. Dazu gab es weiches Brot. Die beiden unterhielten sich angeregt:
"Wie bist du in die Stadt gekommen, ohne daß dich meine Diener gesehen haben? Ich hatte jeweils einen am Großen Tor und am Osttor auf dich warten lassen."

"Ich bin am Strand entlang die letzten Kilometer marschiert und habe ein kleines Tor genommen, das wenige Meter vom Meer entfernt ist", beantwortete Lucius die Frage seines Freundes.

"Du hast die Stadt durch das Meeres-Tor betreten; deshalb haben dich meine Diener nicht gesehen. Ich hatte nicht damit gerechnet, daß du diesen Weg nehmen könntest", fügte Gaius an.

Die Mahlzeit beendete ein Nachtisch aus Trauben, Nüssen und Feigen. Das Essen war aufwendiger, als es Gaius gewöhnlich aß; seine Bescheidenheit hatte er dem Wunsch geopfert, den Freund zu verwöhnen.

Anschließend setzten die beiden Freunde ihre Stadtbesichtigung fort. Es war etwas ruhiger geworden in den Straßen und Gassen von Side. Der Tagesrhythmus mit der Siesta blieb nicht ohne Einfluß, auch wenn diese Jahreszeit kühl war, so daß die Mittagszeit nicht zur Flucht vor der Hitze genutzt werden mußte; statt dessen war ein Aufenthalt in der Sonne ganz angenehm, vor allem an einem windstillen Plätzchen.

Side, das bedeutete in der Sprache der längst ausgestorbenen Ureinwohner "Granatapfel". Und der Granatapfel als Emblem war vielerorts angebracht, nicht nur an der Tagungsstätte des Magistrats. Gaius erklärte Lucius seine Heimatstadt:

"Die Prachtstraße, die du bereits kennst, ist eine unserer beiden Hauptstraßen. Sie beginnt im Norden beim Haupttor, macht einen leichten Knick beim Theater und durchquert die Halbinsel. Auch die andere Hauptstraße fängt beim Haupttor an und geht nach rechts in Richtung Südosten in das Handwerkerviertel. Unsere Gemeinde hat in dem Viertel den Ort, wo wir uns versammeln. Einen teuren Saal in einer besseren Gegend können wir uns nicht leisten; wir geben viel für die Armen," meinte er entschuldigend.

Lucius nickte zustimmend: "Wir sollen uns Schätze im Himmel sammeln, nicht auf Erden."

"Links von der Prachtstraße beim Haupttor liegt das Stadtviertel ´Megalopylit´. ´Tetrapolit´, das heißt Viergespann, ist das Viertel beim Theater - wo wir soeben angekommen sind. Schau dich um: Gleich daneben siehst du den Eingang des Dionysos-Tempels."

"Wein und Spiele", faßte Lucius diesen Eindruck zusammen. Über Wirkungsstätten von Huren, die ebenfalls zu sehen waren, schwiegen beide.

Sie standen am Anfang des zweiten Abschnitts der großen Prachtstraße, auf der sie südwärts Richtung Meer gingen. Der Weg endete beim Tempel des Mondgottes Men, wenige Meter vom Meer entfernt.

"Eines Tages werden die Tempel in Kirchen umgebaut worden sein, im Theater werden Großgottesdienste unter freiem Himmel gehalten werden, und es wird ein Bischofssitz in der Stadt sein, so groß wie ein Palast", ereiferte sich Gaius.

Lucius lachte, als er diese großspurigen Reden hörte. "Du träumst, hast Visionen."

"Das sagen unsere heiligen Schriften", antwortete Gaius voller Ernst, der seine Hoffnungen bildhaft vor sich sah. "Denk an die Apostelgeschichte des Lukas, wo aus den Propheten zitiert wird, wie eine Zeit kommen wird, wenn alle Kinder Gottes Visionen haben werden."

Am Abend zeigte Gaius beim Schein der Öllampen seinem Freund seine spektakulärste Erfindung - die noch im Rohbau war: einen Flugapparat. Lucius liebte seinen Freund und schätzte die Kreativität seiner Idee. Aber jetzt war er entsetzt: "Das ist Sünde", waren die Worte, die aus ihm herausbrachen. Er wollte sie wieder zurücknehmen, um den Freund nicht zu verletzen, war aber so vom Anblick geschockt, daß Lucius nur seine Ablehnung begründen konnte: "Wenn Gott gewollt hätte, daß wir fliegen können, hätte er uns Flügel geschenkt. Diese Maschine führt in den Tod. Wir dürfen als Christen aber nicht unser Leben unnötig in Gefahr bringen, denn unser Körper ist ein Tempel Gottes."

Gaius war schon leicht verstimmt; mit einer so scharfen Reaktion seines Freundes hatte er nicht gerechnet. "Und was ist, wenn der Mensch gefahrlos fliegen könnte? Wäre das dann auch Sünde? Zum Beispiel ist unsere Fähigkeit zu schwimmen begrenzt. Und die Fahrt auf Schiffen ist keine Sünde."

Um seinen Freund nicht weiter zu kränken, meinte Lucius: "Ja, daran hatte ich nicht gedacht. Ich stimme dir zu. Wenn Menschen jemals in der Lage sein werden, in Luftschiffen sicher zu fliegen, dann ist dies keine Sünde mehr. Ich hoffe aber, daß du dich nie der Gefahr aussetzen wirst, wie Ikarus abzustürzen - weniger aus Gründen des Glaubens als aus Angst, dich zu verlieren."

Mit diesen Worten hatte er seinen Freund wieder versöhnt.

2
Traum und Wirklichkeit

Julias ständiger Alptraum war fürchterlicher denn je - besonders für eine Christin: Sie fand sich hingezogen, gefangen im Ritus einer Mysterienreligion, einer Art okkulten Zeremonie, wie sie die orientalischen Kulte mit Blut und Sex feierten. Sie war in einem dunklen Raum mit hohen Wänden, ohne Schmuck, kahl. Zumindest war das der Eindruck. Der Eingangsbereich war schmal. Zu Beginn hatte jeder Teilnehmer ausreichend Platz erhalten. Man hatte halbwegs bequem gesessen, einige auf weichen Kissen. Aber das war schon lang her. Nun schafften

Öllampen und Fackeln eine unwirkliche Atmosphäre, beleuchteten kleine Ausschnitte, und Bronzespiegel warfen das Licht zurück. Licht, Rauch und Schatten wirkten wie eine Drohung.

Wieder war da die erschreckende Szene: Quäkende, spitze Flötentöne, Frauen tanzten. Sie erschienen jung und hübsch; die Kleidung flatterte um sie herum. Als sie auf sie zukamen, sah sie, daß sie alt und häßlich waren. Ihre Gesichter wurden zu Fratzen. Die Tänzerinnen sprangen, dann machten sie wieder übertrieben langsame Bewegungen, schienen sich fallen zu lassen, fielen tatsächlich. Ein Trommelwirbel setzte ein, wie bei einem Zug Soldaten, der aufmarschiert. Der Rhythmus zog Julia von ihrem Platz, zwang sie, mit den anderen Frauen zu tanzen, die sie in ihre Mitte nahmen und nicht mehr in Richtung ihres Platzes ließen. Sie war gefangen, mußte tanzen, wie hypnotisiert, von allen angestarrt. Die Blicke aus dem Dunkeln zogen sie aus, die Augen der im finstern Unsichtbaren hatten sich von den Körpern gelöst, umkreisten sie, näherten sich ihrem Körper immer näher, berührten sie fast; mit jedem Trommelwirbel wurden die Augen zudringlicher, einige schmiegten sich wie eine Kette um ihren Hals. Julia versuchte verzweifelt, diese Kette zu zerreißen: Es wollte ihr nicht gelingen. Dann ein lauterer Trommelwirbel, der ihre Nerven zerfetzte. Julia war ganz starr.

Und erwachte. Die Sklaven waren am frühen Morgen emsig beim Hausputz. In der Nähe war ein hölzerner Putzeimer umgefallen.

Julia schaute vorsichtig umher. Sie hatte nicht nur Furcht vor diesem wiederkehrenden Alptraum. Noch größer war die Angst, jemand könnte von diesem Alptraum erfahren und ihrer Mutter Ruth davon erzählen. Julias Eltern waren sehr reiche Leute. Ihre

Mutter war eine fromme Frau, warmherzig wie willensstark, die gefragt, nachgefragt und gebohrt hätte, um zu erfahren, ob und was der Hintergrund dieses Alptraums sein könnte. Und dann würde ihr Geheimnis ans Licht der Öffentlichkeit gelangen. Das durfte nicht geschehen. Niemals. Denn das wäre das Ende.

Niemand hatte etwas bemerkt. Sie war erleichtert. Monica trat in ihr Zimmer. Sie war Julias Sklavin, Zofe und Vertraute, eine stattliche Erscheinung, groß, schlank, mit glockenklarer Stimme. Nie hätte man in ihr eine servile Sklavin gesehen, obwohl ihr wollenes Gewand schlicht war.
"Die Herrin wartet schon auf dich", sagte Monica mit leiser Stimme zu Julia. Wenn keiner in ihrer Nähe war, sprach Monica ihre Besitzerin wie eine gute Freundin an. Nur Julias Mutter blieb immer die "Herrin".
"Ich stehe schon auf", brachte Julia mühsam hervor, denn sie war eine Langschläferin. Es war ein bequemes Bett, in dem sie lag; auf einem Netz aus Seilen lag eine Matratze aus Wolle, wie sie reiche Leute gern benutzten. Darüber befand sich eine Decke als Unterlage, und es gab eine weitere zum Zudecken.
Nach dem Aufstehen machte sich Julia schnell fertig, unterstützt von Monica. Julias Haut war eher hell, und sie hatte blonde Haare, ein apartes Gesicht und eine sportliche Figur. Ihre Vorfahren kamen aus dem Norden. Mit ihrem Lächeln hatte sie schon seit ihrer Kindheit alle becirct. Sie war beliebt, neigte trotz einer frommen Erziehung bisweilen dazu, sich in den Mittelpunkt zu stellen. Sie war in einem christlichen Haushalt aufgewachsen, und der Glaube war für sie selbstverständlich. Julia war lebenslustig, stand dabei unter dem Druck verführerischer Gedanken von außen und großer Erwartungen und Ansprüche von innen. Dabei fühlte sie sich im Grunde geschützt und umhüllt von der Gnade Gottes

und getragen von seiner nie endenden Liebe. Auch darauf
gründete sich ihr Selbstbewußtsein.
Wer steht, achte darauf, nicht zu fallen. Und das war ihre
verwundbare Stelle gewesen. Daher der Alptraum.

3
Theater zu Kaisers Ehren

Spezialisierte Unternehmer richteten die Theateraufführungen
aus. Der Magistrat einer Stadt beauftragte sie damit. Reiche
Bürger wurden unter Druck gesetzt, welche zu finanzieren. Ein
solcher Unternehmer war "der schöne" Afer. Bei seiner Arbeit
griff er auf Schauspielagenten zurück; manche dieser locatores
unterhielten eigene Ensembles. Ebenso aktiv waren im
Theaterbetrieb die Claqueure, die auch bezahlt werden wollten.
Bekundungen des Publikums konnten aber ebenso spontan
entstehen und dabei sogar politische Ziele haben, was die
Mächtigen fürchteten. So waren Afer und der Gouverneur
aufeinander angewiesen; beide brauchten ein erfolgreiches
Theater: Afer wollte gut im Geschäft bleiben und seine engen
Kontakte zu den Mächtigen behalten, Q. Aulus Celsus das Volk
mit Spielen ruhigstellen, um dem Kaiser in Rom zu gefallen und
fest im Sattel zu sitzen.

Beide gingen nach der Ortsbesichtigung die kurze Strecke zurück
zum Palast des Gouverneurs; genauer gesagt, Afer saß in der
Sänfte und Q. Aulus Celsus ritt durch die Straßen als Zeichen
seines Standes, denn allen anderen war dies in der Stadt verboten.
Es war für sie nicht einfach voranzukommen: Leute vom Land
hatten ihre Waren abgeliefert und schlenderten neugierig durch

die Straßen; dabei gingen sie schon im allgemein langsamer als die Städter. Nun aber standen sie herum, hielten den Verkehr auf, bevor sie in ihre Ortschaften zurückkehren wollten. Zudem tollten kleine Kinder beim Spielen durch die Beine der Erwachsenen, die die engen Gassen füllten. Da mußte auch ein Gouverneur auf das Getümmel Rücksicht nehmen. Zwar hätte er seine bewaffneten Begleiter anweisen können, ihm mit der Peitsche den Weg zu bahnen. Aber ein Q. Aulus Celsus war vorsichtig: grundlos durften die Massen nicht verstimmt werden.

Über dem Ganzen lag der Duft der Garküchen, die den Mittagsimbiß für jene vorbereiteten, die durch ihre Arbeit nicht nach Hause gehen konnten, oder die in ihrer Kleinstwohnung keine Kochstelle hatten. Das waren viele. Denn das Leben war hart. Die meisten Freien lebten von anstrengender körperlicher Arbeit. Das Straßenbild wurde von jungen Leuten geprägt, weil die Lebenserwartung gering war.

Afer hatte in seiner Sänfte Zeit zum Nachdenken. Seine Gedanken weilten nicht bei der geplanten Aufführung. Nein, er dachte an eine langbeinige Blondine, die er vorgestern gesehen hatte, als er durch seine Geschäfte am Sklavenmarkt vorbeigekommen war. Er hatte sie lieber nicht gekauft, weil er fürchtete, die Leute würden über ihn tratschten. Als Theaterdirektor konnte er dies diskret regeln. Wozu waren schließlich die Schauspielerinnen da? Jedoch, dachte er jetzt, man sollte, wenn einem etwas wirklich gefalle, zuschlagen; später ärgere man sich nur. Aber dann ist es meistens zu spät. Und was ist schon das Leben ohne ein bißchen Vergnügen?

Im Palast angekommen, sprachen "der Schöne" und der Mächtige über ihre Pläne. Gemeinsam überlegten sie, wie sich die spezielle Inszenierung in den Festkalender jener Jahreszeit einfügen würde; zuerst die Megalensia, dann die Cerialia, weiter die Robrigalia und schließlich die Florialia, ein besonders ausgelassenes Fest zu Ehren der Göttin Flora - Blüten und Frühling - mit einer Prostituierten-Parade.

Sie planten eine Feier nicht zu Ehren einer Göttin, auch nicht zu Kaisers Geburtstag, sondern für den Tag, an dem Kaiser Alexander Severus vor vier Jahren zum Mitregenten ernannt worden war. Dies war der 10. Juni, so daß sie noch einige Tage Zeit hatten, aber nicht mehr beliebig viele bis zum 5. Jubiläum. Ein Fest zu zelebrieren, bedeutete Arbeit; die Menschen wollten unterhalten sein, kamen mit großen Erwartungen. Der Druck durch die Konkurrenz anderer Städte kam hinzu. Man schielte in Side auf die Nachbarstädte Perge, Aspendos und Attaleia. Da wollte man sich nicht lumpen lassen, es denen schon zeigen, was die reiche Handelsstadt Side alles auf die Beine stellen kann. Diese Stimmung hatten Afer und Gouverneur Q. Aulus Celsus zu berücksichtigen. Bei ihrer Besprechung im Palast des Gouverneurs war dann auch Felix dabei. Er war Afers Faktotum. Sein Spitzname war "Der Schleimer"; er grinste jeden unterwürfig an.

Inzwischen zeigte Gaius seinem Freund Lucius noch eine weitere Erfindung: Dies war eine hydraulische Federung für Last-Wagen, um zerbrechliche Güter besser transportieren zu können. Gaius hoffte, damit ein zweites Standbein zu seinem Seehandel aufbauen zu können. Jedoch, bei der Vorführung zerbrach die Feder. "Vorführeffekt", entschuldigte er sich beim Freund. Der nickte verständnisvoll; so etwas könne ja schließlich passieren.

4
Julias Reise

Sie freute sich darauf, ihren Verlobten wiederzusehen. Selbstverständlich ging dies nur im Beisein einer Anstandsdame! Julia mochte Gaius; sie konnte ihn gut leiden, fand ihn angenehm im Umgang. Und er sah gut aus. Julia war froh, daß ihre Mutter ihn für sie ausgesucht hatte. Es hätte schlimmer kommen können, weitaus schlimmer sogar. Nur vermißte Julia das gewisse Kribbeln. Die Stimmung bei ihren seltenen Treffen war gemütlich gewesen. Aber Julia war feminin, lebenslustig und kokett; sie sehnte sich nach Liebe. Statt dessen war Gaius im Gespräch mit ihr blaß und fade. Nicht, daß er schüchtern gewesen wäre; er mochte als Kaufmann seine Qualitäten haben. Was jedoch bei ihm vom durchschnittlichen Verhalten abwich, beschränkte sich auf seinen Tick, merkwürdige Apparate zu konstruieren. Einfach lächerlich, dachte sie.

Ruth hoffte, daß Gaius beim Treffen mit ihrer Tochter einen Termin für die Hochzeit vorschlagen würde, und zwar möglichst bald. Sie hatte deshalb aus der Kirchengemeinde eine gestandene Witwe ausgesucht: Ruth erwartete von dieser Matrone, das Gespräch in die richtige Richtung zu führen und als Zeugin zu fungieren. Für Ruth war es eine Kleinigkeit, die Reise von Perge nach Side zu organisieren.

Am Morgen der Abreise war Julia ausnahmsweise früh aufgewacht und zügig aufgestanden. Schnell packte sie ihre Reisesachen. Ihre Kleidung war praktisch-bequem; die Frisur hatte ihr Monica bescheiden gerichtet.

Die Familie Aurora konnte es sich leisten, ihre Angehörigen komfortabel reisen zu lassen: Zusammen mit ihrer Matrone saß Julia im teuren Reisewagen, der dennoch ein primitives Gefährt war; ein Kastenwagen, der auf den guten römischen Fernstraßen und Wegen holprig fuhr. Aber besser, als zu Fuß zu gehen, war es auf jeden Fall. Im Wagen wurde die Kleidung und alles weitere verstaut, so daß sie nicht von Sklaven oder den Reisenden selbst getragen werden mußte. Sie waren im Wagen auch vor den kalten Nordwinden geschützt, die von den schneebedeckten Bergen kamen und zu dieser Jahreszeit morgens noch unangenehm waren.

Die Landschaft beachteten die beiden Damen zu Beginn ihrer Reise nicht; sie versuchten, es sich in diesem fahrbaren Kasten bequem zu machen. Anfangs war Julia im Gespräch mit der Matrone vertieft; dann hielt sie durch den Vorhang des Wagens nach Mitreisenden Ausschau. Schließlich bat sie die Matrone, ihr etwas aus einer Buchrolle vorzulesen, die sie eingesteckt hatte. Es waren religiöse Betrachtungen, Märtyrergeschichten: fromm und aufregend zugleich. Julia interessierte sich beim Sünder für die Zeit vor der Bekehrung und - was Julia nicht nach außen zu zeigen wagte - für die Phase der Umkehr und danach, wie der Sünder die schwarzen Schatten der Vergangenheit auszulöschen versuchte, oder wie sie sich vielleicht nicht abschütteln ließen. Dabei dachte sie an sich selbst, an ihr Geheimnis. Ihr Gesicht verzog sich leicht, als sie an ihren Fehltritt dachte. Sie schüttelte ihren Kopf, um die dunklen Gedanken zu vertreiben. Ein Vogel, der gerade in diesem Moment laut zwitschernd vorbeiflog, nahm die trüben Gedanken mit und befreite sie von dem tiefen Schrecken.

Nachdem die beiden längere Zeit im Wagen geschaukelt worden waren, begannen sie einzuschlummern. Plötzlich schreckten beide auf. Es war aber nur eine Banalität, ein Schlagloch, das sie durchgerüttelt und damit aufgeweckt hatte.

Nun döste Julia vor sich hin, begann dann zu sinnieren über ihr Leben und über ihr Leben als Christin. Christsein in ihrer Zeit war nicht so schlimm wie früher, aber es hatte noch manche Härte. Julia litt etwas unter den Benachteiligungen. Zwar war der Anteil der Christen an der Bevölkerung in jenen Provinzen so hoch, daß das gesellschaftliche Schneiden impraktikabel geworden war. Deshalb kam es hier im Alltag nicht mehr zu Gewaltakten, und auch Hänseleien gab es weniger. Der Sonntag als arbeitsfreier Tag der Christen wurde mit Kopfschütteln registriert. Christen blieben Bürger zweiter Klasse. Denn sie gehörten nicht den wichtigen Vereinen an, die bei ihren Feiern an zentraler Stelle heidnische Rituale pflegten; diesen Götzendienst konnten und wollten die Christen nicht akzeptieren.

Julias Weg ging auf einer Straße, die in etwa parallel zur Küstenlinie in west-östlicher Richtung verlief und dabei ca. zehn Kilometer vom Mittelmeer entfernt lag. Sie überquerten auf diesem Weg den Fluß Kestros. Auf halber Strecke bogen sie kurz nach Norden für eine Zwischenstation in Aspendos. Sie wohnten dort bei entfernten Verwandten. Am nächsten Tag ging es weiter in Richtung Osten. Dafür kreuzten sie nach wenigen hundert Metern den Eurymedon. Dieser breite Fluß führte in dieser Jahreszeit verstärkt Wasser. Während des ganzen Jahres konnten auf ihm bauchige Lastkähne und Handelsschiffe fahren. Die Steinbrücke über ihn war kein Hindernis; sie war ein großartiges Bauwerk mit mehreren Bögen, jeweils mit einer Spannweite von 10 Metern, wobei ein besonderer Bogen bei 16 Metern Höhe eine

Spannweite von fast 15 Metern hatte; er bot also genügend Raum darunter für die hohen Segelmasten.

Julia kam mit der Matrone leidlich zurecht. Die Matrone war resolut, konnte aber auch freundlich sein - deshalb hatte Ruth sie als Julias Begleiterin ausgesucht.
Auf der Reise hatte Julia anfangs wenig Interesse an der Landschaft gezeigt. Aber ihre Aufmerksamkeit wuchs, je weiter sie sich von ihrem Wohnort entfernte, und es kam Neugier auf, je näher sie zu dem Ort kam, an dem sie nach ihrer Hochzeit leben würde. Zwar fuhr sie nicht zum ersten Mal nach Side, aber so vertraut war sie mit der Gegend nicht, daß sie nicht nach dem Neuen, dem Unbekannten Ausschau hielt.

Und so verlief anfangs die Reise wie im Flug, wurde später scheinbar langsamer. Denn bei bekannten Eindrücken geht das Leben schnell, weil sie nicht mehr gesondert wahrgenommen werden, und bei neuen Eindrücken geht das Leben scheinbar langsamer, weil alles die Aufmerksamkeit erfordert und bisweilen aufregend ist. Deshalb vergeht das Leben für ein Kind langsam, und im Alter rast es dahin.

Dann kam der Moment, den sie ersehnt hatten: Von einem Hügel kurz vor Side konnten die Damen aus ihrem Reisewagen das Meer in seiner ganzen Pracht sehen. Sie ließen anhalten und stiegen aus, um in Ruhe den Blick zu genießen; in Perge erzeugten die Handelsschiffe ein Fernweh, das nur selten befriedigt werden konnte. Der Zauber der blauen See war Balsam dafür. Nur zögerlich stiegen Julia und die Matrone wieder in ihren fahrbaren Kasten, um sich die letzten Meter bis ans Ziel durchrütteln zu lassen.

Nach einer ermüdenden Reise erreichten sie die Stadt auf der Halbinsel. Die Matrone schickte ihren Kutscher als Boten zum Haus von Julias Verlobten; Gaius kam freudestrahlend zusammen mit mehreren Sklaven, die das Gepäck tragen sollten. Der Reisewagen wurde außerhalb der Stadt sicher geparkt.

Gaius freute sich sehr, Julia wiederzusehen. Er liebte sie weit mehr als sie ihn. Trotzdem war aus Gründen der Schicklichkeit die Begrüßung zurückhaltend, gar etwas steif. Die kleine Gruppe ging in Side durch die engen Gassen in Richtung des Hauses, Julia schritt zögerlich neben ihrem Verlobten, um sich einen genaueren Eindruck von ihrer zukünftigen Heimat zu machen - so dachte sie, ohne die Zukunft zu kennen. Die Matrone und Gaius schritten aufrecht, voller Selbstbewußtsein; die Sklaven hatten an ihren Lasten zu schleppen, die weniger schwer als unhandlich waren.

Julia spürte, daß sie ihrer Ehe einen weiteren Schritt näher gekommen war. Die Ehe würde ihr mehr Selbständigkeit im Haushalt bringen, sie hätte nicht ständig die Wünsche ihrer Mutter auszuführen. Eine Ehe bedeutete auch Unterordnung unter den Ehemann - als Christ hatte er ihr immerhin treu zu sein, das besänftigte sie etwas. Vor dem Kinderkriegen hatte sie Angst: Deshalb wollte sie nur wenige Kinder haben. Und, das wußte sie, Kinder bringen neue Sorgen - dem stand ihre Gewißheit entgegen, daß Christus für die Seinen sorgt. Julia dachte in jenen Tagen weniger an die Freude, die Kinder den Eltern bescheren. Als selbstbewußte Tochter reicher Eltern war sie auf sich selbst fixiert und beachtete nicht die Haltung des Wortes Gottes, daß Kinder ein Segen Gottes seien. Sie sollte demütig und dankbar für ihr Dasein sein, sagte sie sich, für den Überfluß, in dem sie lebte, für ihre relative Freiheit, für den erfolgreichen jungen Kaufmann, mit dem sie verlobt war. Sie blieb hingegen leicht unruhig, etwas unzufrieden, auf der Suche nach ... Ja, nach was nur?

Ihre Gedanken kreisten um ihre Zukunft, Gedanken, die nichts verändern oder beeinflussen konnten: Wie würde die Lage der Christen in Side sein? Sie war überall etwas anders, je nachdem, wie die Lokalregierung handelte und wie es um die berufliche Konkurrenz zwischen Christen und Nichtchristen stand; als Minderheit, die sich fremd verhielt und die wie kaum eine andere verachtet und abgelehnt wurde, könnte der Frieden jederzeit in Haß, gar in Verfolgung umschlagen.

Tief in Julias Innern rumorte es: Was, wenn Gaius nach der Eheschließung ihr Geheimnis erführe? Würde er sie verstoßen, zu ihrer Mutter zurückschicken, oder würde er ihr verzeihen? Könnte sie ihn so an sich fesseln, daß sie ihm auch dann wichtiger als alles andere wäre? Würde er sie vor der Gemeinde verteidigen, wenn es sich allgemein verbreitete, welchen Fehltritt sie begangen hatte? Sollte sie ihm vielleicht lieber alles beichten? Nein, nur das nicht. Lieber hoffen und beten - durfte sie das überhaupt?, - daß es niemals ans Tageslicht gelangte. Könnte im Notfall eine kleine Bestechung helfen, um den zufälligen Zeugen zum Schweigen zu bringen? Ihr schauderte: Neue Sünden entstanden aus der alten.

War es richtig, vor ihrer Hochzeit sein Haus zu sehen, ihn zu besuchen? Auch die Begleitung der Matrone änderte nichts daran, daß dieser Besuch ungewöhnlich war! Sie war neugierig gewesen und hatte sich durchgesetzt. Ihre Mutter wollte Ruhe zu Hause haben und hatte ihrem ständigen Quengeln nachgegeben; vielleicht auch aus der Furcht heraus, die Tochter könnte plötzlich gegen die Heirat opponieren.

5
Julia lernt Lucius kennen

Was war bis dahin in Side geschehen?
Gaius hatte Lucius vor einiger Zeit von seiner Verlobung geschrieben. Deshalb hatte Lucius ihn beim Abendessen wie nebenbei gefragt: "Was macht deine Braut?"
"Ah, du wirst sie kennenlernen", antwortete er mit strahlendem Gesicht. "Meine Verlobte kommt nämlich in diesen Tagen auf einen kurzen Besuch vorbei. Dann soll die Verlobung offiziell abgesprochen werden - bisher ist es nämlich nur ein Verspruch; und auch die Termine für die Verlobung und die Hochzeit sollen bestimmt werden. Julia wird dir bestimmt gefallen", fügte er noch nichtsahnend hinzu.
Den ganzen nächsten Tag warteten die beiden Freude auf die Braut, denn Ruth hatte per Eilboten die Abfahrt mitgeteilt. Lucius und Gaius vermuteten die Ankunft von Julia mit ihrer Anstandsdame für den Nachmittag. Schließlich meldete ein Bote, die Damen stünden vor den Toren der Stadt. Gaius ging mit mehreren Sklaven zu ihnen hinaus, um sie abzuholen. Lucius blieb im Haus.

Beim Weg in die Stadt kam die Gruppe zügig durch die Straßen voran; nur Julias Neugierde verzögerte das Tempo. Denn die Straßen und Gassen waren entvölkert, und Beifall brandete aus dem Theater auf und war weit in der Stadt zu hören. Nur einige Kinder spielten Fangen und zeigten kein Interesse an dem, was im Theater vor sich ging. Ein Straßenköter lief kläffend zwischen den Kindern hin und her: Eine scheinbare Kleinstadtidylle in dieser Handelsstadt des Römischen Reiches.

Das Haus von Gaius wurde wie alle Privathäuser jener Zeit von der Seitenstraße aus betreten. Dort angekommen, war das erste, was der Hausherr tat, daß er der Matrone und seiner Verlobten seinen Freund vorstellte.

"Ich möchte euch mit meinem besten Freund bekannt machen, dem Priester des lebendigen Gottes, Lucius Aurelius Pulvis. Aurelius heißt er wie unser gnädiger junger Kaiser."

Die Matrone begrüßte den Priester ehrfürchtig und gleichzeitig zurückhaltend-vornehm, wie es ihre Stellung in der christlichen Gemeinde als Frau und gottesfürchtige Witwe erwarten ließ.

Gaius wies noch darauf hin, daß Lucius auf einer Dienstreise unterwegs sei und dafür Urlaub von der Gemeindearbeit erhalten habe; er sei Gastdelegierter auf der Synode in Perge.

Julia sah Lucius mit aufmerksamen Augen an: Nicht aufgrund seines heiligen Amtes. Nein! Dieser Mann, mittelgroß und stämmig, ein dunkler Hauttyp, rasiert, männliches Gesicht, aristokratisch-römische Nase, schmale, flache Lippen und eine feste sonore Stimme, gefiel ihr. Er gefiel ihr sogar sehr; er gefiel ihr zu gut. War es gar Liebe auf den ersten Blick? Julia fand ihn faszinierend und konnte sich kaum von der Vorstellungsrunde losreißen. Am liebsten hätte sie ihn ununterbrochen angesehen, ihn beobachtet, wie er den Kopf hob und senkte, den Schwung seiner Augenbrauen nachgezeichnet, die Haltung seiner Hände in sich aufgenommen, seine Haare mit ihren Fingerspitzen berührt. Seine Aura hielt sie umfangen. Aber die Matrone drängte. Denn als nächstes sollten sich die Damen von der Reise erfrischen. Wasser war reichlich vorhanden dank ausgeklügelter Technik. Die Wasserzufuhr nach Side war hervorragend, wie auch die Kanalisation, die bis in die kleinsten Gassen reichte. Das Wasser kam vom 30 Kilometer entfernten Fluß Melas, wurde durch

Tunnel geführt, die eigens in den Fels der Berge gehauen waren, strömte dann nach Side über Aquädukte, die teilweise sogar zweigeschossig waren. Das Wasser wurde in Zisternen gesammelt; und es floß in die vielen Brunnenbecken der Stadt, was im Sommer für angenehme Frische sorgte. Ebenso versorgte es die Thermen von Side.

Den Damen wurde ihr Zimmer gezeigt und Früchte gereicht. Die ältere Witwe war noch sehr rüstig; die zweitägige Reise hatte sie nach einer kurzen Erholung gut überstanden. Bei Julias Jugend war das Ganze eh nicht der Rede wert.

Die Matrone kümmerte sich mit einer jungen Sklavin um das Gepäck; Julia ging zum Hausherrn, um das Gastgeschenk zu überreichen: ein kleiner Singvogel im Käfig. Julia freute sich mehr an Vögeln, die frei lebten. Sie verschenkte diesen Vogel, weil ihr nichts besseres eingefallen war. Gaius zeigte seiner Verlobten seine neueste Idee; einen Raum, eigens für den häuslichen Gebetskreis eingerichtet. Der Raum hatte auf seiner Ostseite ein schlichtes Holzkreuz an der Wand. Die Decke war mit etwas Stuck geschmückt und die Wände mit Fresken verziert, die Blumen zeigten.
Die Arbeiten werden einiges Geld gekostet haben, dachte sie bei sich.
Für die Besucher gab es Klappstühle und für den Priester einen Lehnsessel. Gaius hatte diesen Raum Lucius noch nicht gezeigt, weil er unsicher war, ob dieser ihn gutheißen würde. Julia begrüßte die Idee sehr, und ihr gefiel die Einrichtung; war dies doch angemessen für ein Treffen der Heiligen und der Gottsucher. Sie war sogar stolz auf ihren Verlobten, daß Gaius so vermögend war, einen Raum eigens für das wöchentliche Treffen der

Gemeinde und für Agape-Essen zur Verfügung zu stellen. Und vor allem war dies praktischer als beispielsweise sein "Regenschirm" fürs Schiffsdeck - ein aufklappbarer Baldachin, der in der Theorie vielleicht funktioniert hätte, in der Praxis aber aus unterschiedlichen Gründen stets versagte. Entweder, es war zu windig, oder Sand blockierte den Mechanismus, die Sklaven begingen einen Fehler bei der Bedienung, wodurch umfangreiche Reparaturen notwendig wurden, oder was immer auch der Haken war: Gaius hatte einfach kein Glück mit seinen Erfindungen!

Am nächsten Tag stand eine gemeinsame Stadtbesichtigung auf dem Programm. Zuerst führte sie ihr Weg ans Meer. Dies geschah auf Julias Wunsch, die auch den Hafen sehen wollte. Gaius stellte seinen "Arbeitsplatz" vor, erklärte das Gewimmel der Menschen und Waren, auch die Herkunft eines Schiffes, das gerade entladen wurde. Die Matrone und Julia bewunderten das Meer, in dessen Wellen die Sonnenstrahlen blitzten.
Julia bat ihren Bräutigam: "Ich würde gern einmal eine kleine Schiffahrt unternehmen."
Gaius versprach ihr, er würde eine Barke mieten.
Dann setzten Gaius, sein Freund und seine Verlobte zusammen mit der Matrone ihren Stadtbummel fort. Julia kannte die Stadt schon ein wenig von einem früheren Besuch mit ihren Eltern; sie erinnerte sich an die imposanten Säulen des Tempels der Athene, welche die Hauptgöttin von Side mit dem größten Tempel war. Auch Lucius waren bereits einige Fixpunkte bekannt. Die Matrone war noch nie in Side gewesen; sie sah deshalb nicht die vielen Blicke, die Julia Lucius zuwarf. Auch ihr Verlobter bemerkte sie nicht, da er damit beschäftigt war, seinen Gästen seine Stadt vorzustellen. Nur Lucius, der diese Blicke anfangs als unbedarfte Neugierde angesehen hatte, registrierte sie zunehmend

und verunsichert. Er versuchte, auf Distanz zu gehen. Julias Liebe zu Lucius wurde durch den Reiz verstärkt, daß er ein christlicher Priester war. Seine Zurückhaltung ihr gegenüber forderte sie erst richtig heraus. War das Liebe, was sie fühlte? Sie war über sich selbst erstaunt. Wie konnte das sein? Und gleichzeitig war sie in sich verwirrt, kamen erste Schuldgefühle auf. Eine innere Stimme warnte sie, nicht wieder unvorsichtig zu sein, nicht noch einmal solchen kurzsichtigen Wünschen zu folgen. Wo auch immer in ihrem Innern diese Kämpfe stattfanden, Julia blieb ganz auf Lucius fixiert.

Bei ihrem Rundgang sprachen sie auch über Lucius berufliche Aussichten. Gaius interessierte sich dafür als Freund, Julia als Frau. Lucius hätte allein mit Gaius ungeschönt darüber gesprochen, seine Hoffnungen und Befürchtungen offen dargelegt, wie ein guter Freund dem andern von seinen Plänen und Sorgen berichtet. Weil Julia anwesend war, erging er sich mehr oder weniger in Allgemeinplätzen. Es waren kaum Andeutungen, wie sie immerhin in mancher Männerfreundschaft üblich sind und dem kundigen Zuhörer Einblicke in die Befindlichkeit des Freundes gewähren, ohne dem Gespräch einen intimen Charakter zu verleihen, Andeutungen, die beiläufig beim intensiven Gedankenaustausch über eine gemeinsame Liebhaberei fallen. Aber nicht einmal so weit ging Lucius jetzt. Aus unterschiedlichen Motiven waren Julia und Gaius darüber etwas enttäuscht.

Am frühen Abend nahmen sie gemeinsam an einem Gottesdienst teil, der für diejenigen bestimmt war, die am Sonntagmorgen verhindert gewesen waren. Insbesondere für Sklaven war diese Alternative gedacht. Denn manche von ihnen bekamen sogar sonntags vor Tagesanbruch nicht frei, der Zeitpunkt, an dem für viele Gottesdienst gehalten wurde.

An der Ostseite des Kirchensaales saßen der Bischof und einige Presbyter auf Bänken. Zwischen Priestern und Gemeinde stand der Abendmahlstisch. Es war ein gewöhnlicher, also beweglicher Speisetisch. Gegenüber dem Klerus standen die Männer, dahinter die Frauen. Man sah dies so, da Gott schließlich zuerst Adam geschaffen habe, und aus ihm dann die Eva. Wenn sich die Gemeinde zum Gebet erhob, standen zuerst die Leiter auf. Es wurde in Richtung Osten gebetet. Denn es hieß: "Gebt Gott die Ehre nach Osten." Ein Diakon hielt sich beständig neben den Opfergaben des Abendmahls auf. Ein zweiter stand am Eingang vor dem Saal. Ein weiterer achtete darauf, daß jeder den ihm gemäßen Platz in Raum einnahm. Die kleinen Kinder waren bei den Müttern.

Die Gäste wurden von einem Diakon gefragt, ob sie aus einer anderen Gemeinde kämen: Gaius stellte seine Verlobte vor und betonte dabei, daß sie in Begleitung einer Dame erschienen sei; Lucius brachte Grüße seiner Gemeinde mit.

Am Rande des Saales standen die Katechumenen, die sich noch im Zustand des geistlichen Wachsens befanden. Es hieß, daß sie gleichwohl nicht mehr fern vom Schauen der innersten Geheimnisse wären, die nur dem Gläubigen vergönnt seien.

Wie üblich wurden alle Kleriker in die Gestaltung des Gottesdienstes einbezogen: Der Bischof leitete den Gottesdienst und brachte die eucharistischen Gaben dar. Mehrere Priester sprachen das Fürbittgebet und vollzogen das Abendmahl. - Weil die Zahl der Diakone begrenzt war, waren sie in der Gemeinde einflußreicher, als sie es von ihrem geringen Weihegrad her waren; denn sie waren für die Güterverwaltung verantwortlich. - Selbstverständlich wurde kollektiert; Stoffbeutelchen wurden

dazu benutzt, um die kleinen Münzen aufzunehmen. Im Sprech-
gesang erklangen dann wechselweise Psalmen. Es gab das
gemeinsame Sündenbekenntnis und das Vaterunser vor dem
Abendmahl.

Im Anschluß an den Gottesdienst zeigte ihnen Gaius das gesamte
Haus, in dem die Gemeinde in Side wirkte. Einen Neubau eigens
für den Gottesdienst gab es damals bei den Christen im
Römischen Reich nicht. So verfügte das Haus auch nicht über
eine Apsis. Der Versammlungsraum in Side beeindruckte durch
seine aufwendigen Mosaike. Sie zeigten einen Fischfang: Gefüllte
Netze werden eingezogen, einzelne Fischer werfen ihre Angeln
aus. Dies stellte den Missionsauftrag dar. Die Details waren
korrekt dargestellt. Am Rande waren Quadrate gelegt, die Vögel,
Kreuze und Ornamente enthielten. Auf einem anderen Mosaik
war der Gute Hirte zu sehen: Ein Lamm liegt auf seinen
Schultern; Jesus Christus kümmert sich um die Seinen wie ein
Bischof um seine Gemeinde. Um den Guten Hirten herum waren
eine Gazelle und ein Hirsch angeordnet.
Auch die Decke war eindrucksvoll. Sie hatte an ihrer Unterseite
hölzerne Verschachtelungen. Die Kassetten aus Stuck waren
quadratisch und hellrot oder dunkelrot angemalt, die Um-
rahmungen hingegen blau und gelb. Hinzu kamen goldgelbe
Ranken auf grünem Grund.

Ein weiteres Element des Raumes gefiel Lucius nicht, und das
sagte er später beim Abendbrot auch Gaius, der ihm beipflichtete.
Es gab ein Metallgitter, das als Schranke den Klerus von der
Gemeinde trennte. Das Gitter wurde durch eine Stange abgestützt,
die in einem Stein verankert war. Lucius meinte, daß ein Bischof
der Gemeinde erhöht gegenübersitzen solle. Denn er führe sie. Da

müßte er sie überschauen können. Aber er sollte nicht auf so kalte Weise von ihr abgeschlossen sein.

An diesem Gespräch zwischen Lucius und Gaius beteiligte sich auch Julia hin und wieder. Instinktiv wollte sie damit Lucius bewegen, sie anzuschauen. Aber mehr und mehr lauschte sie seiner wohltönenden Stimme, die ihr Ohr und ihren Sinn umschmeichelte. Sie fühlte sich wohl in seiner Nähe, obwohl sie aufgeregt war; immerhin konnte sie das verbergen.

Die Matrone schwieg.

Im Gespräch ging es dann allgemein um die Entwicklung bei den Versammlungsräumen der Christen. Gaius dachte als Kaufmann am meisten an die Eigentumsfrage: "Unser Gemeindehaus steht - wie wohl alle - auf privatem Grund. Gott sei Dank, daß es vermögende Christen gibt, die uns ein Wohnhaus oder eine Lagerhalle zur Verfügung stellen, um einen Raum für unsere Treffen und Abendmahlsfeiern zu haben. Manche überlassen uns das ganze Gebäude, andere nur das zweite oder dritte Stockwerk. Was mir dabei Sorgen und Kopfzerbrechen bereitet, ist die Eigentumsfrage: Was ist, wenn der Gönner stirbt, der die Räume mietfrei stellt? Werden seine Kinder auch großzügig sein? Wir müssen uns mehr darum bemühen, Vereinsstatus zu erhalten, um auf dieser Basis die Gemeinden selbst als Eigentümer ihrer Räume zu haben. Unter dem neuen Kaiser bin ich optimistisch."

Lucius sah mehr die Gefahr, sich zu sehr für das Diesseits zu interessieren: "Befinden wir uns denn nicht in einem Prozeß des Umdenkens? Bisher sollte eine Versammlungsstätte nicht oder kaum geschmückt sein. Denn wir erwarten das kommende Reich Christi. Im himmlischen Jerusalem wird nicht einmal ein Tempel sein, da Gott mitten unter uns sein wird. Nun aber scheint langsam die Meinung aufzukommen, daß ein Versammlungssaal mit seinem Glanz einen ersten Vorgeschmack des zukünftigen

Glanzes darstellen solle. Damit wird sich nicht mehr gegen Menschenwerk ausgesprochen." Er schüttelte ungehalten den Kopf.

Nach dem Abendbrot legte man sich gleich zu Bett.

6
Nach Perge

Es wurde Zeit für Lucius, nach Perge aufzubrechen. Die Abreise am frühen Morgen geschah schnell, fast überstürzt. Gaius wie Lucius waren betrübt, sich schon wieder zu trennen. Gaius hätte mit ihm noch gern über den Bau von Schiffsmodellen für eine neue Segelkonstruktion gesprochen. Wenige Meter vom Großen Stadttor entfernt, neben den Wasserbecken des Nymphaeums, verabschiedeten sie sich. Sie segneten einander; auf den längeren Segensspruch des Priesters antwortete der Kaufmann kurz und herzlich: "Der Herr wird seine Engel mit dir senden und Gnade zu deiner Reise geben." Sie umarmten sich, und Lucius brach auf. Bis zur nächsten Weggabelung begleitete ihn ein Sklave von Gaius. Dann war Lucius allein. Jetzt mußte er auch sein Gepäck wieder selbst schleppen.

Julia war beim Abschied vor dem Tor nicht dabei, worüber Lucius nicht traurig war. Aber sie, als sie später davon erfuhr.

Viele Menschen waren in der Nähe von Side unterwegs auf der römischen Landstraße. Sie war hervorragend ausgebaut, und Lucius konnte ein gutes Tempo vorlegen. Er überlegte sich, ob er sich nicht einer Reisegruppe anschließen sollte. In Begleitung reiste es sich angenehmer. Außerdem bot sich dabei vielleicht die

Chance, Nichtchristen die gute Nachricht vom Erlösungstod Jesu Christi zu sagen. Lucius war kein Draufgänger oder Schwätzer, der jeden gleich mit einem Bekehrungsversuch bedrängte; er ging höflich und zurückhaltend mit anderen um, suchte gleichzeitig aber Gesprächssituationen zu schaffen, bei denen Zeugnisse seines Glaubens natürlich wirkten und angemessen waren.

Weil keine geeignete Reisegruppe in Sicht schien, schritt Lucius in seinem eigenen forschen Tempo voran. Der Priester hatte ein Auge für die Schönheit der Landschaft. Er hörte aber nicht etwas Alltägliches wie den Maulesel, der in der Ferne schrie. Der Wind war kühl, gelegentlich böig und kam aus Richtung Norden. Der Wind beschäftigte Lucius viel mehr als die unbekannte Landschaft, weil an diesem Frühlingsmorgen die trockene Luft ziemlich schnell die Kehle beim Gehen ausdörrte. Im Sommer würde es unerträglich heiß sein. Der Weg der belebten Handelsstraße war streckenweise hügelig, einige Bergspitzen schienen recht nahe zu sein, andere weiter entfernt. Zumeist verlief die Straße durch freie Flächen. Hin und wieder war in der Nähe ein Teich; zwei Flüßchen überquerte er auf soliden Brücken. Vom späten Frühlingsregen standen bisweilen noch Wasserflächen auf den Feldern; es schien hier sogar heute früh geregnet zu haben, denn er sah auf Steinen ein paar Regentropfen. Ziegen oder gar Kühe erblickte Lucius selten; braune Hühner hingegen öfter. Die Landschaft wurde allmählich grüner, das Grün zugleich dunkler. Was er nicht sehen konnte, da er hurtig voranschritt, war der schwere Schädlingsbefall: In den Pflanzungen waren viele Schnecken und fraßen sich fett.

Nach einiger Zeit strammen Marsches und zahlreichen überholten Wanderern sah er in der Ferne ein Aquädukt, dessen grade Linie die Landschaft durchzog. Zur Mittagszeit wurde es wärmer. Sonnig und hell war es nun; nur hier und da standen ein paar Wolken am Himmel. Am Wegesrand kam eine Raststation in Sicht. Lucius beschloß, seine müden Knochen auszuruhen. Er ging zu dem kleinen Imbiß, der einige Sitze hatte; Speisen, Wasser, Milch und Wein wurden offeriert. Lucius kehrte ein und bestellte eine Kleinigkeit. Die Ruhe, die er sich erhofft hatte, fand er jedoch nicht. Der Imbiß war zwar kaum bevölkert, doch eine kleine Gruppe war ziemlich laut. Vor allem eine jüngere Frau sprach nicht, es war eher ein Schreien, wenn sie ihre Meinung verkündete - was sie oft tat. Sie hatte den breiten, undeutlichen Dialekt einer entfernten Region. Ihr Haar war dunkel und struppig. Nase und Wangen waren vor Aufregung gerötet. Lucius konnte ordinäre Menschen nicht leiden; er wußte, als Christ sollte er alle Menschen lieben. Aber bei solchen Frauen aus der Unterschicht fiel ihm dies schwer. Er aß schnell sein Essen, trank sofort seinen Becher Ziegenmilch aus und setzte die Reise fort. Auch nicht schlecht, dachte er sich; bin ich eher am Ziel.

In einem Städtchen überquerte Lucius den Fluß Melas, der hier an einigen Stellen bis zu 40 Meter breit war. Das Wasser leuchtete in einem herrlichen Türkis. Kleine Flußboote schaukelten träge auf den Wellen, das Wasser gluckerte an den Bootsrümpfen; die Büsche an der Böschung führten viele junge Triebe. Die Boote waren in Ufernähe jeweils an einem Stab angetaut, der fest aus dem Wasser aufragte - durch dieses Seil blieb das Boot an seinem Platz und man konnte es über einen wackligen Steg erreichen; die eigentliche Befestigung war um Uferbäume geschlungen. Auf der Brücke saß eine Katze mit einem Gesicht wie ein Tiger und einer weißen Brust; sie spähte die Lage, haschte nach einem Stückchen Brot, um das sich niemand kümmerte, und aß es dann genüßlich.

Lucius hatte seinen Gang unterbrochen und diese Szene mit einem Lächeln beobachtet. Auf der anderen Seite der Brücke ragte aus einer Mauerspalte eine kleine Pflanze mit einer rosa Blüte hervor; ansonsten sah der Priester hier keine Blüten. Die Stadt am Fluß war staubig.

In einem Gasthof, der ihm empfohlen worden war, machte er dann eine kurze Rast. Lucius hätte auch bei einer christlichen Familie einkehren können; Gastfreundschaft wurde unter ihnen gerne praktiziert. Aber er wollte nicht lang nach dem Haus suchen, das ihm als Alternative genannt worden war. Außerdem konnte es sein, daß niemand zuhause war. Und er wollte sich nicht mit dem Gastgeber in eine Diskussion über die anstehende Synode, über das Thema und mögliche Wahlen einlassen. Er strebte danach, die Anreise nach Perge möglichst schnell hinter sich zu bringen. Obwohl ihm schon etwas die Glieder schmerzten, da er sein Reisegepäck auf dem Rücken tragen mußte, überwand er seine Trägheit und ging nach kurzer Pause weiter.

Schließlich erreichte er den Eurymedon und ging über die imposante Steinbrücke die letzten Meter nach Aspendos. Dort verbrachte er den Abend und die Nacht in der Wohnung eines Amtsbruders. Es war eng bei ihm, weil weitere Gäste und Teilnehmer der Synode in der kleinen Wohnung nächtigten. Aber man war zufrieden, da man bescheiden und genügsam war.

Gemeinsam brachen die Priester am nächsten Morgen auf. Nun bestimmte die Rücksichtnahme auf den Langsamsten das Tempo. Lucius empfand es mühsamer, so langsam zu gehen, in einem Schritt, der irgendwie schwerfälliger war, als in seinem forschen Gang. Hinzu kam, daß er noch ein wenig Gepäck eines älteren

Priester zu seiner Last hinzugenommen hatte. Es drückte schon sehr auf seinen breiten Schultern; aber das mußte er durchstehen. Kurz vor Perge erreichten sie eine Seenfläche. Dann passierten sie ein größeres Wachhaus; darin hielt ein schwerbewaffneter Posten Wache.

Auch eine Gruppe größerer Knaben war wachsam. Sie beobachteten die vorbeigehenden Reisenden genau nach bestimmten Merkmalen und geheimen Erkennungszeichen. Diese älteren Jungen waren die Vorboten der Synode. Einer der Jungen hatte plötzlich einen Priester wiedererkannt und ging freundlich lächelnd auf die Gruppe zu. Mit einem "Gelobt sei Jesus Christus" begrüßte er sie. Lucius, der an der Spitze ging, antwortete "In Ewigkeit. Amen". Ein anderer Knabe wurde bestimmt, sie nach Perge zum Versammlungsort zu führen, wo man ihnen ihre Quartiere anweisen würde. Hilfsbereit nahm dieser Junge sogar von einem Priester Gepäck, um es die letzte Wegstrecke zu tragen. Unmittelbar vor der Stadt überquerten sie den Fluß Kestros, der in jenen Tagen breit und träge nahe der Stadt floß.

In Perge waren die Christen schon stolz auf die Schönheit und den Reichtum der Stadt. Und das Christentum war bereits so stark geworden, weshalb viele Bewohner der Stadt stolz darauf waren, daß eine große Synode in ihren Mauern abgehalten werden sollte. Auch wenn es nicht der schnellste Weg zum Treffpunkt war, nahm der Knabe, wie man es ihm geheißen hatte, das Haupttor mit dem eindrucksvollen zweiten Tor und dann die prächtige Hauptstraße. Vor lauter Marmor und kostbaren Statuen nahmen die erschöpften Wanderer kaum wahr, daß der Wind direkt die Hauptstraße entlang wehte.

7
Die Frau Mama

Julia blieb nur wenige Tage in Side. Die Matrone begleitete stets die Verlobten. Sie gingen wiederholt am Meer spazieren, Julia und Gaius barfuß durch den samtweichen Sand oder bis zu den Knöcheln im flachen Wasser, das beinah warm war; nur die Matrone blieb stets auf dem Trockenen und behielt ihre soliden Sandalen an. Julia fand es noch etwas zu kalt, um im Meer zu schwimmen. Hin und wieder sahen sie einige Jungen, die sich in die Fluten stürzten. Wenn die Körper von der Sonne erwärmt waren, erfrischte das Wasser wunderbar. Die Sonne besaß schon viel Kraft.
Streckenweise schwiegen Julia und Gaius. Das war aber nicht unangenehm.

Bisweilen nestelte Julia am Gürtel, der ihr Gewand fixierte, damit es nicht naß wurde. Ihre kunstvoll drapierten Gewänder verhüllten ihre Körperformen, statt sie wie bei einigen reichen Nicht-christinnen zu enthüllen, die sich hauchzart gewebte Stoffe leisten konnten. Julias Kleidung war bodenlang, auch die Arme waren umhüllt, nur der Hals war frei. Sie bewegte sich geschickt darin. Verheiratete Frauen zogen das Übergewand wie eine Haube über den Hinterkopf oder nahmen ein Tuch als Schleier. Die Christinnen achteten auf ihr Auftreten; modische Extravaganzen waren verpönt. Ihr Ideal war die Aussage des Apostels Paulus: „Bekleidet euch wie die von Gott Auserwählten mit herzlichem Erbarmen, Freundlichkeit, Demut, Sanftmut und Geduld." Ruth und Julia trugen trotzdem kostbare Stoffe und zeigten ihren Reichtum.

Die eine Woche verging wie im Flug. Für die Rückfahrt nahmen die Damen wieder ihren fahrbaren Kasten. Zuhause würde alles wieder im alten Trott verlaufen, die Kleinigkeiten des Alltags würden die Zeit auffressen, so daß man sich am Ende eines Abends immer fragte, was man eigentlich getan habe. Besonders als junge, unverheiratete Frau ...

Die Rückfahrt verlief fast ohne jede Vorkommnisse. Nur eine Dorfhochzeit brachte etwas Abwechslung: Bunte Farben, lachende Gesichter, laute Musik hatten die Reisenden neugierig gemacht. Sie waren spontan eingeladen worden, lehnten diese Aufforderung aber dankend ab. Als Grund wurde die Eile der Reise vorgeschoben, tatsächlich wollten die Christen nicht in heidnische Rituale einbezogen werden. Und die Matrone meinte, für eine junge, unverheiratete Frau - außerdem ohne männlichen Schutz - sei dies nicht statthaft; es war mancher derbe, unsittliche Scherz zu erwarten. Dieser Reisestop blieb kurz. Julia dachte an ihre eigene Hochzeit.

Zuhause angekommen, war die Mutter überaus neugierig; sie wollte wissen, ob die Reise erfolgreich verlaufen war - eigentlich wollte sie alles wissen. Julia konnte ihrer Mutter Ruth berichten, daß die Verlobung perfekt sei. Die Termine für die Verlobung und für die Hochzeit stünden fest: Ruths Vorschläge seien von Gaius akzeptiert worden. Ruth war begeistert. Deshalb bemerkte sie nicht, daß ihre Tochter sich nicht über die Verlobung in wenigen Wochen und die Hochzeit zum Ende des Sommers freute. Um den Wissensdurst der Mutter zu befriedigen, beschrieb Julia haarklein, wie die Reise nach Side und zurück verlaufen war; ebenso detailliert ging sie auf das Haus von Gaius ein.

Und dann erzählte sie von seiner neuesten Erfindung, einem Perpetuum mobile: "Das hohe Ungetüm bestand aus aufeinander getürmten Kugeln, die mit Wasser gefüllt waren. Als er es vorführte, fiel der Turm um, die Kugeln zerbrachen, es gab eine gewaltige Überschwemmung des Hauses, und seine Sklaven waren gut beschäftigt, alles aufzuwischen." Julia mußte jetzt noch lachen, als sie das Tohuwabohu vor ihrem geistigen Auge sah.

Daß Julia sich über Gaius Erfindungen lustig machte, erbrachte einen scharfen Tadel von ihrer Mutter: "Das ist keine gute Basis für eine Ehe, wenn eine Frau ihren Mann nicht ernst nimmt. Männer sind halt so; du wirst schon noch verstehen, warum er sich für technische Geräte interessiert. Besser übrigens, als daß er sich für andere Frauen interessiert. Auch das soll in guten christlichen Ehen vorkommen. Und, was gab es sonst noch Berichtenswertes, Außergewöhnliches?" fragte Ruth ihre Tochter.

"Nichts", antwortete Julia in einem Ton, wie eine Tochter ihrer Mutter antwortet, wenn sie nichts mehr auf die Fragen sagen möchte.

Während die Matrone in ihrem Bericht den Freund des Bräutigams erwähnte, sagte Julia ihrer Mutter mit keinem Wort, daß sie Lucius kennengelernt hatte. Warum auch! Es war nicht notwendig. Ihr Motiv, darüber zu schweigen, war ihre Angst, die Mutter könnte aus ihren Worten, ihrer Stimme oder ihren Blicken ahnen, was in ihrem Innern geschehen war, als sie diesen Mann zum ersten Mal gesehen hatte. Sie meinte, ihre Mutter könnte sie durchschauen, wie sie früher stets wußte, wenn Julia als kleines Kind nicht die Wahrheit sagte. Aber Mütter durchschauen häufig ihre Töchter nicht mehr, wenn diese erwachsen werden. Welche neuen Gefühle Julia von einer Minute auf die nächste beherrscht hatten, entging ihrer Mutter Ruth ganz und gar.

Am nächsten Tag, nach Erledigung notwendiger Aufgaben, gingen Mutter und Tochter einkaufen. Sie wollten Stoffe für ihre Hochzeitsgewänder begutachten.

Und Ruth versuchte auch bei dieser Gelegenheit, Julia für die eigene Firma zu interessieren. Aber ihre Tochter hatte anscheinend keinerlei Geschäftssinn: Gewinnspannen und Verkaufsgespräche waren nicht ihre Welt. Ruths Versuch war wie immer vergeblich.

Auf dem Weg zu einem Tuchhändler konnten die beiden Damen beobachten, wie eine Gruppe Ortsfremder von einem großen Mann angesprochen wurden. Er lud sie zum Mittagessen in ein Restaurant ein, das eher ein größerer Imbiß war und wenige Meter zurückgesetzt von der Straße in einer Gasse lag. Der Aufreißer hatte aber bei ihnen keinen Erfolg. Er sprach gleich danach andere Passanten an; jeden, der nicht von einer Aufgabe angetrieben schnellen Schrittes die Straße entlang eilte, sah er als ein potentielles Opfer an, das er pekuniär verspeisen wollte, indem er es zum Essen animierte. Jedes Mal setzte er sein Liebhaber-Lächeln auf; und manche Dame wurde schwach. Sie bezahlte es mit einer Rechnung, die höher als die Leistung war: Dem Lächeln zu folgen hatte seinen Preis.

Der Besuch beim Stoffhändler blieb erfolglos. Julia war mit nichts zufrieden; ihre Mäkeleien nervten Ruth, so daß auch sie sich nicht entscheiden konnte. Sie brachen ihren Einkaufsversuch ab und gingen in Richtung Zuhause die Flaniermeile entlang; dabei passierten sie eine Katze nur einen Fußbreit von ihnen entfernt, die in der Mitte des breiten Weges saß und sich sorgfältig putzte. Das Tier kümmerte sich nicht um die Menschen, sondern war ganz und gar in seine Aufgabe vertieft.

An einer Hauswand angelehnt saß ein englischer Sklave mit feuerroten Haaren. Es hatte ihn in seinem jungen Leben weit verschlagen; er war frisch im Süden angekommen. Der junge, blasse Mann nutze einige freie Stunden, um sich von den Sonnenstrahlen aufwärmen zu lassen; er bemerkte dabei nicht, wie ihn die Sonne verbrannte. Er war bereits krebsrot. Wer vorbeiging, schüttelte nur leicht den Kopf. Aber das, was ihn hätte warnen können, sah der junge Sklave nicht. Denn er hielt seine Augen geschlossen und genoß die Wärme. Das Vergnügen würde kurz und die Strafe bitter sein.

Dieser Tag war für Julia nicht wie üblich wie im Flug vergangen, denn sie hatte stets Lucius vor ihrem geistigen Auge gesehen: seine bronzene Haut, sein männliches Profil, seine vitale Statur - ihre Gefühle malten seine Vorzüge noch verführerischer aus.
Schließlich hüllte die warme Abendsonne Perge mit dem bewaldeten Hügel beim Theater in ein Licht der Vergebung und des Friedens. Die Mauersegler schossen durch die Lüfte und ein Sonnenuntergang bahnte sich an.
Julia aber dachte an Lucius.

Am nächsten Morgen versuchte Ruth, mit ihrer Tochter ins Gespräch zu kommen. Es wurde eine zähe Sache. Es ging um Familienangelegenheiten. Um einen unverbindlichen, harmlosen Einstieg zu finden, kam Ruth auf die neueste Mode zu sprechen. Julia reagierte schnippisch, denn sie argwöhnte, ihre Mutter wollte ihr weniger Geld für Kleidung geben. Daraufhin versuchte es Ruth mit einem weiteren Thema, einer Sache, die sie für gänzlich unverfänglich hielt, dem Theater. Nun wurde Julia einsilbig, weil sie Angst hatte, ihre Mutter könnte etwas erfahren haben. Dabei wollte Ruth nur ausloten, ob Julia nochmals bereit sei, zur Tante Helena zu reisen. Es war nämlich vor ein paar Tagen ein Brief von Tante Helena an Ruth eingetroffen, in dem sie sich nochmals für die Pflege durch Julia bedankte und auch für die Fürbittgebete; im Gottesdienst der Gemeinde in Ephesos habe man für die bessere Gesundheit bereits Gott gepriesen. Die Mutter gab nun ihrer Tochter das Schreiben zu lesen und dankte ihr für ihren Einsatz. Er sei nicht vergeblich gewesen. Und Gott sehe mit Wohlgefallen auf liebevolle Zuwendungen und praktischen Hilfen.

8
Bischofsweihe

Es würde ein sehr langer, sehr festlicher Gottesdienst werden. Das Festliche würde kaum im materiellen Glanz wie Gold, Silber oder Brokat bestehen, sondern in einer ausgefeilten Liturgie, deren starke Anklänge an kaiserliche Auftritte das strotzende Selbstbewußtsein der christlichen Amtsträger zeigte. Sie wußten sich an der Spitze des auserwählten Volkes, des königlichen Priestertums. Die Länge bedeutete keine Langeweile, nein, für sie war es ein seelischer Genuß, waren sie doch davon überzeugt, daß Gott in ihrer Mitte war, der sie für ihre Ämter bestimmt hatte. Und die eine oder andere Kostbarkeit konnten die reicheren Gemeinden, zu denen auch Perge gehörte, sich bereits leisten in diesen für die Christen friedlichen Jahren. Die Bischofsweihe war bewußt vor den Beginn der Synode mit den erwarteten Streitgesprächen gelegt worden; noch waren alle freundlich gestimmt. Das war besser für einen solchen Festakt.

Lucius war der Ablauf des Weihgottesdiensts bekannt; er bestand aus fünf Teilen: Nach dem Bußakt zur Vorbereitung würde der feierliche Einzug mit der Eröffnung folgen. Dazu gehörte der liturgische Gruß wie die Anrufung des Höchsten, dann die Begrüßung, worauf die Vorstellung des neuen Bischofs folgen würde, angeschlossen von der Zustimmungsbekundung der Gemeinde, anschließend das Kyrie, das Gloria und das Tagesgebet.

Der zweite Teil war der Wortgottesdienst: eine Lesung aus den alten heiligen Schriften, Antwortgesang, eine Lesung aus den Briefen ausgewählter Heiliger, Ruf vor dem Evangelium, Evangelium, Predigt.

Der dritte Teil würde die Weihehandlung sein: Veni, Creator Spiritus, Auftrag und Versprechen, Glaubensbekenntnis als Wechselgesang, Litanei, Handauflegung, Weihegebet, Salbung, Überreichung einer Schriftrolle mit einem Auszug aus den Evangelien sowie die Übergabe der Insignien des Bischofs. Die Weihe würde vom Friedensgruß mit dem Friedenskuß beendet werden.

Der vierte Teil würde die Abendmahlsfeier sein: Gabenzubereitung, Gebet dazu, Eucharistiegebet, Vater Unser, Brotbrechen, Einladung, Austeilung, Gebet nach der Kommunion.

Der letzte Teil würde der Abschluß sein mit dem Schlußwort des neuen Bischofs, dem bischöflichen Segen und dem Auszug. Lucius blickte allem voller Erwartung entgegen.

An der Bischofsweihe nahmen nur getaufte Christen teil. Erstens war der Raum eh zu eng; und zweitens wäre es für prominente Nichtchristen oder Katechumenen zu peinlich gewesen, zeitweise des Saales verwiesen zu werden. Denn nur die Getauften durften das Abendmahl empfangen; nicht einmal die, die Büßer genannt wurden, waren zugelassen. Dabei spielten Geld oder Rang keine Rolle; an Ausnahmen wurde nicht einmal ein Gedanke verschwendet.

Es dauerte eine Weile, bis sich endlich der Festzug formierte. Bei den Bischöfen wollte einer höflicher sein als der andere und bat, der andere möge sich zuerst einreihen. Vor lauter höflichen Handzeichen, hierarchischen Gedanken und Hintergedanken sowie Beweisen von Freundschaft und Sympathie kam kaum Bewegung in den Kreis der hohen Kleriker. Endlich: Die Bischöfe, Priester und Diakone schritten langsam durch die schmale Gasse, die die Gläubigen bildeten. Vorweg ging der Altbischof, es folgten der neue Bischof und der aus Antiochia, einem der führenden Orte der Christenheit.

Unter den Besuchern waren manche Gäste, die eine weite Reise unternommen hatten. Sie grüßten ihren früheren Heimatklerus, wenn sie die Gemeinde gewechselt hatten. Alte Bekannte umarmten sich. Mancher aus dem Festzug reichte sogar einem Zuschauer schnell die Hand. Vor dem Gotteshaus herrschte Feststimmung.

Der Altbischof aus Perge, der mit diesem Tag bei seinem hohen Alter das Amt weitergab, weil seine Kräfte ihn verließen, zelebrierte die Messe. Er mobilisierte seine letzten Energien. Er war klein. Ein deutliches Zittern in seiner Stimme verriet, wie angespannt er war; sein früher einmal kräftiges Organ füllte kaum mehr den großen Saal. Trotz allem war der Altbischof noch eine würdevolle Erscheinung: Er und sein Amt waren eins. Ihm schlugen hohe Wertschätzung und Sympathie entgegen. Er war einer der prominentesten Konfessores, einer, der eine schreckliche

Christenverfolgung unter Caracalla überlebt hatte. Er hatte dem Tod ins Auge gesehen und seinen Herrn nicht verleugnet. Er war bereit gewesen, für seinen Erlöser zu sterben. Ein Wunder hatte ihn gerettet: In dem Moment, als der junge Hauptmann der römischen Armee den Hinrichtungsbefehl geben wollte, war dieser vor Kraft strotzende Soldat in sich zusammengesunken. Ein Herzschlag hatte ihn getroffen; es war ein Sekundentod. Kein Soldat hatte es danach mehr gewagt, den Bischof anzurühren. Einige hatten sich vor ihm zitternd niedergeworfen wie vor einer Götzenfigur, anderen bekehrten sich auf der Stelle zu diesem Christengott, der so energisch seine Leute verteidigte - auch wenn dies für die Soldaten den Austritt aus der Armee bedeutete; denn die Christen gestatteten es einander nicht, am Geschäft mit dem Töten beteiligt zu sein.

Jeder wußte, daß der Gottesdienst feierlich und lang sein würde. Hingegen kamen weder Hast noch Eile auf. Jeder einzelne Teil wurde mit vollem Bewußtsein und Betonung gefeiert. Zwei auswärtige Chöre unterstützten den Gesang der Ortsgemeinde. Zeremonielle Texte und kurze Wechselgesänge dominierten den Gottesdienst. Die Kirche war überfüllt. Dicht gedrängt standen Menschen an den Wänden und im Eingangsbereich.

In dem wichtigsten Grußwort, ausgerichtet vom Bischof aus Antiochia, betonte dieser die vier Kardinaltugenden Gerechtigkeit, Klugheit, Mäßigung und Tapferkeit. Er fügte den Geist der Versöhnung hinzu. Geklatscht wurde nicht; diese Form des Beifalls war unter Christen verpönt, aber ein zustimmendes Geraune gab es. Und bei einem humorvollen Wortspiel wurde allgemein geschmunzelt.

Ein Vater hatte seinen kleinen Sohn mit hineingeschmuggelt. Er wollte ihm eine Freude machen, hatte dann, als es kein Zurück mehr gab, befürchtet, der Kleine könnte von der Menge erdrückt werden oder vor Angst zu weinen beginnen, vielleicht gar quengelig werden. Aber der Kleine war die Aufmerksamkeit in Person. Gierig sog er die Stimmung, die Wohlgerüche und Gesänge in sich auf. Die Augen leuchteten. Der Vater sah es, freute sich und streichelte dem Kleinen über die zerzausten Haare. Die Umstehenden hatten zuvor verständnislos geschaut, ohne etwas zu sagen. Danach waren sie vom Glanz des Ereignisses gefangen genommen worden.

Die Weihe des Bischofs begann. In den Ablauf waren die neuesten theologischen Gedanken eingeflossen aus dem Bedürfnis, die Bedeutung des christlichen Glaubens und des Amtes sinnbildlich zu verdeutlichen. In früheren Zeiten hatte die ganze Gemeinde ihren Bischof gewählt. Hingegen wurde er seit längerem allein vom Kollegium, also vom Klerus gewählt. Die Gemeinde durfte ihn dann per Akklamation bestätigen. Die Insignien des Bischofs waren Mitra, Ring, Stab; das Motto des neuen Oberhirten war: Gott ist größer als unser Herz. Neben den Bischöfen aus dieser Provinz waren weitere wie auch Priester als Gäste von weit her gekommen, zum Teil mit anderen Muttersprachen wie Lateinisch oder gar Aramäisch; ein schwarzer Nordafrikaner war auch darunter. Die Bischöfe, die aus anderen Provinzen als Gast an der Synode teilnahmen, wurden ebenfalls an der Weihung beteiligt. Denn die Einsetzung des Bischofs wurde nur von Bischöfen vollzogen, um die apostolische Sukzession zu wahren; dies nahmen gezielt auch die Bischöfe der umliegenden Provinzen vor, um damit die koinonia, die eucharistische Gemeinschaft zu bezeugen. Eine Weigerung eines geladenen Bischofs, an der Weihe teilzunehmen, wäre beinahe ein Veto gegen die Wahl gewesen. So etwas kam jedoch kaum vor.

Obwohl die Bischöfe viel zu tun hatten und normalerweise ihre kostbare Zeit nicht mit unnötigen Sitzungen verschwendeten, waren sie zu dieser Synode gekommen. Sie ahnten, daß diese Frage zu einer Weichenstellung im Leben der Christen wie der Gemeinden werden könnte; bei einer so wichtigen Angelegenheit mußten sie anwesend sein.

Nach der Weihe wünschten sich alle gegenseitig den Frieden Gottes. Der Friedensgruß zwischen den Besuchern wurde sehr freundlich ausgeteilt; Fremde wurden wie Freunde behandelt.

Zur Eucharistie wurden Brot und Wein gebracht und auf den Klapptisch gestellt, der vorne stand. Der neue Bischof sprach die Gemeinde an: "Der Herr sei mit euch!"

Die Gemeinde antwortete: "Und mit deinem Geist!"

"Die Herzen empor!"

"Wir haben sie beim Herrn."

"Laßt uns dem Herrn danken."

"Würdig ist dies und recht."

Dann betete ein weiterer am Abendmahl beteiligter älterer Bischof: "Gott-Vater, wir danken dir durch deinen geliebten Sklaven Jesus Christus, den du in diese Welt gesandt hast. Er ist unser Heiland und Erlöser. Er ist der Bote deines weisen Ratschlags. Er ist der von dir ausgehende Logos. Durch ihn hast du alles geschaffen. Vom himmlischen Thron hast du ihn in den Schoß der Jungfrau Maria gesendet. Er ist aus dem Heiligen Geist. Er wurde geboren von der Jungfrau Maria. Er ist gekommen, deinen Willen zu erfüllen und dir ein heiliges Volk zu bereiten. Am Kreuz litt er. Damit erlöste er die, die an dich glauben. Bevor er sich hingab, setzte er dieses Mahl ein. Freiwillig vergoß er sein Blut, gab er sein Leben dahin. Er sagte: ´Mein Leib, für euch gebrochen. Mein Blut, für euch geflossen. Sooft ihr dieses Mahl genießt, denkt ihr an mich.´ Wir erinnern nun an seinen Kreuzestod und an seine Auferstehung. Gott, wir bringen dir das Brot und den Becher. Wir danken dir, daß du uns für würdig erachtest, vor dir zu stehen und den Dienst eines Priesters auszuüben. Versehe das Opfer deiner Gemeinde mit deinem Heiligen Geist. Vereinige alle Gemeinden des Erdballs. Gewähre allen Heiligen, die von deinem Mahl nehmen, die Erfüllung mit deinem Geist. Stärke ihren Glauben und ihre Treue, eine Treue bis in den Tod. Wir loben dich, wir preisen dich durch deinen Sohn Jesus Christus. Durch ihn preisen wir dich und ehren dich in deiner heiligen Gemeinde, heute, morgen und in alle Ewigkeit. Amen." Anschließend wurde das Brot gebrochen und die Kelche gereicht. Es gab weiches Luxusbrot, wie es sich nur die Reichen leisten konnten, und der Kelch war aus Silber; solche Gefäße waren ein Statussymbol.

Das Schlußwort sprach der neue Bischof Numerius Granius Atrox, der sehr eloquent war. Mit seinen Worten umschmeichelte er die Zuhörer. Er zeigte Demut in seiner Rede, die zugleich dem Zeitgeist wie dem Selbstbewußtsein der Christen huldigte. Lucius paßten die Kompromisse zum Zeitgeist nicht. Er bemühte sich hingegen, keine negativen Gefühle oder Gedanken in sich aufkommen zu lassen. Der neue Bischof war ziemlich häßlich, hatte ein Fischmaulgesicht, dazu noch eine Glatze, über die die wenigen Haare in Strähnen gestrichen waren. Dabei war er groß und schlank, Anfang 50.

Nach dem Gottesdienst standen alle lange in der Kirche sowie im engen Platz davor und unterhielten sich angeregt. Sogar die nichtchristliche Bevölkerung mischte sich in diesen Kreis; unter ihnen waren einige wenige Honoratioren und sogar Mitglieder des Magistrats von Perge, die den neuen Bischof und seine Kollegen begrüßten. Auch wenn Christen gesellschaftliche Außenseiter waren, so bildeten sie eine wachsende, selbstbewußte, geschlossene und damit starke Gruppe. Die Christen könnten eines Tages eine politische Kraft sein, auch wenn sie bisher nicht als solche auftraten, dachte mancher. Ein kluger Politiker vernachlässigte sie deshalb nicht, sondern bedachte sie dosiert mit Freundlichkeiten, möglichst so, daß die übrige Bevölkerung davon nichts erfuhr. Denn noch war der Christenhaß in den Provinzen notorisch, noch wurden bei jedem Unglück die Christen als Verursacher beschuldigt: "Die Christen vor die Löwen!" schrie dann der Pöbel.

Es wurde selbstredend auch über den neuen Bischof Numerius gesprochen. Es waren erst wenige Personen, die hinter vorgehaltener Hand über sein finanzielles Fehlverhalten flüsterten. Und es waren eher Ahnungen als Fakten, die sie austauschten.

9
Das erste Treffen

In den Tagen der Synode würde die Zeit der Synodalen und der Gäste angefüllt sein mit Gottesdiensten und Andachten, allgemeinen Beratungen sowie auch Besprechungen in kleinen Zirkeln. Sie verfügten somit kaum über Zeit für private Dinge. Ständig würden sie beisammen sein; für Julia wäre es beinahe unmöglich, Lucius zu sehen, geschweige denn, ein Wort unter vier Augen mit ihm zu wechseln. Und es lag dafür auch ein zweiter Grund vor: Es war Aufgabe der Ortsgemeinde, den Teilnehmern ein Dach über dem Kopf zu geben und ebenso für ihr leibliches Wohl zu sorgen. Alle Gemeindeglieder, die abkömmlich waren, würden dabei Hand anlegen; auch Julia hätte alle Hände voll zu tun. Ihre Mutter war eine entscheidende Person bei der Organisation der Synode und hatte sie vielfältig eingeplant. Julia vertraute darauf, daß es ihr mit ihrem gewinnenden Lächeln gelingen würde, Aufgaben zu tauschen, so daß sie sich Hoffnung machte, Lucius zumindest kurz zu sehen. Ihr Traum war ein Beisammensein mit ihm ganz allein.

Julia nutzte beherzt die erste Chance, die sich ihr bot. Beim allgemeinen Beisammensein nach der Bischofsweihe war sie - natürlich "rein zufällig" - Lucius begegnet. Blitzartig war ihr die Idee gekommen, ob er ihr nicht einige Ratschläge für die Hochzeitsfeier geben könne; denn diese solle festlich und christlich-bescheiden zugleich sein. Und da er beim Betrieb der Synode kaum Zeit für ihre Beratung hätte, schlug sie den Nachmittag gleich an diesem ersten Tag vor. Da würden nämlich noch manche Vorberatungen stattfinden, und er könnte sich eher zeitlich freimachen. Tatsächlich hatte er keinen Termin, da er nicht zu einem der anwesenden Klüngelkreise gehörte. Sie schlug den Artemis-Tempel auf der Akropolis vor; sie erklärte, man habe von da oben einen schönen Blick über die Stadt und insbesondere auch auf das Tal in Richtung Norden. Dabei lächelte sie ihn scheinbar schüchtern an.
Er wußte nicht, wie er antworten sollte; und er wollte nicht unhöflich sein und sagte deshalb zu, fühlte sich unmittelbar danach sogleich unwohl, hatte dann aber auch nicht mehr den

Mut, seine Zusage zurückzunehmen. Zu dieser Entscheidung hatte vor allem die Überraschung beigetragen, als er sie so plötzlich und unvermutet vor sich stehen sah, waren doch seine Gedanken noch ganz beim feierlichen Gottesdienst gewesen. Und ihr Lächeln ging ihm nicht aus dem Sinn.

Lucius hatte auf dem Weg nach Perge nur einmal kurz an die Möglichkeit gedacht, Julia in ihrer Heimatstadt wiederzusehen. Er hatte den Gedanken nicht verdrängt; denn im wesentlichen hatte er sich auf das Thema der Synode konzentriert. Die Hoffnung auf ein Wiedersehen hatte auf ihrer Seite gelegen. Sie liebte ihn! Er hingegen hatte sie als die Verlobte seines alten Freundes Gaius gesehen. Unterschwellig hatte sie einen gewissen Reiz auf ihn ausgeübt; dies waren weniger die mysteriösen Schwingungen einer geliebten Frau als die Stimmung des Vertrautseins mit einer leiblichen Schwester. Julias Fröhlichkeit war ansteckend und aufmunternd wie die seiner leider so jung verstorbenen Schwester Leola. Das Lachen in Julias Augen war purer Lebensmut und machte sie sehr anziehend. Attraktiv war sie, ohne Frage. Er gönnte sie seinem Freund Gaius!

Julia weihte ihre Vertraute Monica in ihre Pläne nicht ein. Ja, das teuflische Mißtrauen nagte bereits heftig in ihr. Angst scheidet Menschen. Und so war Julia mit ihren Fragen allein, konnte sich nicht bei Monica Rat einholen. Da war die ganz und gar nicht banale Frage: Was soll ich anziehen? Lucius war christlicher Priester, der höchsten moralischen Ansprüchen unterlag. Was war bei einem Treffen zu zweit bei der Kleidung einer jungen Frau züchtig genug? Und was war gefällig genug? Was war mit der Frisur? Wie aufwendig dufte sie sein? Und dann der Gold-schmuck - sie war schließlich nicht arm, also eine gute Partie. Die

Aussagen in den Briefen des Apostels Paulus an Timotheus sowie in einem Brief des Apostels Petrus waren Julia mehr als bekannt. Immer wieder wurden sie in der Gemeinde den Mädchen gepredigt: Frauen sollen keinen Goldschmuck, Perlen oder Edelsteine tragen, auch keine teure Kleidung. Strikt untersagt waren darüber hinaus auffallende Frisuren. Statt dessen sollten sie sich mit guten Taten schmücken; so sollten Frauen sein, die ihre Liebe zu Gott zeigen möchten. Jedoch, wie becirct man mit guten Taten einen schüchternen, zurückhaltenden jungen Mann? Den man vielleicht nur für wenige Minuten sehen darf? In letzter Minute entschied sich Julia gegen alle betörende Aufmachung, legte die Ringe ab, kämmte sich die Locken aus den Haaren und nahm als Obergewand ein einfarbiges Baumwolltuch. Dessen helles Blau kontrastierte mit dem Blond ihrer Haare und brachte es vorteilhaft zur Geltung. Nur damit und mit ihrem Lachen wollte sie ihn für sich gewinnen. Sie hoffte, mit ihrer zurückhaltenden Aufmachung seine Zurückhaltung zu durchbrechen; sie empfand dies als sehr clever.

Für dieses Treffen kleidete sich Julia allein an, ohne die Hilfe ihrer Sklavin Monica. Auf diese Weise vermied sie neugierige Fragen. Die wären kaum zu vermeiden gewesen, auch wenn beide längst aus dem Alter heraus waren, wo sie einander kichernd die Vorzüge und Nachteile desjenigen nannten, den sie gerade anbeteten. Die Lebensphase der Schwärmerei war schon lange vorbei. Aber jetzt war die Lage nicht einfach, da Julia niemanden hatte, der sie sich anvertrauen konnte.

Julia war es fast schwindlig bei den vielen Gedanken, die ihr durch den Kopf schossen, als sie auf dem Weg zum Treffen war: Kann das gutgehen? Hat es Zukunft? Was erwartet er von mir?

Was wird er von mir halten? Was sage ich meiner Mutter? Wie kann die Verlobung geräuschlos gelöst werden? Wird Lucius in die Firma der Mutter eintreten? Aber die Gedanken wurden stets in Windeseile unscharf, verschwammen unter der Macht der Gefühle. Julia blickte auf zum Himmel, woher sie sich Hilfe erhoffte. Die Sonne schien. Die Vögel zwitscherten. Die Natur kümmert sich nie um die Sorgen der Menschen. Nur Gott sorgt sich um uns.

Als Ort des heimlichen Treffens hatte Julia ein verträumtes Plätzchen nahe beim Artemis-Tempel gewählt, der an der Nordwestspitze der Akropolis lag; zum Rand des hier steil abfallenden Hügels schlossen sich Gartenlauben an, die sehr romantisch mit Weinranken verziert waren. Von dort ging der Blick auf die hohen Berggipfel in der Ferne, deren Spitzen weiß vom Schnee glänzten. Im Hochsommer würde es hier sehr bevölkert sein, da alle eine kühle Nordbrise als Erfrischung suchten. Jedoch, in dieser Jahreszeit waren die Gärten spärlich besucht.

Auf ihrem Weg passierte Julia eine Gruppe von Jungen, die auf einem staubigen Platz spielten. Sie hatten einen aus Lappen genähten Ball, warfen ihn sich zu, und der in der Mitte mußte ihn fangen. Jeder wollte flinker, geschickter, schneller sein. Sie lachten; einer schrie aus Wut und Enttäuschung. Julia beachtete die Jungen nicht, und diese waren in ihr Spiel vertieft und sahen die junge Christin ebensowenig.

Julia hatte das Treffen für den Nachmittag geplant; denn abends hätte sie nicht mehr ohne schützende Begleitung allein aus dem Haus gedurft. Ruth erfuhr nichts von dem heimlichen Handeln ihrer Tochter, weil sie selbst einen scheinbar wichtigen Termin hatte. Der frischgekürte Bischof Numerius hatte sie eingeladen: Ruth hatte sich gefragt, was der Grund sein könnte, so kurz nach seiner Amtseinführung zur Audienz gebeten zu werden. Sie vermutete, es würde sich um Fragen der Organisation des Synode handeln. Deshalb erwartete sie, eine Gruppe von Gemeindegliedern bei ihm zu treffen. Es zeigte sich hingegen, daß nur sie erwartet wurde. Ebenso verwunderlich war, daß es nicht um die Synode ging. Nach der Begrüßung dankte Numerius ihr in seiner neuen Funktion sehr herzlich für ihre großzügige Tat, der Gemeinde das neue Gotteshaus kostenlos zu vermieten. Ruth wiederum hob sein Geschenk hervor, denn er hatte die Ausschmückung des Taufraums bezahlt. Ruth und Numerius kannten sich seit vielen Jahren. Bei diesen Freundlichkeiten zwischen den beiden war die Stimmung erwartungsgemäß angenehm. Numerius nutzte dies und kam auf den wahren Kern seiner Einladung zu sprechen: Ihre Tochter Julia sei längst in dem Alter, in dem eine junge christliche Frau heiraten solle.

"Ja, das ist so", stimmte Ruth ihm zu, ohne ihm ihre Pläne zu verraten. Denn sie kannte Numerius als alten Intriganten und roch einen faulen Braten zehn Meilen gegen den Wind.

"Die Wahl des Ehemanns ist wohl nicht einfach", sagte Numerius. Bei diesen Worten dachte sich Ruth: Hält der mich für unfähig, meine Tochter passend zu verheiraten? Ruth schwieg aber und offenbarte ihm nicht ihre Gedanken.

Statt dessen erklärte Numerius: "Eine gläubige junge Frau, und dazu gebildet und wohlhabend, da mangelt es an geeigneten Bewerbern."

Wenn du wüßtest, ging es Ruth durch den Kopf.

"Bei jedem Gemeindeglied mache ich mir nicht diese Überlegungen, das verstehen Sie, aber bei Ihnen, die Sie eine

Säule unserer Gemeinde sind, kommen mir schon solche Gedanken", begründete Numerius sein Vorgehen.

Worauf willst du hinaus, du alter Intrigant, dachte Ruth.

"Nehmen Sie mir es bitte nicht übel, wenn ich mit der Tür ins Haus falle, und Ihnen einen geeigneten Kandidaten vorschlage; aber bei diesen Dingen führt ein unnötiges Geziere nicht weiter."

"Stimmt, verehrter Herr Bischof", so redete sie ihn an, denn man achtete auch und gerade in der Kirche streng auf die Wahrung der Hierarchie. "Ein unnötiges Geziere ist unnötig." Die Ironie in ihren Worten bemerkte er nicht, so sehr war Numerius auf sein Ziel fixiert.

"Lassen Sie mich also frei von der Leber weg Ihnen, verehrte Frau, meinen Neffen Marcus als Hochzeiter für Ihre Tochter Julia vorschlagen."

Aha, dahin läuft der Hase, schoß es Ruth durch den Kopf.

"Er ist gebildet, hat sein Rhetorik-Studium erfolgreich abgeschlossen, wird somit Karriere machen - wobei ich hoffe, ihn überzeugen zu können, in den geistlichen Dienst einzutreten - und ist außerdem eine passable Erscheinung, sehr sportlich, müßte also einem jungen Fräulein gefallen. Ich kann ihn demnächst Ihnen auch gern einmal persönlich vorstellen", bot Numerius ihr an und fügte noch hinzu: "wenn Sie möchten".

"Verehrter Herr Bischof, für Ihre fürsorglichen Gedanken danke ich Ihnen sehr. Ja, es ist wirklich schwer heutzutage, den richtigen Mann für ein junges Mädchen zu finden", heuchelte sie ihm vor und hatte dabei noch nicht einmal ein schlechtes Gewissen. "Da muß man ganz genau wissen, wem man sein Kind anvertraut." Numerius nickte dabei verständnisvoll und lächelte würdevoll wie ein Bischof; er sah sich schon auf dem Weg des Erfolges. Und Ruth fuhr mit den Worten fort: "Man braucht die Sicherheit, daß es dem Kind gut gehen wird in der Zukunft." Numerius nickte wieder verständnisvoll. "Ein ordentlicher Beruf zeigt an, daß der Mann einen ordentlichen Charakter hat." Das Nicken bei Numerius wurde schwächer. Eine Ahnung stieg in ihm auf und sollte schnell zu Gewißheit werden. Denn Ruth hatte ihr gedankliches Messer gezückt und stieß zu: "Und da werden Sie mir sicherlich beipflichten, hochverehrter Herr Bischof, daß ich es lieber abwarte, bis Ihr Neffe Marcus sich seine ersten Sporen im Berufsleben verdient hat. Wenn dies im geistlichen Dienst wäre, könnte dies einerseits besser, andererseits sogar schlechter sein."

"Wieso?" unterbrach sie Bischof Numerius.

"Wieso", griff Ruth seine Frage auf. "Ganz einfach. Der Dienst im Weingarten des Herrn ist sehr ehrenvoll." Numerius nickte dabei heftig, um seine Zustimmung auszudrücken. "Jedoch, die Karriere-Aussichten sind trotz der guten Bildung begrenzt." Numerius wollte etwas sagen, aber Ruth brachte ihn mit einer knappen Handbewegung zum Schweigen. "Wird heutzutage nicht allgemein erwartet, daß ein Bischof unverheiratet sei? Sind Sie selbst, verehrter Herr Bischof, nicht dafür ein gutes Beispiel? Sie haben nach Ihrer kurzen, kinderlosen Ehe als junger Mann auch nicht wieder geheiratet."

"Verehrte Frau, ja und nein. Damals bestand die Gefahr von Verfolgungen; der Gefahr wollte ich eine Frau nicht aussetzen."

"Unabhängig davon, ob Gott die Verfolgungen beendet oder nicht - und die Verfolgungen sind ein Zeichen der Endzeit, die wir herbeisehnen, oder nicht? - die Zahl der Bischöfe nimmt zu, aber immer weniger von ihnen sind verheiratet. Um den zentralen Punkt hervorzuheben: Warten wir ab, wie sich Ihr Neffe entwickelt. Dann sehen wir weiter." Ruth hatte die Worte mit der Autorität eines Richters gesprochen; und Bischof Numerius wußte, daß er in erster Instanz verloren hatte. Beide gingen mit aufgesetzt freundlichen Mienen auseinander.

Ruth dachte beim Weggehen: Mit so einem jungen Kerl, dessen Wesen noch unausgegoren ist, bringe ich Julia nicht zusammen. Daß die Termine für Verlobung und Hochzeit mit Gaius bereits vereinbart sind, brauchte er nicht zu wissen. Dann kann Bischof Numerius, der Intrigant, auch nichts anrichten. Gaius ist ein wohlsituierter, erfolgreicher Kaufmann. Und dazu noch gutaussehend und höflich. Etwas besseres kann Julia nicht passieren.

Jedoch, Julias Weg und Gedanken gingen in eine andere Richtung,

Denn inzwischen hatte Julia ihr Ziel erreicht: Es war ihr erstes Zusammensein, bei dem sie und Lucius allein waren. Es war ein Ort, an dem Julia fühlte, daß er wie geschaffen war zur Zweisamkeit, an dem sie hoffte, Lucius Herz entflammen zu können - einen kleinen Funken aus der Glut der Liebe zu Gott zu nehmen und in eine lodernde Flamme irdischer Liebe zu verwandeln. Es war ein Ort der Herzen, so sah sie ihn. Sie wollte ihren ganzen Mut zusammennehmen, ihr Herz in die Hand nehmen und es ihm schenken. Es flossen ihr die zärtlichsten Worte von den Lippen, die zwischen zwei, deren Liebe erst noch beginnen sollte, nur denkbar waren. Sie wagte es sogar, ihn verstohlen zu berühren. Nur ganz kurz, gerade einmal der Hauch eines Kontaktes von Hand zu Hand. Die Sitten waren streng. Der Moment blieb für Julia unvergeßlich. Das Gezwitscher der Vögel, das leichte Rauschen der Palmblätter - Julia legte beinah fast alle schickliche Schüchternheit ab. Sie bemerkte nicht die Kühle, die es hier oben auf dem Hügel in dieser Jahreszeit noch gab.

Lucius erlebte den Ort anders. Da war das Unwohlsein, allein mit einer jungen Frau zu sein, die nicht seine Frau war, allein mit der

Braut seines besten Freundes zu sein und in einer Weise zu ahnen, die wie Wissen war, daß diese Frau ihn liebte - und nicht ihren Bräutigam. Und dann nahm er den Ort ganz anders wahr als sie: Er sah den Ort wie geschaffen zum Alleinsein, ohne dabei einsam zu sein. Ein Ort zum Nachdenken, um mit sich selbst ins Reine zu kommen, um Rückblick zu halten und neue Ziele ins Auge zu fassen. Dieser Ort war geeignet für grundsätzliche Entscheidungen, für die man einen klaren Kopf brauchte, für rationale Überlegungen, nicht aber für emotionalen Überschwang.

Geschickt hatte sie ihn "gestellt", wie ein erfahrener Jäger seine Beute. Jedoch, er hatte sich auch fangen lassen; er mußte sich eingestehen, wie sehr er sich nach der Zuneigung, nach den Zärtlichkeiten einer Frau sehnte. Und diese Frau übte, wie er schnell feststellen mußte, einen besonderen Reiz aus. Aber die Treue zum Freund stand zwischen ihm und ihr; und der Wille, sich dem geistlichen Amt hinzugegeben und für alle Aufgaben bereit zu sein, kam hinzu - und beim Bischofsamt wurde Ehelosigkeit zunehmend erwartet. Und so fühlte er sich gefangen und erfreut zugleich. Je mehr er den Kern der Lage erkannte, um so mehr schlug sein Herz vor banger Erwartung. Furcht und Glück breiteten sich in ihm aus. Er hatte Angst, der unglückliche Held einer klassischen Tragödie zu werden. Die griechischen Tragödien waren ihm nur zu gut vertraut; sein konservativer Lehrer hatte auf sie Wert gelegt. Seine Eltern hatten es hingenommen, daß im Unterricht - wie üblich - heidnische Mythologie gelehrt worden war. Seine Eltern waren fromme Christen gewesen, gütige und liebevolle Menschen. Streit waren sie, wo immer es möglich gewesen war, aus dem Wege gegangen. Sie hatten sich über seine solide Ausbildung gefreut, die ihnen viel Geld und damit Einschränkungen gekostet hatte. Sie hatten darauf vertraut, daß Gott ihrem Sohn die Gnade des Glaubens schenken würde; sie lebten ihm ihren Glauben vor - und ihre Hoffnung hatte sie nicht getrogen. Die Göttergeschichten waren für Lucius nur spannende Abenteuererzählungen gewesen. Er hatte aus diesen Geschichten, den Marmorstatuen und den tönernen Götterfiguren, wie er sie in den Häusern seiner nichtchristlichen Freunde fand, nie die Vorstellung aufbauen können, das seien personale Mächte, die tatsächlich existierten.

Und so sah sich Lucius bei ihrem Gespräch verpflichtet, nicht unhöflich zur Braut seines Freundes Gaius zu sein. Im Innersten nagte die Angst vor einem Skandal, zerrte die Begierde nach körperlicher Liebe und regierte die Treue zum Freund. Julia verlor diesen Kampf; es gelang ihr nicht, ihn für sich einzunehmen. Da sie ihn ganz haben wollte, war es auch nicht der Versuch einer Verführung gewesen, sondern das Werben um Zuneigung, um Liebe. Immerhin, er hatte sie nicht brüsk zurückgewiesen. Und eine gewisse Sehnsucht, verbunden mit einem unterschwelligen Gleichklang der Herzen, das meinte sie bei Lucius gespürt zu haben. Das schuf ein kleines Glück in ihr, machte ihr Hoffnung, stärkte ihren Lebensmut, der manchmal von Erinnerungen und Befürchtungen niedergedrückt wurde.

10
Baden gehen

Monica hatte es relativ gut - verglichen mit den meisten Sklaven. Sie besaß eine eigene Kammer, auch wenn sie eher die Größe einer Abstellkammer besaß. Sie hatte als Christin aus eigenem Antrieb in ihrem Zimmerchen ein Kreuz an die Wand mit Kohle gemalt. Darüber hatte sie die Buchstaben "V i V" geschrieben. Sie standen für VIVAT. Christus lebt, das war ihre Hoffnung. Monica beherrschte immerhin ihren Namen und einige für sie wichtige Wörter. Ebenso konnte sie das eine oder andere Wort in einem Text entziffern. Die heiligen Schriften konnte Monica leider nicht lesen, was sie sehr bedauerte. Um so eifriger hörte sie zu, wenn aus ihnen vorgelesen wurde, und versuchte, sich möglichst viel zu merken. Liedtexte behielt sie sehr gut; Singen machte ihr Spaß, und sie sang viel. Ihre angenehme Stimme hörten im Haus alle gern.

In dieser Jahreszeit ging Monica abends einmal in der Woche zum Baden. Sie traf stets nach Einbruch der Dunkelheit in der Westlichen Therme ein, bevor die letzten Lampen verloschen. Dies war eine Zeit, die manche Sklavin reicher Leute hierfür nutzen konnte - wenn sie der Herrschaft nicht dienen mußte. Es war zugleich die Stunde, zu der sich Liebespaare heimlich in der Therme trafen und tummelten; beide Gruppen ließen einander in Ruhe. Diese Besuche im Schwimmbad würden bald Konsequenzen für Monica haben, von denen sie nichts ahnte und die sie sich nicht vorstellen konnte.

An diesem Abend säuberte sich Monica gründlich und plantschte danach noch kurz mit einigen Freundinnen, ebenfalls christlichen Sklavinnen. Auf dem Rückweg schaute sie in einen der letzten noch geöffneten Läden hinein und nahm eine hinterlegte Ware in Empfang, um sie mit nach Hause zu bringen. Es war ein sperriger Lampenständer für den Dachgarten, ein einfaches, preiswertes Ding aus Holz, das Ruth kurzentschlossen gekauft hatte; wertvolle Waren sollte man in der Dunkelheit nicht transportieren, wenn das spärliche Licht der Ölfunzeln gerade ausreichte, die groben Umrisse der Häuser zu zeichnen, und um andere Passanten

zu sehen und nicht in den engen Gassen Nachtwandler umzu-
stoßen oder zu stolpern. Sicher war man in der Dunkelheit nie,
weder vor Räubern noch vor Jugendlichen, die ihren Schabernack
trieben, wenn sie nicht gerade die Kirschen aus Nachbars Garten
klauten.

Sklavinnen konnten nur selten in einer Therme baden; am ehesten
hatten sie im Frühjahr eine Chance. Denn im Winter waren die
Thermen von armen Bürgern überlaufen, die einen Platz zum
Wärmen suchten. Im Hochsommer, wenn es lange hell war und
alle Kühlung suchten, würden die Sklavinnen ein passendes
Fleckchen am Fluß aufsuchen, und zwar etwas oberhalb des
Platzes, an dem die Wäscherinnen ihrem harten Broterwerb
nachgingen.

Das Abendessen war spät. Monica bediente heute Julia mit
professionellem Lächeln, ohne Herzlichkeit; sie zeigte ihre
strahlenden Zähne, aber in den Augen fehlten Glanz und
Freundlichkeit. Das Verhältnis zwischen ihr und ihrer jungen
Herrin erlebte immer öfter Momente der Spannung, die sich
Monica kaum erklären konnte. Bereute es ihre junge Herrin, daß
sie sie ins Vertrauen gezogen hatte? Ins Spekulieren brachte sie
insbesondere eine Andeutung, die Julia in einem Moment des
Zorns und der Enttäuschung gemacht hatte. Das ganze war
Monica suspekt erschienen. Wollte Julia sie etwa verkaufen? Das
konnte und wollte Monica nicht glauben. Sie hatte keinerlei Anlaß
zur Kritik gegeben; und christliche Herren wollten in der Regel
nicht, daß ihre gläubigen Sklaven in nichtchristliche Haushalte
oder in schlimmere Lagen gerieten.

Was Monica nicht wußte, war die Existenz eines jüngst ein-
getroffenen neuen Briefes von Tante Helena: Ruth hatte ihrer

Tochter davon berichtet; die Tante sei inzwischen wie durch ein Wunder genesen und hoffe, wenn sie wieder Kräfte gesammelt habe, von Ephesos nach Perge zu reisen und die beiden zu besuchen.

Die Synode war an diesem Tag geprägt von Vorbesprechungen; auch wurde noch der eine oder andere Teilnehmer erwartet, der sein Kommen fest zugesagt hatte. Trotz der hervorragenden Qualität des römischen Straßenwesens war das Reisen nicht immer ein Vergnügen; und es konnte auch zu Verzögerungen kommen. Es gab Behinderungen zum Beispiel durch Trupps von Soldaten, die Vorrang hatten, und denen die Einheimischen mit Spanndiensten helfen mußten. Auf der Synode wurde die Wartezeit zur Pflege persönlicher Kontakte sowie zum Austausch von Erfahrungen genutzt.

Bischof Numerius konnte aufgrund seines neuen Amtes problemlos erfahren, wo Julia als Helferin eingesetzt war. Und so gelang es ihm, ein unvermutetes Treffen seines Neffen Marcus mit Julia zu organisieren, und zwar ohne Wissen und gegen den Willen Ruths:
Als Julia zur Erfrischung Melonenstückchen verteilte, trat der Bischof unversehens vor sie und stellte ihr seinen Neffen Marcus vor. Dabei behauptete er fälschlich, ihre Mutter habe ihn gebeten, sie mit Marcus bekannt zu machen. Darauf verließ der Bischof die beiden jungen Leute abrupt.
Marcus war nicht schüchtern, trat forsch auf und nahm sich lächelnd eines der Melonenstücke, die für die Bischöfe bestimmt waren.

"Das verwundert mich, daß ich dich hier bisher nie gesehen habe. Schöne Frauen übersehe ich normalerweise nicht", versuchte er, mit einem direkten Kompliment bei ihr Eindruck zu schinden.

"Die Melonen sind für die Bischöfe bestimmt", entgegnete Julia knapp und kühl. "Sie gestatten, daß ich meiner Pflicht nachgehe und sie verteile, ja?" Julia zog ihm den Teller weg, ging um ihn herum und würdigte ihn keines weiteren Blickes mehr, sondern offerierte die Melonen den älteren Bischöfen mit einem besonders freundlichen Lächeln. Bei ihrer angenehmen Erscheinung erwiderten diese natürlich das Lächeln und nahmen dankend die angebotene Erfrischung an.

Marcus hatte das Gespräch falsch aufgezäumt und von Julia gleich eine Abfuhr erhalten. Auch, weil sie ungehalten darüber war, daß jetzt sogar der Bischof sie verkuppeln wollte. Das hatte sie nämlich sofort erkannt. Mit Gaius war sie zufrieden gewesen. Dann hatte sie sich in Lucius verliebt, weshalb ihre Gefühlswelt in heller Aufregung war. Und jetzt das noch. Und dann so einer, der meinte, ihm gehöre die Welt.

Später berichtete Julia ihrer Mutter von diesem Erlebnis. Ruth war glücklich, als sie erfuhr, daß Marcus gleich beim ersten Annäherungsversuch bei Julia durchgefallen war. Sie meinte, ihre Tochter liebte Gaius und wäre deshalb immun gegen Marcus gewesen. Da irrte die Mutter. Ein anderer war es, der Julia nicht losließ.

Lucius, das war sein Blick, der alles aufnehmen und verstehen wollte und der sie mit unwiderstehlichen Kräften anzog, Lucius, das war dieses leichte Lächeln, das jedem neues Leben und Hoffnung vermittelte, wie ein erster warmer Sonnentag im Frühling nach vielen düsteren Tagen. Ihr gefielen seine energiegeladenen Bewegungen wie seine nachdenkliche Intelligenz. Das Gesicht war wohlproportioniert, nur etwas breiter als das Ideal, wie es die Götterstatuen zeigten. Kinn und Hals waren deutlich abgesetzt, was ihn männlicher machte, die Finger eher kürzer, die Hände kräftig - sie wirkten sanft, konnten aber zupacken. Die Kleidung war schlicht, sein Auftreten zuvorkommend und zurückhaltend. Das reizte Julia, forderte sie heraus.

In diesen Tagen begannen erste konkrete Informationen zum finanziellen Fehlverhalten von Bischof Numerius zu kursieren. Es war die Frage aufgekommen, womit er das teure Rhetorik-Studium seines Neffen bezahlt habe. Vor allem, weil die von ihm gestiftete Ausmalung des Taufraums auch nicht gerade preiswert gewesen war. Und schließlich: Woher hatte er das Geld für die Speisung von Bedürftigen genommen, womit er den Ehrentitel "Philoptochos", der Armenfreund, erhalten hatte? Letzteres hatte erheblich zu seiner Wahl zum Bischof beigetragen.

11
Der Dritte im Bunde

In der Nähe der Stadt Perge lag der Fluß Kestros, nach dem gleichnamigen Gott benannt. Der Fluß ermöglichte Handel und Landwirtschaft und brachte damit Wohlstand; beispielsweise konnten Weingärten bewässert werden. Die Tendenz des Flusses zu versanden war noch so gering, daß dies kein Problem darstellte. Und im Sommer plantschen die jungen Pergaisern gern in den Fluten des Kestros.

Gaius war zur Stadt seiner Verlobten geritten; das Pferd hatte er sich von einem Kunden geliehen. Der besaß eine Filiale in Perge, wo Gaius es während des Besuchs unterstellen konnte.

Gaius näherte sich der Stadt. Bevor er das Haupttor im Süden der Stadt erreichte, traf er auf das Theater und das Stadion, die beide vor den Toren der Stadt lagen. Das Stadion mit seiner Laufbahn hatte die Form eines langgezogenes Hufeisens; mit seinen 12 Zuschauerreihen war es nicht besonders hoch, jedoch von den Ausmaßen her sehr imposant, denn es war fast 240 Meter lang und gut 35 Meter breit. Die beiden Arenen standen zueinander im 90-Grad Winkel, das Stadion offen in Richtung Süden, das Theater offen in Richtung Osten. Während das Stadion in der Ebene gebaut war, hatten bereits die Griechen ihr Theater an einen Berghang angelehnt, der in etwa gleich hoch war wie das Theater. Das Theater in Perge war flacher als in Side, weicher in der Wölbung der Zuschauerreihen. Es war ausstaffiert mit Halterungen für die teuren Sonnensegel, die vor den auf die Dauer so unangenehmen Sonnenstrahlen schützten.

Perge selbst breitete sich unterhalb eines weiteren Hügels aus - wie in Athen Akropolis genannt -, der 60 Meter höher war als die Stadt; auf ihm war sie ursprünglich gegründet worden. Nun standen auf der Akropolis alte Tempel und kleine Villen, umrankt von Sommergärten der Mittelschicht.

Das Haupttor mit seinen hohen Wänden wie auch die vielen Säulen und Statuen auf der sich anschließenden Prachtstraße strahlten einen steinernen Glanz aus; in Perge war es der kostbare Marmara-Marmor mit seinen charakteristischen purpurroten Adern auf weißem Grund. Perge leistete sich diesen teuren Marmor aus der Nähe von Byzanz, statt einen deutlich preis-werteren aus Steinbrüchen in der Nähe zu kaufen. Man wollte zeigen, was man sich leisten konnte.

Auffallend waren für den genauen Blick des kundigen Betrachters die Statuen mit ihrem eigenen Stil, wodurch sie sich von denen in anderen Städten unterschieden; die harten Linien in der Gestaltung, in der Physiognomie waren etwas eigenartig. In Perge war man stolz darauf, während Leute aus anderen Städten sich darüber lustig machten: "Zack-zack wie die Götter aus Perge", so wurde anderswo gespottet.

Bestimmend für die Gestalt der Stadt waren die zwei großen Prachtstraßen, die sich im rechten Winkel kreuzten und die Stadt in vier Teile zerlegten. Zwei kleine Stadtteile lagen am Hang der Akropolis, und zwei große breiteten sich in der Ebene aus, wo sie von der hohen Stadtmauer umgeben waren. Die Prachtstraße zwischen den beiden großen Stadtteilen war besonders aufwendig mit einer Säulenallee geschmückt. Diese begann am Abhang der Akropolis beim Kestros-Nymphaeum, ein dem Gott gewidmeter Brunnen vor einer zweistöckigen Schmuckfassade, und endete beim südlichen Haupttor. Sie verlief über 520 Meter in nord-südlicher Richtung und bestand aus vier Abschnitten unterschiedlicher Länge, die in sich gerade waren. Diese Abschnitte waren bedingt durch einen jeweils leichten Knick, den die Straße mal in die eine, mal in die andere Richtung nahm. Das gab der Straße eine gewisse Lebendigkeit; sie war insgesamt 22 Meter breit, für eine Provinzstadt ein imposanter Boulevard, und in ihrer Mitte floß ein 2 Meter breiter Wasserkanal. Diese Straße wurde rechtwinklig gekreuzt von der zweiten Prachtstraße, die als Ost-West-Tangente an zwei Stadttoren endete: Links war das westliche Tor, das in der Umgangssprache der Pergaisern das Abend-Tor hieß. Dort begann der Friedhof gleich außerhalb der Stadtmauer; rechts war das östliche Tor, allgemein Hafen-Tor genannt, da, wer aus ihm herausging, bald den schiffbare Fluß erreichte mit seinem kleinen Binnenhafen, seinen Stegen und Lagerhäusern am Ufer.

Das südliche Tor, zugleich das Haupttor, hieß Neues Tor. Es war erst spät in der Stadtgeschichte durch eine kleine Stadterweiterung notwendig geworden. Zu dieser Veränderung war es gekommen, weil die Agora vergrößert werden mußte und sollte. Dafür waren Teile der alten Mauer abgerissen worden. Die neue Mauer umschloß auch weiträumig die Sonnen-Therme. Der Eingang zum Neuen Tor lag deutlich hinter der südlichen Mauerlinie: Die Mauer bildete also mit ihrer Torseite und zwei weiteren einen rechteckigen Hof, den man durchschreiten mußte, ehe man ans Tor selbst gelangte. Diese Mauer war über 10 Meter hoch und außen mit Marmor verkleidet. Sie war aber vergleichsweise dünn, denn sie diente allein dem Protz, nicht dem Schutz.

Nachdem man diesen Raum und den schlichten Rundbogen des Tores durchschritten hatte, gelangte man auf den Septimius-Severus-Platz. In der Zeit des früheren Kaisers waren die Mauern und Gebäude des Platzes errichtet oder prächtig verschönt worden. Reiche Bürger hatten zu Ehren des Kaisers und seiner Familie tief in die Tasche gegriffen, um diese Verschönerung zu ermöglichen. Dies war erst vor einer knappen Generation geschehen, weshalb sich alles in einem gutem Zustand befand. Die Stadt und ihre Bewohner waren sehr stolz auf ihren Septimius-Severus-Platz. Auf ihm zeigten sich gern die Honoratioren der Stadt im Kreise ihrer Klientel und Bewunderer. Damit wurde dem einfachen Bürger eine Chance geboten, sich ihnen zu nähern und Wünsche zu äußern, bevor jene in Richtung Theater oder Stadion gingen.

Die nördliche Begrenzung des 75 Meter langen Platzes wurde durch ein weiteres Tor gebildet, das Alexander-Tor. Es bestand aus zwei imposanten, hohen Rundtürmen aus hellenistischer Zeit, die früher zur Stadtmauer gehört hatten. Der Ankömmling, der den Bogen des ersten Tores durchschritt, blickte auf die beiden

Türme des zweiten Tores, die gut zehn Meter voneinander entfernt standen, und sein Blick ging durch sie hindurch auf die Säulenstraße.

Auf diesem Platz gab es linker Hand einen Säuleneingang, die Propylon. Schritt man durch sie, dann gelangte man in die Sonnen-Therme. Offiziell hieß dieses Bad Septimius-Severus-Therme, aber weil es im Süden der Stadt lag, wurde es in Anknüpfung an die Himmelsrichtung Sonnen-Therme genannt. Nur wenige Meter daneben lag ein Doppelbrunnen: das Septimius-Severus-Nymphaeum, kurz Kaiser-Brunnen genannt, sowie ein weiterer Brunnen, der an der anderen Seite eines Durchgangs lag und schlichter war; er hieß im Volksmund Kaiserin-Brunnen.

Es gab in der Stadt noch eine weitere große Therme, die westliche Therme, die wiederum mit Bezug auf die Himmelsrichtung in der Allgemeinheit den Namen Abend-Therme hatte. Sie diente insbesondere zur Erfrischung nach Übungen in der großen Palästra in ihrer Nähe.

Ein Prachtbrunnen war außerhalb der Stadtmauern das Nymphaeum vor dem Theater, entsprechend Theater-Brunnen genannt. Dieser Brunnen diente Theater-Besuchern zur Erfrischung sowie auch Besuchern des Stadions und Personen der Umgebung, bevor sie in die Stadt gingen.

So labte sich an ihm auch Gaius, als er Perge erreichte. Wie in Side und anderen reichen Städten sah er, daß alle Prachtbauten mit kunstvollen Götterfiguren und Kaiserstatuen aus Marmor geschmückt und dabei zumeist bemalt waren. Das Gesicht oder eine prachtvoll verzierte Rüstung einer Kaiserstatue war beispielsweise nicht bemalt, hingegen aber die Haare braun und der Mantel purpurrot.

Seine zukünftige Schwiegermutter Ruth wohnte nördlich des Hafen-Tores am Hang der Akropolis nahe der östlichen Stadtmauer. Ihr Haus war praktisch gelegen für ihren Handel; es war auch eine gute Wohnlage, da man auf dem Dach einen Blick über die ganze Stadt genießen konnte; im Sommer wehte bei guten Windverhältnissen eine erfrischende Brise von Norden. Zugleich war das Haus selbst vor kalten Winden geschützt, da es gerade die entscheidenden Meter tiefer lag. Im Winter, wenn die Sonne schien, konnte Ruth mit ihrer Familie auf dem Dach hinter einer Schutzwand sitzen und sich aufwärmen.

Gaius war am Stadttor von der Matrone und von einem Sklaven Ruths begrüßt worden. Sie hatten ihn durch das Gewimmel auf dem Septimius-Severus-Platz und der Säulenallee zum Haus seiner Verlobten geleitet. Zuvor hatte er das Pferd einem Sklaven seines Kunden übergeben.

Gaius hatte vor seinem Aufbruch vor der verzwickten Frage des Mitbringsels gestanden. Wie nicht anders zu erwarten war, hatte Gaius aus besonderem Anlaß, dem Besuch seiner von ihm herzlich geliebten Verlobten, eigens eine Maschine konstruiert: eine Apparatur zum automatischen Polieren der Fingernägel! Das Gerät enthielt ein Schwungrad, das einen miniaturisierten Schleifstein antrieb. Bei diesem Unikat legte man jeweils einen Finger auf eine kleine Bank und drückte dann diesen Finger leicht in eine Öffnung. Eine Sklavin konnte zwar leichter und schneller die Fingernägel polieren, nur war Gaius keine bessere Idee einer Maschine für eine Frau eingefallen. Er war stolz darauf, den Mechanismus so klein gebaut zu haben und dachte weniger an das Gefühlsleben einer Frau und an das, was sie sich von ihrem Verlobten als Aufmerksamkeit wünschte.

Freudestrahlend überreichte Gaius seiner Braut das Geschenk. Julia bemühte sich, erfreut auf diese technische Innovation zu reagieren. Es gelang ihr ganz und gar nicht. Gaius bemerkte ihre Enttäuschung jedoch nicht. Denn er berauschte sich selbst an der Funktion der Technik und war glücklich, daß der Apparat bei der Vorführung störungsfrei funktionierte - was bei ihm ein Wunder war.

Ruth war sehr ungehalten über Julia, beherrschte sich aber in Gegenwart von Gaius; später hielt sie ihrer Tochter eine Stand-pauke, warum sie nicht freundlicher reagiert habe. Ein Grund war Julias Müdigkeit gewesen; den nannte Julia auch, und sie begründete die Müdigkeit mit Überarbeitung bei der Vorbereitung der Synode. Das entsprach nicht der Wahrheit. Sie war müde, weil sie für die Synode früh aufstehen mußte und dabei die letzten Nächte häufig aufgewacht war und sich dann lange schlaflos im Bett hin- und hergewälzt hatte. Alpträume hatten sie geweckt, und die Hoffnung, Lucius zu sehen, hatte sie wachgehalten.

Am nächsten Tag stand eine Stadtführung auf dem Besuchspro-gramm. Es gingen Ruth, Gaius und Lucius; Monica begleitete sie. Julia war nicht dabei, weil ihre Mutter nicht wollte, daß sie viel mit ihrem Verlobten zusammen war. Julia war dies nicht unrecht gewesen - ihre Meinung wäre sicherlich eine andere gewesen, hätte sie gewußt, daß Lucius dabei war. Der hatte sich kurz von der Synode freimachen können, womit Julia nicht gerechnet hatte.

Ein hellbraun gestreifter Kater saß bewegungslos auf dem Kapitel einer Säule, scheinbar eine bemalte Götterstatue, geweiht der ägyptischen Göttin Bastet. Nicht einmal auf dem zweiten Blick erkannten die vier, daß es eine lebende Katze war. Erst als Monica im Gespräch den Kopf Lucius zuwendete und sie dabei noch

einmal zurück in diese Richtung blickte, kniff die Katze kurz die Augen zusammen - und Monica riß ihre erstaunt auf. Die Täuschung war perfekt gewesen. Monica wies die anderen darauf hin. Lucius meinte:
"Aber auch die wirklichen Götterstatuen täuschen. Sie geben vor, übernatürliche Wesen zu sein. Dabei sind sie nur Produkte menschlicher Einbildungskraft und handwerklicher Kunst. Diese Katze ist lebendiger als alle diese Götzen zusammen - sogar noch im Halbschlaf, wenn sie nur mal kurz die Augen zusammenkneift."
"Aber es gibt doch neben Gott und dem Satan weitere Wesen: Engel, Dämonen und Cherubine?", fragte Monica.
"Sicherlich. Wir sollten uns von den feindlichen Mächten fernhalten! Ein Christ, der sich nicht mit ihnen einläßt, braucht keine Angst vor Dämonen zu haben. Christus beschützt uns. Seine Engel sind stets an unserer Seite." Lucius strahlte bei seiner Antwort eine tiefe Gewißheit und Geborgenheit aus.

Gaius und Lucius hatten die beiden Frauen zu Ruths Haus begleitet und waren dann in Richtung Agora gegangen.
Lucius wollte seinen Freund fragen, wann die Hochzeit sei. Ihm schien auch, daß die Zuneigung seines Freundes zu Julia etwas schwächer geworden sei. Lucius wollte seinem Freund die Chance geben, sein Herz auszuschütten, ohne ihn zu bedrängen oder gar neugierig zu wirken. In Privatangelegenheiten anderer mischte er sich nur ein, wenn er als Pastor dies tun mußte. Die Privatsphäre seines Freundes war für ihn tabu.
Gaius liebte Julia. Diese Liebe war für ihn zur Selbstverständlichkeit geworden, genauso wie die geplante Hochzeit. Dies war für ihn kein Gesprächsthema. Und wenn es dabei ein Problem gegeben hätte, so wäre er nie auf den Gedanken gekommen, seinen

Freund damit zu behelligen, zu langweilen oder in Verlegenheit zu bringen. Das hätte er allein geregelt, denn er war ein Mann. In der Schule hatte er gelernt, daß niemand einen Menschen betrüben solle, den man liebe. Darum beherrsche sich gerade der mutige Mensch, seinem Freund seinen Kummer mitzuteilen. Statt dessen erläuterte er seinem Freund seine jüngsten Berufspläne.

12
Großkirche

Der Gottesdienst, der die Synode eröffnete, wurde in demselben Versammlungssaal gehalten, in dem der neue Bischof geweiht worden war. Dieses jüngst renovierte Gotteshaus bildete zugleich auch den Tagungsort. Es lag im nordwestlichen Teil der Stadt, nahe der Stadtmauer beim Abend-Tor, somit nicht weit weg von einem der beiden großen städtischen Friedhöfe, die sich außerhalb der Stadtmauern befanden; und das Haus des Bischofs war nicht weit entfernt. Nördlich der Kirche ragte die Akropolis steil auf, südlich lag die westliche Therme und östlich die große Palästra, wo die männliche Jugend ihre überschüssigen Energien mit Boxen und Ringkämpfen austobte.

Das Gotteshaus gehörte Ruth! Es war ihr Eigentum. Sie hatte es jüngst gekauft, damit die Gemeinde eine würdigere Versammlungsstätte habe. Es war umgebaut worden; der Umbau wurde rechtzeitig für die Synode fertig. Der Grundriß war weitgehend quadratisch; es fehlte aufgrund der Straßenführung nur die nordwestliche Ecke. Es hatte zwei Stockwerke und eine Dachterrasse. Die Eingangstür lag Richtung Nordosten. Die Besucher gelangten durch einen kleinen Raum in den Innenhof.

Dabei war die zweite Tür etwas versetzt worden, so daß man von der Straße nicht in den Innenhof sehen konnte. Der kleine Innenhof lag drei Stufen niedriger als die Räume des Hauses. Diese wiederum waren höher als gewöhnlich, gut fünf Meter hoch. Der Saal lag im Süden; er war entstanden, indem eine Mauer zwischen dem Hauptraum und einem Magazinraum von der Westseite entfernt worden war.

An der Westseite kamen kleine Räume wie das ehemalige Frauengemach hinzu. Sie dienten nun der Taufvorbereitung, dem Unterricht oder dem Agape-Mahl, wenn nur eine kleine Gruppe zusammenkam. Von dort ging es in das Baptisterium, dessen Decke auf die Hälfte tiefer angebracht worden war. Das Baptisterium war der einzige Teil des Gebäudes, der geschmückt war. Bischof Numerius hatte dies bezahlt. Eine Wanne war eingebaut worden. Sie lag unterhalb des Bodens und war von einer Mauer umgeben. Über Stufen schritt man über diese Mauer und ging dann in das Becken hinab. Die Decke des Baptisteriums bestand aus einer Wölbung; diese ruhte auf Halbsäulen, die aus der Wand ragten. Die Wölbung war als Sternenhimmel verziert. Auf dunkelblauem Untergrund glänzten goldene Sterne. Auch eine Mondscheibe war zu sehen. Eine Wandseite bei der Wanne war mit dem Bild des Guten Hirten geschmückt, den eine Schafherde umringte. Auf einer anderen Seite war das offene Felsengrab abgebildet. Eine dritte Seite stellte die Taufe Christi dar. Die vierte Seite zeigte die Samariterin, die Christus um Wasser gebeten hatte, und der er lebendiges Wasser versprach, nach dessen Genuß sie nie mehr durstig sei. Weil das Baptisterium ein Raum der Handlungen, weniger der Worte war, wurde es ausgeschmückt. An Bildern wie im Baptisterium begannen die Christen sich allmählich zu gewöhnen; aber Statuen wurden noch mit Abscheu betrachtet. Die Täuflinge betraten den

Taufraum von einem Nebenraum her, wo sie ihre Taufgewänder angelegt hatten. In einer Nische im Baptisterium befand sich ein Gefäß mit heiligem Öl, womit die Getauften auf Christus versiegelt wurden.

Vom Versammlungsraum konnte man auf der Ostseite in ein kleines Zimmer gehen, das Licht durch zwei Fenster erhielt. Nur hier waren die Räume unterkellert. Der Versammlungsraum bekam Licht durch Fenster zum Innenhof. An der Ostseite befand sich ein Podest, das zwanzig Zentimeter erhöht war und eineinhalb Metern im Quadrat maß. Hier sollte in Zukunft beim normalen Gottesdienst der Bischof auf einem Stuhl residieren und den Gottesdienst leiten. Mit einem Kandelaber, der auf einem Sockel an dieser Wand angebracht war, wurde die etwas dunkle Ecke erhellt. Neben dem Bischof saßen die Presbyter und Diakone. Die Amtsträger waren besoldet. Das kleine Gemach anbei diente als Sakristei, wo die höheren Geistlichen ihre Gewänder anlegten. Dort bereitete der Diakon die Eucharistie vor, weil in ihm eine schwere Truhe stand, in der die Abendmahlsgeräte aufbewahrt wurden. Der Altar in der Festkirche für die Synode war beweglich. Er stand auf einer gemauerten Stufe, was eine Neuerung war; denn sonst wurde er zu ebener Erde aufgestellt.

Nach dem Gottesdienst, der feierlich und zügig zugleich gewesen war, begann am Montagmorgen die Synode. Wie verlief sie? Sie war gutbesucht; ihre stattliche Größe zeigte das Wachstum der christlichen Gemeinden. Zu Beginn der ersten Sitzung auf der Synode begrüßte der neugewählte Bischof Numerius die Teilnehmer und Gäste. Er betonte, welche Stellung Perge aufgrund der Gnade Gottes habe, der diese Stadt dadurch hervorgehoben hätte, indem der große Apostel Paulus in ihr gewesen sei. Deshalb zitierte er zuerst aus der Apostelgeschichte des Lukas den Abschnitt, wo berichtet wird, wie Paulus mit seinen Mitarbeitern von Zypern nach Perge gesegelt sei, bevor sie nach Antiochia in Pisidien gezogen seien. Anschließend kam der Bischof zum Höhepunkt seiner kurzen Ansprache. Er zitierte aus der Apostelgeschichte die Zeilen, in denen nachzulesen ist, wie Paulus zusammen mit Barnabas in Perge predigte. Dies wurde in Perge als Gründung der Gemeinde angesehen. Schließlich verwies der Bischof auf den Anfang der Apostelgeschichte, wonach auch Leute aus Pamphylien bei der Pfingstbotschaft in Jerusalem anwesend gewesen seien, womit er versuchte, die Gemeinde noch älter sein zu lassen, sowie auf den Schluß der Apostelgeschichte, wonach Paulus als Gefangener auf dem Weg nach Rom an dieser Küste entlangsegelte. Diese Passagen der heiligen Schriften waren allen bekannt und den Christen in Perge vertraut. Gerade die Christen in Perge hörten sie immer wieder gern, denn ihr Lokalpatriotismus war groß.

Für die Synode galt, daß niemand die Reden und deren genauen Wortlaut notierte, obwohl die Kunst der Stenographie in hoher Blüte stand. Es war auf diesen Treffen nur üblich, die Ergebnisse der Tagungen aufzuschreiben und in Briefen an andere Gemeinden in dieser wie in weiteren Provinzen zu verbreiten. *Jedoch, wie könnte man in Anlehnung an Thukydides sagen? "Ich war Ohrenzeuge; doch leider ist es mir nicht möglich gewesen, den exakten Wortlaut der Reden zu behalten. Ich zitiere den Redner jeweils so, wie er aufgrund der Situation gesprochen haben dürfte, wobei ich mich so eng wie möglich an seine tatsächliche Argumentation halte."*

Als zweiter Redner sprach nun der älteste Bischof ein Grußwort. Bischof Pius hatte sein hohes Alter erreicht, weil er stets sehr diszipliniert gelebt hatte. Immer stand er vor dem Morgengrauen auf. Seine Nahrung bestand überwiegend aus Milch, dann aus verdicktem Quark, Datteln und Früchten. Jeden Tag verrichtete er eine halbe Stunde leichte körperliche Arbeit. Warmherzig trug er seine kurze Ansprache vor, die eine Ermunterung zur Feindesliebe war. Am Ende betonte Pius die Liebe unter den Christen, an deren Spitze die Liebe unter den Amtsträgern zu stehen habe.

Für den dritten Redner, der sich zu Wort meldete, gab es eigentlich keinen Grund, weder durch den Anlaß noch wegen des Amtes. Er war auch nicht beliebt, eher war das Gegenteil der Fall. Er galt als Nervensäge, der sich stets in den Vordergrund zu drängen versuchte. Bisweilen sah man keine andere Möglichkeit mehr, seiner penetranten Art standzuhalten, als einfach nachzugeben. Er wurde allgemein nur "Lumpi" genannt, weil er so zerlumpt herumlief. Bezeichnend war, daß er noch seine schief gelaufenen Reisestiefel trug. Alles an ihm war schäbig-schlampig; als ob seine Gemeinde nicht genügend Geld hätte, ihn angemessen auszustatten. Schließlich war deren Versammlungsaal in einem großen Privathaus untergebracht, und sie mußten keine Miete bezahlen; aber sein ungepflegtes Äußeres als Grundhaltung war entsetzlich. Er wollte damit jung und natürlich wirken.

Im krassen Kontrast stand dazu der letzte Bischof, der ein Grußwort sprach. Bischof Appius Domitius fiel durch seine teure und elegante Garderobe auf. Mancher fragte sich, woher er das Geld dafür nähme; er übernachtete auch nicht privat bei einem Gemeindeglied, sondern hatte sich eine kleine Villa gemietet. Auffallend war auch sein Bischofsring. Er hatte den Ring in

Byzanz gesehen, bei einem kleinen Juwelier. Er zeigte damals das Sternzeichen Waage. Dann ließ Domitius ihn umarbeiten. Nun stellte er einen Becher dar. Dabei war dies für einen Bischofsring als Zeichen nicht akzeptabel. Üblich waren eine Taube, Fische, ein Schiff, die Lyra oder ein Schiffsanker. Der Bischof betonte im persönlichen Gespräch, der Becher sei als Abendmahlskelch zu deuten - und er verstünde ihn zugleich als Zeichen der eigenen Enthaltsamkeit.

Dieser Bischof gehörte der jüngeren Generation an, von denen die meisten in ihrer Zeit als Geistliche keine Verfolgungen mehr erlitten hatten. Bei ihm kam hinzu, daß er erst seit kurzer Zeit Priester war. Zuvor war er in einem hohen Amt in seiner Stadtverwaltung tätig gewesen. Solche Seiteneinsteiger waren eine Neuerscheinung. Sie stammten häufig aus reichem Hause, aus einer respektablen Familie mit besten Beziehungen, verfügten über eine gute Bildung und konnten gewandt auftreten. Christliche Gemeinden, die sich nach gesellschaftlicher Anerkennung sehnten, sahen in diesen Vertretern aus den ersten Kreisen der Provinzstädte nützliche Vorsitzende. Die Achtung, die allgemein diesen Patriziern gegenüber gezeigt wurde, meinten die Gemeinden auch selbst zu erfahren. Nur wurde damit die Hierarchie in den Gemeinden verstärkt sowie der aufkommenden Tendenz, sich der Umwelt anzugleichen, ein Weg gebahnt.

Nach der Eröffnung war Bischof Numerius für eine kurze Zeit verschwunden. Er hatte Ruth zu einem weiteren Treffen gebeten. Dabei sprach er sie nochmals wegen der Verheiratung seines Neffen Marcus mit ihrer Tochter Julia an. Numerius hoffte auf eine schnelle Entscheidung, bevor das Bekanntwerden seines Fehlverhaltens ihm seiner Chancen berauben könnte. Denn inzwischen wußte er aus Gesprächsfetzen, die er zufällig aufgeschnapt hatte, daß sich da etwas zusammenbraute. Ruth verwies darauf, daß bereits viele um die Hand ihrer Tochter geworben hätten; unter denen seien einige sehr passable Aspiranten. Sie würde ihre Tochter nur jemanden anvertrauen, der berufliche Erfolge vorzuweisen habe. Sein Neffe Marcus sei von daher - "leider", wie sie betonte - zu jung. Ruth hatte wegen ihrer Heuchelei inzwischen ein schlechtes Gewissen, sah aber keine andere Möglichkeit, sich anders gegen den Intriganten Numerius zu wehren. Der verzog kaum das Gesicht, als er feststellen mußte, daß er keine Chance mehr hatte.

13
Regenwolken

Das Leben um Julia verdüsterte sich. Nicht wegen äußerer Umstände - da stand ihr auch bald Kummer bevor -, nein, sondern aufgrund der Gedanken, die sie beschäftigen. Es waren Gedanken, die aus der Vergangenheit gespeist waren. Es war Julias inneres Leben, das sich verdüsterte.

Mit einem Befreiungsschlag versuchte Julia, ihrer Vergangenheit Herr zu werden: Zuerst versicherte sich Julia bei ihrer Mutter, daß sie das Recht habe, die ihr gehörenden Sklaven zu entlassen. Ruth bestätigte ihr dieses Recht, wunderte sich aber sehr, was das bedeuten solle. Danach beorderte Julia ihre Sklavin Monica zu sich. Als Monica ins Zimmer trat, sah sie an Julias Gesichtsausdruck, daß Gewitterwolken im Anzug waren. Sie vermutete, daß die schlechten Stimmungen der letzten Zeit wieder zu einem unberechtigten Vorwurf führten. Es kam jedoch schlimmer. Weitaus schlimmer.

"Was hast du die letzten Male, als du zur Abend-Therme gegangen bist, dort eigentlich gemacht?" begann Julia die Unterredung im Stil eines Verhörs.

"Gebadet, Julia. Das weißt du doch."

"Ach, nur gebadet?" fragte Julia mit Hohn in der Stimme.

"Ich bitte dich, was denn sonst? Natürlich habe ich mich auch mit anderen Dienerinnen unterhalten, aber nur mit denen aus christlichen Häusern."

"Also, ich stelle fest," dozierte Julia mit scharfer Stimme, "daß du nicht nur gebadet, sondern auch getratscht hast."

"Es waren, wie gesagt, nur gute Bekannte aus christlichen Häusern, die selbst Christinnen sind, und die ich auch in der Gemeinde"

"Papperlapapp!" unterbrach Julia sie. "Ich weiß, was du dort getrieben hast. Mir fiel neulich schon auf, wie begeistert du dich über den jungen Priester Lucius geäußert hast, als du ihn jüngst beim Stadtbummel begleitetest."

"Aber, das war zusammen"

"Unterbrich mich nicht", unterbrach Julia schroff ihre Sklavin. Sie hatte sich selbst in Rage geredet, wozu ihr geholfen hatte, sich daran zu erinnern, daß jemand anders, und sei es auch nur ihre eigene Sklavin Monica, für den Mann geschwärmt hatte, den sie selbst liebte. "Und in der Abend-Therme, da hast du dich nicht zurückgehalten, sondern in der Dunkelheit schamlos ein Liebesverhältnis gepflegt. Vielleicht sogar mehrere, wer weiß."

"Wer behauptet das?", versuchte Monica, sich zu verteidigen. Es gelang ihr kaum, die Worte im trockenen Mund zu formen.

"Widersprich mir nicht!", schrie Julia. "Ich weiß das besser. Ach, und dir habe ich vertraut. Schamlos hast du mich belogen und betrogen. Auch früher schon." Und nun log Julia, daß sich die

Balken bogen, nur um Monica einzuschüchtern, damit diese es nicht wagte, gegenüber Julias Mutter ihr Wissen preiszugeben. Monica hatte geschworen, niemals und niemandem davon zu berichten. Aber Julia war sich nicht sicher, ob Monica diesen Schwur halten würde. Ihre eigene Sünde führte dazu, daß sie einer ehrenhaften Person ein schlechtes Verhalten unterstellte. "Damals bist du unter meinem Namen im Theater von Termessos aufgetreten", zischte Julia.

Monica: "Das ist nicht wahr! Andersherum"

"Schweig!" fuhr Julia dazwischen. "Ich war in Ephesos, pflegte Tante Helena, und du warst mir auf der Reise durchgegangen. Geflohen, jawohl. Und ich habe dich nicht der gerechten Strafe überantwortet, nein, sondern dir großherzig verziehen, als ich dich auf der Rückreise zufällig wieder in Termessos traf." Julia hatte ihre Augen bei dieser Anklage zusammengekniffen, während Monicas weit geöffnet waren.

Tatsächlich war Julia unter Monicas Namen im Theater aufgetreten, und Monica hatte sie, auf Julias ausdrücklichem Befehl, bei ihrer Tante in Ephesos vertreten und war dort als Julia erschienen. Monica wußte nicht, was sie denken und sagen sollte bei dieser gemeinen Verdrehung. Und Julia setzte noch eins drauf: "Wenn ich jetzt in der Gemeinde berichte, daß du damals geflohen bist, daß du damals im Theater aufgetreten bist, daß du hier Liebschaften in den Thermen pflegst," - jetzt waren es schon mehrere Liebschaften in mehreren Bädern - "was meinst du, was man da machen wird? Ja, die gerechte Strafe würde dich ereilen. Du würdest aus der Gemeinde ausgestoßen werden, zu den Sündern und Gottlosen würde man dich verbannen."

Monicas Hals war wie zugeschnürt, sie verlor die Kraft in ihren Beinen. Mit tränenüberströmtem Gesicht warf sie sich vor ihrer

Besitzerin auf die Knie, wagte kaum, das Gewand ihrer jungen Herrin zu berühren und flehte um Gnade. Hochmütig wie falsch genoß Julia ihre Macht und ihren Sieg und erklärte, sie würde ihr die für einen Christen schlimmste Strafe ersparen, aus der Gemeinde ausgeschlossen zu werden - denn die Christen waren davon überzeugt, daß nur die, die zur Kirche gehörten, selig werden könnten.

Monica beruhigte sich etwas; jedoch, reden konnte sie nicht, denn sie war zu entsetzt, daß Julia nämlich bereit sei, so schamlos zu lügen, nur um von der Sünde abzulenken, die ihr Herz zersetzte. Monica war sich bewußt, daß Julias Lügenmärchen ihren Ausschluß aus der christlichen Gemeinde bedeutet hätten, denn man hätte Julia geglaubt, nicht Monica. Dies war das Schlimmste, was ihr passieren konnte. Nichts, was Julia noch mit ihr vorhätte, konnte schlimmer sein. Außerdem: Monica war zu anständig, um Julia bloßzustellen. Warum sollte auch ihre Besitzerin wegen ihres früheren Fehlers leiden? Vor allem war Monica aus ihrer christlichen Gesinnung heraus bereit, Unrecht zu erleiden. Sagte nicht der Apostel Paulus schon, daß man bereit sein müsse, von Christen Unrecht zu erleiden? Sie erinnerte sich genau daran.
Julia brachte die Befragung zum bitteren Ende: "Eine wie du, das wirst du verstehen, kann nicht mehr mit mir unter einem Dach leben. Ich muß dich entlassen! Und das mache ich hiermit."

Monica hatte noch immer Tränen in ihren Augen. Diese Entlassung bedeutete nicht, arbeitslos zu sein, sondern verkauft zu werden, einem anderen Besitzer übergeben zu werden. Für Monica hieß dies eine düstere Zukunft, heraus aus den beschützten Verhältnissen eines christlichen Hauses, wo es den Männern nicht gestattet war, die Sklavinnen als Lustobjekte zu mißbrauchen, übergeben einer fremden Person, der sie völlig ausgeliefert war.

Danach berichtete Julia ihrer Mutter von der vollzogenen Entscheidung. Ruth wunderte sich, daß Julia keine hinreichenden Gründe für den Verkauf vorbrachte. Sie hatte aber ihre Gedanken mehr bei der Organisation der Synode, als daß sie sich um die Motive ihrer Tochter kümmern konnte. Ruth sagte nur mit einem leichten Ton des Vorwurfs, wenn sie meinte, so handeln zu müssen, na, dann bitte. Ruth war im Grunde dagegen, wollte jedoch zugleich, daß Julia selbständiges Handeln lernte - schließlich würde ihre Tochter demnächst Herrin im häuslichen Reich ihres Ehemanns in Side sein und über einige Sklaven gebieten.

Julia war getrieben von dem Brief ihrer Tante Helena, in dem diese einen Besuch in Perge für realistisch hielt. Mit dem Geld, das Julia für den Verkauf von Monica erlöste, legte sie sich eine Kriegskasse zu. Sie war gewappnet für mögliche Abwehrkämpfe, falls es weitere Mitwisser ihres Fehltritts gäbe. Mit dem Geld könnte sie diese zum Schweigen bringen oder es für mögliche Angriffe bei der Eroberung des von ihr geliebten jungen Priesters einsetzen.

Auch eine weitere Sünde kam nun zunehmend ans Tageslicht, nämlich das finanzielle Fehlverhalten des Bischofs Numerius Granius Atrox: Das Opfer war eine entfernte Verwandte von Ruth gewesen. Die Betroffene war eine reiche Witwe; zeitweilig war sie die zweitreichste Person in der Christengemeinde in Perge nach Ruth gewesen. Es war bisher allgemein bekannt, daß diese ältere Dame Teile ihres Vermögens verloren und danach die

Gemeinde verlassen hatte. Bisher hatten die Gerüchte gesagt, aufgrund ihrer Geldgier habe sie Gott die Verluste vorgehalten und sei deshalb gegangen. Diese Gerüchte ihrer Geldgier waren damals gestreut worden, vom Bischof Numerius selbst. Nun kam Stück um Stück heraus, daß die Witwe vom Bischof finanziell ´ausgenommen´ worden war und deshalb nicht mehr in den Gottesdienst ging. Aber noch wurde diese ungeheuerliche Nachricht nur verstohlen geflüstert. Unter den Gemeindegliedern, die davon erfuhren, wagten die einen nicht, gegen den in der kirchlichen Hierarchie hohen Bischof etwas zu sagen, die anderen fürchteten den einflußreichen Intriganten, und die meisten wollten bei der Synode in ihrer Heimatstadt unbedingt einen Skandal vermeiden. Die kleine Minderheit, die für Recht und Gerechtig-keit in der Gemeinde sorgen wollte -, ja, insbesondere innerhalb der Gemeinde, denn das sei wichtiger als in der Welt -, wagte es nicht, ihre Stimme zu erheben. Noch nicht.

Monica wurde an einen älteren Philosophen verkauft, der mit seiner konservativen Ethik nicht allzuweit entfernt war von den Moralvorstellungen der Christen. Damit hatte Julia ihr eigenes Gewissen beruhigt: Sie meinte, dort würde es Monica halbwegs erträglich ergehen. Das war auch so.

Unglücklicherweise hatte der Philosoph namens Kallipos sein Geld in Beteiligungen an Handelsschiffen angelegt. Als nun ein Frühjahrssturm mehrere dieser Schiffe, die im Konvoi gefahren waren, versenkte, erlitt Kallipos einen herben Verlust, so daß seine finanzielle Situation kritisch wurde. Er würde seinen Lebensstil drastisch einschränken müssen; aber noch wußte niemand vom Untergang der Schiffe.

14
Debatte

Auf der Synode begann die Diskussion der ersten Sitzung. Die Protagonisten würden vorsichtig abwarten, um zu sehen, wohin die Reise geht. Eigentlich war die Sache klar - aber uneigentlich? Eine Gruppenbildung hin zu Fraktionen war bei diesem Thema abzusehen, trotzdem war Vorsicht die Mutter der Tongeschirrkiste. Ein weiterer Grund für den schleppenden Start der Synode war die Tatsache, daß noch immer einige Bischöfe fehlten. In Perge wußte man nicht, was der Grund für die weitflächigen Truppenbewegungen gen Osten war: Die Parther bedrohten wieder einmal das Römische Reich. Sogar von der Adria kamen Einheiten zum Schutz der Grenze; sie wurden über Griechenland und die Westtürkei dann weiter nach Syrien verlegt. Um die Zivilbevölkerung, die dabei helfen mußte, nicht zu überbeanspruchen, erfolgte diese Maßnahme auf vielen verschiedenen Wegen. Deshalb waren Bischöfe aus unterschiedlichen Städten davon betroffen. Und weil man die Synode nicht in abgespeckter Form halten wollte, ging es bei der Diskussion noch nicht richtig zur Sache, genauer gesagt, verfügte man über eine schöne Ausrede, warum zögerlich und zurückhaltend argumentiert wurde.

So plätscherten die Aussagen dahin wie ein unverbindlicher Meinungsaustausch. Bis jemandem der Kragen platzte; dieser Jemand war Lucius. Erregt mischte er sich ein. Dies war sein allererster Auftritt auf einer Synode. Mit der ganzen Autorität, die er daraus ableitete, daß er aus der Handelsstadt Tarsos kam, in welcher der große Apostel Paulus geboren war, forderte er die Versammlung auf, sich auf das Wesentliche zu besinnen. - Zu seinem Selbstbewußtsein trug bei, daß auch der junge Kaiser

Aurelius hieß und sich Tarsos nach dem Kaiser nannte. - Er habe nicht den weiten Weg unternommen, um nun Marginalien zu beharken. Er verstehe nicht, warum Nebensächlichkeiten so ausgiebig diskutiert würden. Worum gehe es? Das zentrale Thema sei doch das Theater als Ort der Sünde!

Bischof Numerius Granius Atrox erkannte, daß hier ein gefährlicher Gegner das Wort ergriffen hatte. Deshalb versuchte er, Lucius sofort auszugrenzen: "Mein lieber junger Amtsbruder. Dein emotionaler Ausbruch ist unserer Synode in Perge nicht angemessen." Indem er den Namen der Stadt erwähnte, wollte er andeuten, daß Lucius nur Gast war. "Solche Gefühle sind ohne Stil. Entschuldige, diese Worte sind nicht als Zurechtweisung gedacht." Mit der Behauptung, sie seien nicht zur Zurechtweisung gedacht, erzielten sie exakt diesen Zweck. Er fuhr fort: "Im Kreise von Bischöfen und Priestern ziemen sich solche Aussagen nicht; die Punkte, die eine Synode unter der Leitung des Heiligen Geistes berät, können aufgrund des göttlichen Wirkens nie ´Marginalien´ sein." Diese Feststellung gefiel einigen Teilnehmern, weil sie ihr schlechtes Gewissen beruhigte, zuviel Zeit mit nutzlosem Palaver verschwendet zu haben.

Ohne sich zu Wort zu melden, antwortete Lucius kurz und knapp mit sanfter Stimme, die jedoch weit trug und gut zu vernehmen war: "Aber der heilige Zorn, der Eifer für die Sache des Herren, der ist akzeptabel."

Als nun Bischof Numerius meinte: "Aber bitte nicht in diesem Ton, und nur, wenn man sich zuvor zu Wort gemeldet hat", schwenkte die Stimmung auf der Versammlung um und bezog die Seite Lucius. Die kleinliche Besserwisserei des Bischofs und die Neugierde der meisten, eine Entscheidung zur Frage des Theaterbesuchs von Christen zu erreichen, hatten Lucius zum Gewinner des Disputs gemacht. Nur Numerius, der haßte nun Lucius. Angst stachelte diesen Haß an.

Jetzt meldete sich "Lumpi" zu Wort. Auch heute war sein Ornat ausgefallen. Nicht, wie erwartet, daß es geflickt oder gar dreckig war. Nein. Im Gegenteil. Vielmehr war es bunt ornamentiert wie ein Frühlingsbeet. Wollte Lumpi damit vielleicht Dynamik, Flexibilität und Offenheit demonstrieren? Oder auch nicht.
"Übrigens", so flüsterte ein Synodaler seinem Nachbarn zu, "Lumpi übernachtet bei einem Grobschmied. Der wunderte sich nicht wenig über das Erscheinungsbild seines hohen Gastes, als er ihn zum ersten Mal sah. Der Gastgeber habe daraufhin Lumpi als den christlichen Diogenes, als den Bischof aus der Tonne tituliert. Etwas unfein, nicht wahr?" fragte er süffisant seinen Nachbarn.
Doch das Bonmot fand, wie erwartet, die Zustimmung des Nachbarn.
Lumpi wurde vorgeworfen, er versuchte alles, um aufzufallen. Wer weiß, ob er dies tatsächlich planmäßig betrieb? Vielleicht unbewußt. Sind nicht alle, die auf der Bühne stehen, auch auf der ´kirchlichen´ Bühne, irgendwie eitel? Mancher hätte diese Frage ketzerisch empfunden. Aber es sagte schon der Prediger Salomo: "Vanitas vanitatum et omnia vanitas".
Bei Lumpis Worten jedenfalls drehten sich die Gedanken der Teilnehmer ausschließlich um seinen Auftritt, nicht um das, was er sagte. Damit aber war das, was eben noch Lucius angemahnt hatte, als Einwurf verpufft, und die Synode wurde wieder zur sprichwörtlichen Katze, die um den heißen Brei schleicht.

Ebenfalls trug zur Ablenkung bei, daß nun der Bischof aus Termessos kurz redete. Daß er überhaupt gekommen war, wurde allgemein als Zeichen einer beginnenden Versöhnung angesehen.

Zwischen seinem Sprengel und dem von Perge gab es Spannungen, die man schon als traditionell bezeichnen konnte. Der Bischof von Termessos hatte für diese Synode nicht, wie erwartet, abgesagt und dafür, so hätte mancher prophezeit, eine durchschaubare Entschuldigung als platte Ausrede verwendet, sondern er war zur Synode erschienen. Er warb für einen versöhnlichen Umgang unter den Synodalen und überhaupt: Das Trennende, das man bei der Ankunft vielleicht sinnbildlich im Fluß Kestros gesehen habe, werde von ihm anders interpretiert. Er sehe das Flußwasser als das gemeinsame Band in der Taufe.

Zustimmend, teilweise begeistert reagierten die Teilnehmer. Im Verlauf der Synode bürgerte sich deshalb für ihn der Spitzname Pax ein.

Bischof Publius, ein Vertreter und Fan aristotelischer Lehre, führte umfassend seine Position auf. In seinem Beitrag, der eher ein Vortrag war, wollte er seine Haltung aus einer Schrift seines philosophischen Vorbildes ableiten, der "Nikomachischen Ethik". Nach Aristoteles gebe es drei Lebensziele: Die seien das Resultat, daß alle Menschen der Ansicht seien, das oberste Gut, das höchste Ziel des Lebens sei das Glück. Und damit beginne das Problem.

"Denn", so erklärte Bischof Publius: "Was ist Glück? Unter Glück versteht der eine Lust, der nächste Wohlstand und ein weiterer Ehre. Aristoteles sah bekanntlich drei Lebensziele: Alle anderen Ziele dienten nur einem dieser Ziele. So war Geld für ihn kein Lebensziel. Denn es diente entweder der Lust oder der Ehre. Es sei nur Mittel zum Zweck. Die drei Lebensziele der Menschen seien demnach Lust, Ehre und Tugend. Unter Lust verstand Aristoteles jede Form des Genusses. Mit Ehre meinte er an erster Stelle den Ruhm, der beim Engagement für die eigene Stadt gewonnen werde. Grundsätzlich gehöre aber jede Art von

Anerkennung und Ruhm dazu. Die Tugend definierte er nicht so genau. Er verstand darunter zu philosophieren, sich mit geistigen Dingen zu beschäftigen, Wissenschaft treiben, und: entsprechend zu handeln. Für Aristoteles war dieses dritte Lebensziel das beste, welches ein Mensch wählen könnte. Die beste Art des Lebens sei also ein aktives Leben des Geistes, eine Hochform des Tun, ein rationales, richtiges und wertvolles Handeln des philosophierenden Menschen." Nach dieser allgemeinen Einleitung kam Bischof Publius auf die Frage der Synode zu sprechen. Dafür verzichtete er gänzlich auf sein Lieblingsthema "Aristoteles und die Nikomachische Ethik" und stellte statt dessen seinen Zuhörern die rhetorische Frage: "Ist das Fiktive dem Lebenswandel eines Heiligen angemessen? Darf sich ein Kind Gottes dem Unernst des Erdichteten hingeben, statt sich täglich der lauteren Wahrheit göttlicher Weisheit zu öffnen?"

Mancher auf der Synode schaute verwundert seinen Nachbarn an und fragte ihn - oder dachte bei sich: "Hat das eine wirklich etwas mit dem anderen zu tun?"

Bischof Domitius ließ den Gedankenbruch nicht auf sich beruhen und hakte nach: "Mein lieber Bruder im Herrn, ungeachtet der Frage, welche grundsätzliche Bedeutung die Schrift eines heidnischen Philosophen für den Lebenswandel eines Christen haben mag - womit ich übrigens die Geistesgröße eines Aristoteles nicht schmälern möchte -, würde ich - wenn schon, denn schon - dann den einschlägigen Teil der Philosophie jener Person heranziehen, und das ist nun einmal seine Katharsis-Theorie."

"Aber die hat ihre Schwächen!", warf Publius ein, wobei er hoffte, mit diesem Zugeständnis seine Position zu retten.

"Sie ist die relevante Stellungnahme von Aristoteles zum Thema unserer Tagung, und wir sollten sie als seine Überzeugung berücksichtigen; schließlich gehen doch auch Sie, lieber Bruder im Herrn, davon aus, daß bei aller Fehlerhaftigkeit des sündigen Menschen das Werk des Aristoteles in sich eine Einheit bildet."

Dem konnte Bischof Publius nicht widersprechen. Und so mußte er mit ansehen und hören, wie Bischof Domitius kurz jene Theorie vorstellte:

"Jeder Mensch soll eine angeborene Tendenz zur Gewalt und Geschlechtlichkeit haben. Diesen inneren Druck könne man durch das Tun, aber auch durch ein gedankliches Ausleben verringern. Letzteres geschehe durch das Betrachten dieser Schlechtigkeiten. Dadurch entweiche der Druck ohne negative Folgen, und somit sei der Mensch von ihm gereinigt - daher der Name der Theorie. Oder anschaulicher formuliert: Sehe ich eine obszöne Aufführung im Theater, habe ich danach keine obszönen Gedanken mehr. Ich denke", begann Bischof Domitius die geistliche Bewertung, "Aristoteles hat recht, was den Ursprung der Sünde betrifft: sie kommt aus dem Inneren des Menschen, aus seinem Herzen. Das können wir im Evangelium des Markus nachlesen. Nur - und das ist sein zentraler Fehler - betrachtet Aristoteles diese Gedanken nicht als das, was sie sind, nämlich als Sünde. Und wir Christen wissen: Man kann nicht gleichzeitig Diener des Teufels und Diener Gottes sein. Die Sünde wird durch ein symbolisches Ausleben nicht kleiner und damit gar zu einer akzeptablen Handlung." - Damit spielte er ein wenig auf Jesu Worte in der Bergpredigt an, was auch einige seiner Zuhörer sofort verstanden. - "Es hilft nur allgemein die Reinigung unserer Herzen und im besonderen, dem Satan möglichst wenig Ansatzpunkte zur Anregung der Sünde zu geben." Bischof Domitius hatte ursprünglich nicht die Absicht, eine scharfe Linie gegen die Sünde des Theaterbesuchs an sich zu fahren; und er hatte auch nichts dergleichen gesagt. Aber in seiner Widerrede zu Bischof Publius, dessen krude Argumentation er nicht unwidersprochen stehen lassen mochte, hatte er eine deutlichere Position bezogen, als er wollte.

Durch diese Ausführungen ermutigt, gab Bischof Pius ein Zeichen, um Reden zu dürfen. Es gebot die Höflichkeit, ihm, dem ältesten Teilnehmer, aufmerksam zuzuhören. Deshalb wurde es im Raum sofort still, und er konnte aufgrund seines Alters im Sitzen reden: "Gott hat durch den Propheten zu den Menschen gesagt: 'Wehe, wehe denen, die aus dem Schauspiel kommen.' Und weiter sagt er: 'Kommt her, Frauen, die ihr vom Schauspiel kommt. Denn es ist ein Volk, in dem keine Vernunft ist.' Das Wort unseres Gottes ist ohne Fehl und einfach zu verstehen. O ja, ich kenne die Ausreden der Schwachen!", und seine Stimme war höher und lauter geworden, "wie schnell sind sie, um den Ehrentitel des Propheten Elias, den 'Wagenlenker Israels', zu mißbrauchen, dies als Rechtfertigung einzusetzen, wenn sie zum Wagenrennen eilen. Und ich weiß, wie gern sie die Tatsachen verdrehen und das Wort des Herrn mißbrauchen, wenn sie darauf verweisen, daß David vor der Bundeslade getanzt habe. Aber, liebe Brüder im Herrn, das Ziel des Ahnherrn unseres Herrn, und zugleich sein Diener, Davids Ziel war es nicht, die Sinnenlust durch aufreizende Bewegungen anzustacheln. Die Musik wie sein Tanz geschahen zur Ehre Gottes, nicht von Götzenbildern. Mögen wir doch alle nicht faul werden, in Gottes Geheimnissen zu forschen, und statt dessen meinen, heidnische Denker könnten uns Gedanken Gottes offenbaren." Mit den letzten Worten war seine Stimme wieder gesunken; sein Gesicht war gerötet durch die Anstrengung. Die konservativ klare Position und die Achtung vor dem Alter führten zu einer kurzen Stille im Raum, bis sich ein Synodale meldete.

Er erhob sich: "Wie ist die Praxis in vergleichbaren Fällen? Was gilt als Taufhindernis? Unverheiratete, die zusammenleben, müssen heiraten, sonst werden sie nicht zur Taufe zugelassen. Schauspieler, Wahrsager, Vogelflug- und Eingeweidebeschauer müssen ihren Beruf wechseln, wollen sie in den Tod und die Auferstehung unseres Herrn getauft werden. Bei Soldaten, so ist es mein Eindruck, zeichnet sich allmählich eine Laxheit ab; es wird nicht mehr der Berufswechsel gefordert, sondern es heißt zunehmend, für Soldaten sei es ausreichend, niemandem Unrecht zu tun, mit dem Sold zufrieden zu sein und nichts zu erpressen. Auch wird es mehr und mehr akzeptiert, daß Handwerker in Berufsverbänden mit deren Schutzgöttern aktiv sind. Und ein Goldschmied darf seinen Beruf weiterhin ausüben, nur Blattgold dürfe er nicht länger schlagen, weil dies für das Ausschmücken der Tempel verwendet werde. Händler dürften keine Tiere liefern, die für Opferhandlungen bestimmt seien. Ich frage: Werden diese Minimalforderungen noch überwacht? Bis vor kurzem war es untersagt, Weihrauchhändler zu sein. Nun ist dieser Beruf weitgehend möglich geworden - mit der, so möchte ich sagen, Ausrede, daß Weihrauch auch für den ärztlichen Gebrauch bestimmt sein könnte. Voller Bedenken sehe ich diese Tendenz", schloß er als Fazit seine Rede und setzte sich umständlich.

Diesen Beitrag empfand ein Bischof, der mit der Welt des Theaters vertraut war, wie die Schlußpirouette des Pantomimen: ein Wirbel, der einen nicht von der Stelle brachte. Und damit endete der Diskurs für diesen Tag. Die Lage war offen, nicht eindeutig.

Ein Teil der Synodalen bekam ihr Abendessen in der Kirche. Bischof Numerius sprach einen Teilnehmer an, der fast am

Anfang der langen Schlange stand und unterhielt sich mit ihm. Dann nahm er sein Essen in Empfang, ohne wie die anderen gewartet zu haben.

Die anderen Synodalen aßen in ihren Quartieren, wo die Gastgeber dafür Raum, Zeit und Geld besaßen. Lucius wurde ein zarter, saftiger Fisch serviert, der ihm überaus mundete. Die familiäre Atmosphäre steigerte noch den Genuß. Das war ein angenehmer Ausklang des Tages. Er war dafür dankbar.

15
Dünne Fäden, lange Wirkung

Die Gerüchte über den Bischof von Antiochia rissen nicht ab. Verstohlen wurde kolportiert, er würde sich lieber Prokurator nennen lassen als Bischof. Auch habe er Vorbereitungen treffen lassen, auf einem hohen Thron während des Gottesdienstes zu sitzen. Je übertriebener oder unsachlicher, desto offener waren die Ohren für manchen Tratsch.

Heute hielt er die Andacht zu Beginn des Tages. Seine Worte hatten eine eigentümliche Distanz zu den Menschen und zu der Welt. Er war bekannt als jemand, der versuchte, allem in der Welt einen Sinn zu geben. Bisherige dunkle Hintergründe sollten ausgeleuchtet werden, um damit transparent zu sein. Seine Worte hatten bisweilen mystische Züge. Er baute seine Predigten zumeist auf Worte der alten Propheten Jesaja und Jeremia auf.

Der Bischof von Antiochia äußerte dann beim Frühstück beiläufig, er denke darüber nach, ein Gemeindehaus zu bauen. Seine Bemerkung überraschte sehr. Bisher war von den Christen noch nie eine ihrer Versammlungsstätten eigens zu diesem Zweck gebaut worden. Er zog seine Aussage sofort wieder als "reines Gedankenspiel" zurück. Doch die Verwunderung, bei einigen die Empörung, blieb. - Bis in die Beratungen hinein wurde am ganzen Tag über nichts anderes mehr gesprochen. - Einige Bischöfe hielten es für unverantwortlich; andere fragten kritisch, wie ein solcher Bau aussehen könnte. Vielleicht hatten sie selbst mit diesem Gedanken gespielt, es jedoch nicht gewagt, ihn zu äußern?

Währenddessen befanden sich andere Bischöfe in der Nähe der Synode. Einige standen beim Wasserverteilzentrum nahe der westlichen Stadtmauer bei der Abend-Therme; das Wasser wurde über ein Aquädukt in die Stadt geleitet, der über Land teilweise zweistöckig, teilweise einstöckig war; die Kanäle waren zumeist mit Holz abgedeckt, kurz vor und innerhalb der Stadt selbstredend mit Steinen. Auch diese Bischöfe debattierten über neue Gemeindebauten; denn das war ein Thema, das manchem Bischof mehr als das Tagungsthema interessierte.

Lucius kümmerte sich nicht um diese Tratscherei. Er hatte sich etwas abseits gesetzt. Ein größerer Junge näherte sich ihm schüchtern. Lucius nickte ihm mit einem leichten Lächeln zu. Der Junge fühlte sich ermuntert und kam auf ihn zu. Lucius vermutete am Auftreten des Knaben, daß es ein Sklavenjunge aus einem vornehmen Haushalt sein müßte.
"Hast du mir etwas auszurichten?", fragte Lucius ihn freundlich.
Der Junge schüttelte schweigend den Kopf, sein Gesicht schaute plötzlich traurig drein, geprägt von der Furcht, wieder wegge-schickt zu werden. Lucius bekam Mitleid mit ihm und bot ihm mit einem Lächeln einen Platz neben sich an. Der Junge setzte sich bescheiden hin.

"Wie heißt du?", fragte er ihn.

"Quintus", antwortete höflich der gut zwölf Jahre alte Junge.

"Quintus, warst du mit einem Auftrag hierher geschickt worden, oder mußt du ihn noch erledigen?"

Der Junge schwieg auf die Frage.

Lucius beugte sich etwas zum Knaben nieder: "Hast du dich heimlich für ein Stündchen freigemacht? Ich verrat´ dich nicht." Dabei zwinkerte er ihm spitzbübisch zu.

Der Junge nickte.

"Glaubt dein Herr an Jesus, den Christus?" Mit dieser Frage versuchte Lucius, sich zu vergewissern, ob seine Vermutung zutraf, daß der Knabe ein Sklave war. Außerdem wollte er auf diese Weise erfahren, ob der Junge aus einem christlichen Haushalt kam.

Der Junge wiegte leicht seinen Kopf.

"Quintus," Lucius sprach ihn wieder direkt mit seinen Namen an, "glaubst du an Jesus? Hast du ihn lieb?"

Das Gesicht des Knaben hellte sich mit einem Schlag auf. "Ja", antwortete er. "Unsere Köchin hat mir von ihm berichtet. Ich weiß, daß niemand mich so liebt wie er."

"Und da möchtest du mehr von ihm erfahren?"

"Oh, ich weiß schon viel von ihm. Mehr als unsere Köchin." Stolz blickte er den jungen Priester an. "Sonntagmorgens schläft mein Herr stets lang. In der Nacht zuvor feiert er und trinkt zuviel. Dann kann ich den Gottesdienst besuchen. Jetzt lerne ich lesen; wenn Alexis Zeit hat, er leitet den Haushalt, wissen Sie, dann bringt er mir immer etwas bei. Es geht schon ganz gut. Bald hoffe ich, in den heiligen Schriften lesen zu dürfen. Ich weiß nur nicht, wer mir einen Blick in sie gestatten wird." Bei diesen Worten stützte er seine Ellenbogen auf seinen Knien auf und blickte altersweise geradeaus ins Leere.

Lucius gefiel das aufgeweckte Kerlchen.

"Und dann?"

Der Junge schwieg.

"Na komm, mir kannst du es sagen", ermunterte er ihn und legte seinen Arm um die schmalen Schultern des Sklavenjungen.

Darauf blickte Quintus ihm voller Vertrauen direkt in die Augen.

"Ich möchte gern einmal Priester werden. Meinen Sie, daß Gott dieses Wunder wirken kann?"

"Bei Gott ist kein Ding unmöglich! Er liebt uns und sorgt dafür, daß alle Dinge uns zu unserem Besten dienen. Manchmal ist es besser, daß unsere Wünsche nicht in Erfüllung gehen. Aber wir sollten nicht kleinmütig sein. Gott hat Großes mit uns vor, auch mit dir, Quintus. Du kannst Gott ruhig um dieses Wunder bitten."

Lucius wußte nicht, wie glücklich er den Jungen mit seiner Erklärung gemacht hatte; und er wußte nicht, wie hilfreich dieser Knabe noch einmal für ihn sein würde, der im Haushalt des Mannes lebte, der in Perge für die Sicherheit verantwortlich war und die Ordnungskräfte anführte. Dieser Junge hatte sich heimlich für ein paar Stunden aus dem Haus entfernt, um die Synode zu besuchen und Bischöfe zu sehen. Denn das war sein Traum, so wollte er auch einmal sein, wenn er groß ist.

Andere Bischöfe nutzten die Minuten der längeren Pause zu einem kleinen Stadtbummel: Sie kamen von der Prachtstraße in Ost-West-Richtung, die offiziell Apollon-Straße hieß, bei den Christen aber nur Christusstraße. Auf der Kreuzung durchquerten sie in ihrer Richtung einen einteiligen Triumphbogen, der der Artemis Pergaia und dem Apollon gewidmet war. Er wurde Bogen des Apollonius Demetrius genannt wie auch der Platz, auf dem er stand. Die Christen vermieden Götternamen, und deshalb hieß er bei ihnen schlicht Kreuz-Platz. Dann bogen sie in den

Nord-Süd-Boulevard, in die Schlagader der Stadt, in die Artemis-Straße; die Christen nannten sie Marien-Straße. Im gepflasterten Straßenbelag gab es Radspuren von den Lastkarren, die vorbeirumpelten.

Als für einen Moment keine Wagen fuhren, kreuzten zwei Bewohner der Stadt vorsichtig den Boulevard: ein ärmlich gekleideter Vater mit seiner kleinen Tochter, einem circa drei Jahre alten Mädchen. Der Wind spielte mit den langen Haaren des Kindes. Die Kleine ging rechts von ihm und umfaßte mit ihrem linken Ärmchen sein Bein; Schutz und Halt suchte sie bei ihrem Vater. Beide hatten ein Stück Brot in der rechten Hand.

Die Bischöfe betrachteten die Szene und wandten sich dann wieder dem Boulevard und seiner prächtigen Gestaltung zu. In der Mitte floß der zwei Meter breite Frischwasserkanal, dessen Lauf alle sieben bis acht Meter Sperrmauern aus Kalkblöcken stauten. Das diente der Reinigung und zur Regulierung des Gefälles. Diese kleinen Katarakte brachten einen belebenden Eindruck mit sich, diente doch alles der Erfrischung bei drückender Sommerhitze. Kleine Löcher ließen etwas Wasser nach unten in den unmittelbar darunter liegenden Schmutzwasserkanal abfließen und säuberten damit diesen zentralen Abwasserkanal. An verschiedenen Stellen konnte man diesen Kanal über kleine Brücken überqueren; die Bischöfe blieben aber auf ihrer Seite. Sie gingen unter der Säulengalerie; dieser Portikus war auf der Westseite der Marien-Straße über sechs Meter und auf der Ostseite, wo die Bischöfe gingen, über fünf Meter breit; damit bot er einen guten Schutz vor der Sonne im Sommer und vor Regen im Winter. An den Säulengang schlossen sich luxuriöse Läden, Arztpraxen und ähnliche Einrichtungen an. Deren Räume waren fünf bis acht

Meter tief. Der Boden unter dem Portikus wie in den Läden war mit Mosaiken geschmückt. Die Säulen am Boulevard bestanden meistens aus Granit, selten aus Marmor; sie besaßen in der Regel ionische Marmorkapitelle, korinthische waren die Ausnahme. Darüber waren sie miteinander durch ein Architrav verbunden, das mit einem Fries geschmückt war und über eine Sima verfügte; das war die Rinnleiste für das Regenwasser. Statt eines Mosaik gab es an einer Stelle einen großen Spielblock mit eingehauenen Feldern, den private Wachleute zum Zeitvertreib benutzten. Die Bischöfe gingen bis an das südliche Ende der Marien-Straße kurz vor dem Alexander-Tor. Dort befand sich ein dreitoriger Triumphbogen. Weil er auf einem Podium stand, vier Stufen erhöht, mußten die Wagen am Triumphbogen außen vorbeifahren; sie konnten dann zwischen Alexander-Tor und Agora zum Neuen Tor fahren. Kurz vor diesem Triumphbogen begann in Richtung Osten die Tacitus-Straße. Diese bildete die Nordseite der Agora und verlief in Ost-West-Richtung.

Die viereckige Agora war das Einkaufszentrum der Stadt. Sie verfügte über hohe Granitsäulen mit korinthischen Marmor-kapitellen. Die Höhe dieses Säulenganges betrug fast acht Meter, war also mehr als vier Menschenhöhen hoch und damit sehr imposant. Die Säulen waren oben durch ein Fries mit Blumen-motiven verbunden. Die Regenrinne besaß Löwenköpfe als Wasserspeier. Aus ihren Mäulern sprudelte nach einem Regenguß das Wasser. In der Mitte der Agora lag der Markt, der vor allem dem Handel mit frischen Lebensmitteln diente. Es gab einen schmalen Abwasserkanal zwischen diesem Markt und dem ihn umgebenden Portikus. Das Schmutzwasser wurde gesammelt und in den Hauptabwasserkanal abgeführt. Im Zentrum des 75 Meter großen Quadrats befand sich ein hoher Rundbau, der ein leicht schräges Dach hatte und mit 16 Säulen und Statuen geschmückt war. Er diente unter anderem der Wasserversorgung. Aus dem Säulengang konnten die Besucher des Marktplatzes in zweistöckige Läden eintreten; dabei verfügten einige dieser Läden über ihren Haupteingang nicht in Richtung Agora, sondern nach außen zur jeweiligen Straße. Mehrere Tore führten von allen Seiten auf die Agora, deren Portikus zwei Stufen erhöht war. Sämtliche Böden waren mit Mosaiken versehen; auch hier gab es einen Spielstein, den die Mitarbeiter des privaten Sicherheitsdienstes nutzten. Eine der öffentlichen Toiletten von Perge lag an der südöstlichen Wand der Agora; auch sie war mit dem Hauptabwasserkanal verbunden.

Zeitgleich mit dem Rundgang der kleinen Gruppe von Bischöfen geschah etwas, das noch Folgen für den Verlauf der Diskussion der Synode haben würde: Der Lieblingsneffe des Bischofs von Perge wurde im Theater gesehen! Vielleicht lag es daran, daß keine besondere Aufführung vorgesehen gewesen war. Es war eher einer der vielen Zwischennutzungen des Theaters, nämlich eine Marionettenaufführung. Von denen gab es zwei Varianten: mit großen und mit kleinen Puppen. Die kleinen waren einfacher zu handhaben, hatten hingegen den Nachteil, daß eine Aufführung nur von einem kleinen Kreis gesehen werden konnte, der in geringer Distanz saß. Jetzt waren die kleinen Puppen im Einsatz. Und so saß Marcus, eben jener Lieblingsneffe, mit nur wenigen Menschen am Rand des Orchesters und sah eine griechische Tragödie; Stücke dieser Art wurden kaum noch gespielt, waren somit ein Liebhabertheater für eine Minderheit. Die Massen bevorzugten derbe, obszöne Klamotten. Das Marionettentheater wurde untermalt von den Tönen einer kleinen Wasserorgel.

Bei großen Aufführen faßte das Theater in Perge 5100 Besucher; der Zuschauerraum erstreckte sich etwas über einen Halbkreis und besaß einen Durchmesser von bald 120 Metern. Der Haupteingang, der zu dieser Sondervorstellung nicht benutzt wurde, befand sich an der Rückfront oben am Hügel; hinzu kamen zwei Seiteneingänge mit einem Vordereingang. Damit konnten bei einer Großveranstaltung die Besucher schnell hinein- und herauskommen. Das Auditorium war in einen unteren Teil und einen oberen Teil gegliedert, zwischen denen ein breiter Rundgang lag. Die Ränge waren flacher als in Side. Oben wurde der Zuschauerraum von einer Arkadengalerie abgeschlossen. Die Bühnenfront war nach außen durch eine dreistöckige Säulenarchitektur mit Giebeldreiecken und Statuen geschmückt. 18 Fenster befanden sich an der Außenmauer. Vor dem Theater lag ein zweistöckiger Prachtbrunnen; er war mit kleinen Granitsäulen, steinernen Theatermasken sowie Statuen von Tänzerinnen versehen und verfügte über fünf Nischen mit jeweils einem Wasserbecken.

Die Aufführung war inzwischen zu Ende und die kleine Besuchergruppe verließ fast als geschlossener Pulk das Theater durch den Vordereingang. Da es um das Gebäude herum häufig windig war, schien es die Folge eines Windstoßes zu sein, die den Stoff eines Mantels über den Kopf einer hohen Männergestalt geweht hatte. So war dieser, der außerdem in der Mitte der Gruppe ging, nicht zu erkennen.

Marcus befand sich jedoch noch im Theater und unterhielt sich mit dem Regisseur des Stückes über die Inszenierung. Er trat zehn Minuten nach den anderen Zuschauern aus dem Vordereingang des Theater. In dem Moment erfrischte sich am Theater-Brunnen ein Kleinhändler, der früh morgens aufgebrochen war, um Waren auf dem Land einzukaufen, und der nun wieder die Stadt erreicht hatte. Moschos, so hieß er, war Mitglied der christlichen

Gemeinde von Perge. Ihm kam Marcus Gesicht bekannt vor; er war sich nicht sicher, ob seine Erinnerung zutraf oder ihn trog. Deshalb schickte er seinen halbwüchsigen Sohn, der ihm bei der Arbeit half, hinter Marcus her. Sein Sohn sollte heimlich herausfinden, wohin jener ging. Daß der Kleinhändler den Neffen des Bischofs nicht sicher erkannt hatte, war kein Wunder, da jener die letzten Jahre in Ephesos und Antiochia Rhetorik studiert hatte.

Moschos' Sohn folgte Marcus, wie dieser die wenigen Meter vom Theater zu den Läden des Stadions ging. Die befanden sich in den Gewölbekammern des Stadions, von denen es 30 auf jeder Längsseite gab plus die neun im Norden der langgestreckten Rennbahn. Über den Kammern lagen die Sitzreihen für die Zuschauer. Die Läden waren nach außen über 7 Meter hoch und wurden dann schnell deutlich niedriger, sie waren knapp 6 Meter breit und fast 10 Meter tief. Wenn sie geschlossen waren, hatten die Händler sie nach außen mit Holzbalken verkleidet, die einerseits zusammenklappbar waren und andererseits mit Querbalken versteift vor Einbruch schützten. Kostbare Waren, wie im Laden für Silberstatuetten der Göttin Artemis, wurden von den Händlern abends in die Stadt gebracht. Denn das Stadion lag außerhalb der Stadtmauern. Eine Tafel zeigte jeweils den Namen des Besitzers und sein Gewerbe an. In der Rückwand jeder dritten Kammer befand sich eine Tür zum Stadion, über die neben dem Haupteingang im Süden ebenfalls das Stadion betreten werden konnte.

Während der Kleinhändler Moschos seine Waren mühsam in die Stadt brachte und sein Sohn dabei war, Marcus zu beschatten, war die Gruppe von Bischöfen, die die Pause zu einem Stadtrundgang nutzte, auf ihrem Weg zurück zur Tagungsstätte. Plötzlich kam Bewegung in das Gewühl unter den Kolonnaden. Ein junger, kahlgeschorener Mann rannte vorbei, riß zwei der Bischöfe mit sich, von denen einer hinfiel und der andere sich gerade noch an einer Säule festhalten konnte. Hinter dem Mann rannten einige Händler her, weitere Männer sowie eine Horde Kinder. "Dieb, Dieb!", schrieen sie. Aber der Straßendieb wurde nicht gefaßt, weil die Ordnungskräfte nicht konsequent durchgriffen: Statt dessen wurden die Bischöfe beschuldigt, sie hätten durch ihr ungeschicktes Verhalten die Flucht des Diebes begünstigt. An der Kleidung und dem Auftreten der Bischöfe hatte die Menge nämlich erkannt, daß es sich um Christen handeln mußte; denn die Synode war Gesprächsstoff in Perge in jenen Tagen. Und so wurden die Christen bei diesem Vorfall mißtrauisch beäugt, wurden beinahe wie Diebe behandelt. Immer noch waren für viele Zeitgenossen die Christen Schuld an jedem Unglück, und sei es nur an der Flucht eines Kleinkriminellen.

Man war gegenüber vielem und vielen tolerant, nur nicht, wenn es das Christentum betraf. Dann wurden viele kleinkarriert-aggressiv. Es herrschte in jener Zeit allgemein ein Gleichmut, ein müdes Gewährenlassen oder immerhin ein stoischer Pessimismus. Viele aus den Kreisen der Wohlhabenden, die im Überfluß lebten, versuchten, das sie angrinsende Nichts durch Arroganz zu über-spielen. Darüber hinaus herrschte Unfriede: zwischen Bürgern, Bauern und Soldaten sowie zwischen reichen Großgrundbesitzern und verarmter Landbevölkerung. Manche scharten sich in reaktionärer Gesinnung um die alten Staatsgötter. Dadurch wurden diese aber auch nicht lebendig. Diese Kulte verloren zunehmend an Bedeutung, wurden im alltäglichen Leben immer mehr in den Hintergrund gedrängt. So erstarkte das Christentum, in dem die Ärmsten der Armen wie auch die kleinen Leute Gehör und Wertschätzung fanden. Hier erfuhren und erlebten sie die

Würde jedes Menschen als Gottes Geschöpf, als Individuum, das vom Schöpfer des Universums geliebt wird.

Der Philosoph Kallipos, der vor kurzem Monica gekauft hatte, erfuhr jetzt von seinem finanziellen Desaster, dem Untergang mehrerer Handelsschiffe, an denen er beteiligt war. Er brauchte dringend Geld, vor allem weil sein Buchhändler Geld sehen und nicht mehr seine Schulden anschreiben wollte. Da Kallipos die gekauften Buchrollen nicht wieder hergeben wollte, entschloß er sich, Monica zu veräußern. Die Literatur war ihm lieber als der Mensch. Um möglichst viel Geld an ihr zu verdienen, bot er sie einem Theaterdirektor an, der auf der Durchreise war. Kallipos pries ihre herrliche Singstimme, die sich hervorragend für das Theater eignen würde. Dieser Theaterdirektor kam aus Side, es war Aulus Agentius Afer. Der schöne Afer strich sich sein langes, gewelltes Haar nach hinten, stand auf, ließ seine stattliche Gestalt voll zu Geltung kommen und hoffte, damit den Verkäufer zu beeindrucken. Der Philosoph blieb hingegen bei dem geforderten hohen Preis. Normalerweise hätte sich Afer erst von der Qualität der Stimme der Sklavin überzeugt. Jedoch, in diesem Fall kaufte er ohne nähere Prüfung, da er Monica nicht für das öffentliche Auftreten im Sinn hatte, sondern zuerst an sein persönliches Vergnügen dachte; die hohe Gestalt und das würdevolle Auftreten der jungen Frau gefielen ihm.

Afer residierte am Fluß in einer kleinen Sommervilla, die er gemietet hatte. Die Villa war ohne Fußbodenheizung. Seine Hormone hatten ihn dennoch genug erhitzt, und er suchte Abkühlung bei Monica. Der war ihre Ehre wichtiger als ihr Leben, und sie wehrte sich verzweifelt, rief dabei Christus um Hilfe an. Aber es geschah kein Wunder - oder war es eine wundersame Hilfe, daß sie den Mut zu einem gezielten Tritt fand? Der saß! Und wirkte! Afer gab auf; damit hatte er nicht gerechnet. Schon am nächsten Tag verlieh er sie an das Theater in Termessos - gerade dorthin, wo Julia einmal aufgetreten war.

16
Rosa, rosae, rosae ...

Ruth ging in ihrem Büro auf und ab und diktierte dabei einem Sklaven Geschäftsbriefe, die dieser stenographierte. Eine Sklavin, fast noch ein Kind, betrat zurückhaltend das Zimmer. Ruth ging gerade in die andere Richtung und konnte sie deshalb nicht sehen. Die Sklavin wagte nicht, ihre Herrin anzureden, die ihr den Rücken zukehrte, und sie bei der Arbeit zu stören. Als Ruth sich dann bei ihrem Auf- und Abgehen umdrehte, sah sie die Dienerin. "Was willst du? Was gibt es?" fragte sie ungehalten, weil sie durch diese Unterbrechung ihren Gedanken verloren hatte. Mit einem Lächeln, das sie schnell aufsetzte, nahm Ruth etwas von der Schärfe ihres Tonfalls zurück.
"Es ist Besuch da", entgegnete die Sklavin mit leiser Stimme.
Ruth verzog ihr Gesicht. "Nein, nicht jetzt! Nie kann man in Ruhe arbeiten. Wer ist es denn? Was will er denn? Können wir ihn nicht wegschicken?"
Die junge Sklavin schwieg vor lauter Unsicherheit einen Moment. Auch wenn Ruth als Christin mit ihrem menschlichen Eigentum pfleglich umging, so war sie doch eine zupackende Person, die bei der Erledigung ihrer Aufgaben nicht immer jedes Wort auf die Goldwaage legte. Außerdem strahlte sie eine solche Überlegenheit aus, daß ihre Sklaven einen Heidenrespekt vor ihr hatten.

"Na, nun sag schon." Freundlich und drängend zugleich hakte Ruth nach. Ihre Ungeduld konnte sie kaum zügeln.

"Es ist nur die Nachbarin, Frau Rosa." Mehr zum Namen der Nachbarin fiel der jungen Sklavin nicht mehr ein; er lag ihr auf der Zunge, aber ihre Unsicherheit blockierte ihre grauen Gehirnzellen.

Um zur Sklavin freundlich zu sein, vor allem aus Gastfreund-schaft und Höflichkeit zur Nachbarin, wollte Ruth ihr eine positive Antwort geben und war bereit, diese zu empfangen: "Ach, die Gute. Zeit zum Kochrezepte austauschen habe ich keine. Aber, na ja, einige Minuten werde ich noch herausschlagen. Bitte, führe sie herein. Und du", damit hatte sie sich zu ihrem Schreibsklaven umgewandt, "schreibst gleich die Briefe ab", und sie fügte kurz an "bitte".

Rosa, die drei Häuser weiter in derselben Straße wohnte, wo Ruth und Julia lebten, dankte der Gastgeberin, sofort empfangen zu werden, obwohl sie wegen ihres Besuchs nicht vorher angefragt habe. Da sie ahne, Ruth helfe bei der großen Versammlung ihrer Religion, sei sie sich bewußt, daß Ruth kaum Zeit habe.

Ruth konnte sich die Zeit für ihre Nachbarin nehmen, da sie jede Minute ihrer Tageszeit konsequent ausnutze. Randzeiten wurden stets ausgekauft. Vor allem verschwendete sie keine Zeit für Theaterbesuche und ähnliches.

Die Einstellung der Kauffrau Ruth basierte auf folgender Rechnung: Wer jede Woche auf eine solche Art und Weise knapp fünf Stunden vertrödeln würde, verschwendete im Jahr eine Gesamtstundenzahl von etwa 240 Stunden. Das seien sechs Wochen mal 40 Stunden. Was könne man statt dessen in dieser Zeit leisten oder genießen? Das war für die Kauffrau der Beleg: Verplempere man nicht sein Dasein mit unnötiger Unterhaltung, sei ausreichend Zeit vorhanden für Gespräche, Besuche, Briefe-schreiben und dergleichen. Nehme man für die Berechnung jeden Tag sogar zwei Stunden, dann komme eine weit höhere Zeitsumme dabei heraus.

Und Ruth verhielt sich entsprechend. Die Konzentration auf die wesentlichen Dinge im Leben waren ein Grund, warum sie erfolg-reich war. Sie war sehr aktiv und in der Lage, neben ihrem Beruf seit vier Jahren ein Auge auf ihren Mann zu werfen, der nach zwei leichten Schlaganfällen zwar kein Pflegefall war, aber weder zum Unternehmen mit seinen komplexen Handelsgeschäften noch zum Haushalt beitragen konnte und stets ein wenig Betreuung brauch-te. Zumeist kümmerte sich ein älterer Sklave um ihn und leistete ihm Gesellschaft. Aber für Ruth war es selbstverständlich, mehr-mals täglich zu ihrem Mann zu gehen. Die Ehe war geschlossen worden für gute und für böse Tage. Sie liebte ihren Mann, auch wenn er es ihr seit seiner Krankheit nicht immer leichtmachte. Zu diesen Aufgaben kamen die in der Gemeinde, in diesen Tagen vor allem ihre organisatorischen Verpflichtungen für die Synode. Und dennoch, oder gerade deshalb, nahm sie sich Zeit für Rosa.

Die Nachbarin war unter einem Vorwand gekommen, nämlich mit der Bitte, ob sie demnächst Ruths kleinen Garten auf der Akro-polis für ein Treffen nutzen könne. Sie wolle mit Freundinnen in Ruhe Stoffe aussuchen und neue Schnitte anprobieren. Eine Schneiderin aus dem luxuriösen Ephesos würde kommen und sie vorführen. Bei ihr im Haus würde man aber ständig gestört werden; Männer hätten für so etwas kein Verständnis.

Ruth sagte ihr die Nutzung zu. Sie äußerte dann die Bitte, rechtzeitig den Termin zu erfahren, wann die Schneiderin erwartet werde. Rosa versprach dies, war es doch obligat. Dann stellte Rosa einige Fragen zur Gartenlaube, aus denen Ruth entnahm, daß ihre Nachbarin den wahren Grund ihres Besuches noch nicht vorgebracht hatte; und sie würde dies nicht tun, solange sich der Sklave im Raum befand.

"Ich denke, eine Pause tut dir gut", sagte Ruth deshalb zu ihm. Der verstand sofort und verließ den Raum; außerdem konnte er die Bemerkung der Herrin nutzen, um in der Küche einen kleinen Imbiß zu ergattern. Schließlich habe ihm die Herrin eine Pause "verordnet". Während des Gesprächs befand sich ihr Ehemann im Peristyl.

Ruth saß nun allein mit ihrem Gast in dem Raum des Hauses, der ursprünglich als Bibliothek gedient hatte. Jetzt war er ihr Büro. An den Wänden standen Regale, die für Buchrollen aufgestellt worden waren. Die lagen nun eng gestapelt in wenigen Fächern; die meisten Regale wurden für Warenmuster verwendet; in den restlichen befanden sich der Briefverkehr und die Geschäftsunterlagen. Hinzu kamen ein größerer Tisch aus einem eisernen Gestell mit einer großen Holzplatte, einige Klappstühle sowie eine Sitzecke, die aus einem runden, niedrigen Klapptisch sowie zwei bequemen Lehnstühlen aus Weidengeflecht bestand, über die im Winter und Frühjahr warme Decken lagen.

Rosa drückt sich anfangs noch um die Sache herum. Ist es nicht so, daß man sich eher Fremden anvertraut, zum Beispiel einer Reisebekanntschaft, als Familienangehörigen, Freunden oder Nachbarn? Ruth drängte oder bedrängte sie nicht.

Zwei Sklaven betraten das Büro: Die junge Dienerin von eben brachte Nüsse, Wasser und Obstsaft, außerdem kleine Wasserschalen zum Säubern der Finger. Der andere Sklave unterbrach das Gespräch mit der Frage, wo eine Lieferung, die heute erwartet werde, gelagert werden solle. Ruth antwortete kurz und knapp und gab dann dem Sklaven ein Zeichen, man möge im Gespräch bitte nicht mehr gestört werden.

Rosa schaute sich währenddessen ihre Gastgeberin genauer an. Ruth war eine selbstbewußte, dynamische Person. Von mittlerer Größe, besaß sie eine volle, runde Stimme. Ihre Haare waren dunkelblond und von grauen Strähnen durchzogen, was aber kaum auffiel. Sie war schlank und in ihrer Jugend sicherlich graziös gewesen. Während Ruth eine schlichte Frisur hatte und eine ebensolche Stola trug - die dafür aus edler Baumwolle war -, hatte Rosa sich in ein wallendes Seidengewand gehüllt, das ihre leicht füllige Figur kaschierte; es war in der Farbe ihrer Haut. Rosas Frisur besaß viele Locken, an denen eine Sklavin am Morgen lange Zeit gearbeitet hatte. Ihre Haare waren dunkelbraun. Sie war mit Mitte 20 deutlich jünger als Ruth. Den Schleier, den Rosa auf der Straße umgelegt hatte, hielt sie jetzt in ihrer linken Hand und spielte mit dem kostbaren Stoff.

Rosa wußte, daß sie nun zur Sache kommen mußte, oder sie würde sich nie offenbaren: "Ich bin keine Christin", gab sie dem Gespräch eine neue Richtung.
Ruth konnte sich keinen Reim daraus machen und meinte, nur um etwas zu sagen, damit keine zu lange Pause entstände: "Schade."
Rosa reagierte nicht auf Ruths Bemerkung. "Ich suche Rat bei einer Christin, weil ..." Rosa ließ den Satz unvollendet.
Um den Gesprächsfaden nicht abreißen zu lassen, versicherte Ruth ihr die Vertraulichkeit des Gesprächs: "Niemand erfährt etwas davon." Dies war selbstverständlich.
Dann platzte es aus Rosa heraus: Sie sei schwanger!

Ruth wollte ihre Freude darüber ausdrücken, beherrschte sich klugerweise im letzten Moment, um Rosas Redeschwall nicht zu unterbrechen, jetzt, wo sie den Mut hatte, ihr Herz auszuschütten. Rosa erklärte: "Aber mein Mann möchte keine weiteren Kinder. Dabei haben wir nur zwei. Die beiden anderen sind ja bald gestorben." Traurig, fast verzweifelt schaute sie bei diesen Worten aus. "Er will, daß ich es abtreibe." Tränen rannen ihre Wangen herab. "Ich will das Kind behalten! Das ist ein werdender Mensch, oder nicht? Man kann doch einen Menschen nicht töten? Das ist Mord, nicht wahr?" Sie hielt ihre Tränen nicht mehr zurück und weinte so sehr, daß auch bei Ruth Tränen in den Augen standen. Rosa klagte: "Er will die Schwangerschaft ja nur nicht, weil er meint, ich würde dann noch dicker werden. Mag er sich mit unserer neuen jungen Sklavin amüsieren; mit deren Figur kann ich eh nicht konkurrieren." Rosa machte eine abwertende Handbewegung. Danach wurde sie etwas ruhiger. Mit dem langen Ärmel ihres Gewandes wischte sie sich die Tränen ab. Glücklicherweise war sie kaum geschminkt, so daß es nur kleine Flecken gab. "Ich möchte das Kind bekommen. Ich freue mich so sehr darauf. Ich habe mich sogar dazu hinreißen lassen, ihm zu sagen: Laß doch die Götter entscheiden, ob es früh stirbt oder nicht. Aber er ..." und Rosa ließ den letzten Satz unvollendet. Denn im ersten Lebensjahr starb fast jedes zweite Kind eines natürlichen Todes.

Für Ruth war die Sache und ihre Antwort klar. Christen und Juden waren die einzigen Religionen im Imperium Romanum, die die Abtreibung wie auch das Aussetzen von Kindern kategorisch ablehnten. Doch Ruth wußte: Eine eigene Position zu haben ist das eine; etwas anderes ist es, einem Menschen mit anderer

Überzeugung und anderer Lebenslage einen Rat zu geben, eine hilfreiche Empfehlung, die anwendbar ist.

Rosa hatte Angst, den Konflikt mit ihrem Mann eskalieren zu lassen. "Was ist, wenn er sich von mir trennt? Wenn er die Scheidung will? Was mache ich dann?" Nach einer kurzen Atempause fügte sie an: „Ansonsten ist er ganz nett und erträglich." Es lehnten nur Christen die Scheidung ab und gaben damit den Frauen eine große Sicherheit.

Ruth zögerte mit einer Antwort, schon allein, um nicht den Eindruck zu vermitteln, ein Besserwisserin zu sein. "Rosa, ich danke Ihnen, daß Sie mir Ihr Vertrauen geschenkt haben." Ruth redete sie distanziert, aber zugleich freundlich mit dem Rufnamen an. "Meine Haltung zur Frage der Abtreibung kennen Sie - deshalb sind Sie ja auch zur mir gekommen. Alle wissen, daß wir Christen die Abtreibung als Sünde, als Sünde des Mordes ansehen. Ihr Gefühl, ja Ihre Liebe zum Kind in Ihrem Leib ist richtig und sicherlich von Gott gewirkt. Die auch für mich sehr schwierige Frage ist, wie können Sie dem Drängen Ihres Mannes zur Sünde ausweichen, wie können Sie ihr entgehen? Auch die Scheidung ist für uns eine Sünde, da Gott Mann und Frau zusammengetan hat. Geschieden zu werden, um nicht abtreiben zu müssen, das ist beinahe wie eine Entscheidung zwischen Skylla und Charybdis." Ruth machte eine kurze Pause. "Es gibt ein Wort aus unserer Heiligen Schrift, das mir durch den Kopf geht: ´Gottes Kraft ist in den Schwachen mächtig.´ Ich kann Ihnen nur empfehlen, nicht aufzugeben, ihn immer wieder zu bedrängen, und dabei vielleicht das Kind als besonderes Geschenk von ihm zu erbeten, statt Schmuck oder Stoffe."

Rosa entgegnete: "Ich bin gern bereit, auf all das zu verzichten - nur eine Scheidung will ich nicht. Davor habe ich Angst."

"Gott wirkt Wunder", bekannte Ruth. "Das erlebe ich ständig. Ich werde für Sie beten und auch andere Christen, gerade Christinnen, bitten, unseren Gott um Hilfe für Sie anzuflehen, im Gebet Gott geradezu zu bestürmen."

Bei Rosa brach eine kleine Panik aus: "Das darf niemand wissen. Das wäre mir gar nicht recht."

"Es wird niemand erfahren, Rosa. Ich nenne keinen Namen - und ich gehe auch nicht nach der Devise vor: Ich nenne nicht den Namen, aber es ist im Dorf der Bauer mit dem größten Ochsen."

Aber Rosa bat: "Mir wäre es lieber, es wüßte keiner davon. Ich weiß nicht, ob Ihr Gott helfen kann, ob er stärker ist als all die, an die ich so glaube. Wobei ich gar nicht weiß, ob ich wirklich an sie glaube - eher habe ich Angst vor ihnen, sie sind so eine Art Selbstverständlichkeit, weil man von klein auf mit ihnen groß geworden ist. Wenn Ihr Gott helfen kann und will, dann reicht es mir, wenn Sie bei ihm für mich eintreten."

Ruth erklärte: "Gut, dann machen wir es so."

Rosa fragte dann noch etwas ängstlich und beklommen: "Damit gehe ich doch keinerlei Verpflichtung gegenüber Ihrem Gott ein, oder? Ehrlich gesagt, das Leben eines Christen, ob ich das leben möchte, das weiß ich nicht. Sie müssen ja auf manches verzichten; und dann, die Leute mögen sie nicht. Na ja, auf Kinder müssen sie wenigstens nicht verzichten", fügte sie mit einer großen Portion Sarkasmus gegenüber ihrer eigenen Lage an.

Ruth lag es auf der Zunge, ihr zu erläutern, daß da, wo Christen angeblich verzichten müssen, sie im Gegenteil gewinnen. Aber, das hätte in dieser Situation zu billig geklungen. Und die Frage der Verfolgungen, der gesellschaftlichen Verachtung, das waren Aspekte, die das Christsein nicht zum Honigschlecken machten.

Und doch waren die Christen sehr dankbar, sich von Gott geliebt zu wissen.

Ruth brachte Rosa vor die Tür. Auf dem Weg sagte Ruth ihr leise, sie könne auch mit ihrem Mann sprechen. "Aber darüber können wir ein anderes Mal reden."
Beim Abschied umarmte Ruth ihre Nachbarin; und Rosa war glücklich, sich ausgesprochen zu haben. Vielleicht half ihr sogar der merkwürdige, gekreuzigte Christengott?

Zu dieser Zeit schauten Helfer auf der Synode den Bischof Numerius schief an, tuschelten, wenn sie ihn sahen, hörten damit aber auf, wenn er sich näherte. Der Kleinhändler Moschos und dessen Sohn hatten einem Ältesten der Gemeinde berichtet, daß sie Marcus, den Neffen des Bischofs, sahen, wie er das Theater verlassen habe. Diese Information durcheilte die Gemeinde wie ein Lauffeuer.

17
Der Versuch

Die Diskussion bekam bei ihrer Fortsetzung schnell einen anderen Charakter: Nun begannen ehrgeizige Bischöfe, sich zu positionieren. Die Gruppenbildung hatte sich verfestigt. Im wesentlichen war es die ältere Generation gegen die jüngere, also zum einen die Generation, die noch unter Verfolgung gelitten hatte, und zum anderen diejenige, die zwar Nachteile und Bloßstellungen kannten, aber nicht mehr die Furcht, das Leben zu verlieren. Der unterschiedliche weltanschauliche Hintergrund, ob jemand eher neuplatonische, spätjüdische oder auch aristotelische

Ansichten bevorzugte, war nur für das Repertoire der Argumente von Bedeutung, kaum für die Einstellung zum Thema. Hinzu kamen einzelne Querdenker sowie in-sich-selbst-verliebte Schwätzer, die zu jedem Thema etwas zu sagen hatten. Und so kam Schwung in die Debatte.

Ein junger Bischof begann: "Wenn ich darüber nachdenke, ob ein Christ den Beruf eines Schauspielers aufzugeben habe, meint dies nicht, daß ich diesen Beruf als erstrebenswertes Ziel christlicher Tätigkeit ansehe. Es stellt sich mir vergleichsweise die Frage, ob die Arbeit im Weinberg ein ehrenwerter Beruf ist? Darüber wird nicht nachgedacht. Dabei wird Wein dazu verwendet, um sich zu betrinken. Auf diese mangelnde Konsequenz wird man wohl doch noch verweisen dürfen, oder etwa nicht?"
Mehrere ältere Bischöfe murmelten ihre Unzufriedenheit.
Aber der Redner setzte seine Argumentation fort: "Und was ist mit den Soldaten? Es kommt inzwischen vor, daß Christen Soldaten bleiben und nicht diesen Mordberuf aufgeben. Ist unsere Moral lax geworden?"

Ein streitbarer alter Bischof konterte: "Immer wieder gibt es Brüder im Heer; und die meisten von ihnen sind Gott gehorsam und verweigern den Befehl, das heißt sie verlassen die Armee. Unser Reich wird von Gott geschützt, oder gar nicht. Es ist nicht das Heer, das den Fortbestand des Imperium Romanum garantiert. Leicht haben es unsere Brüder dann nicht, denn von den Soldaten wird diese Einschätzung jedenfalls nicht geteilt. - Es gibt auch Brüder und Schwestern am kaiserlichen Hof. Sogar unter dem Adel und in den höheren Beamtenkreisen gibt es Anhänger unserer Lehre. - Unserer Kirche geht es gut. Zu gut! Je mehr wir geachtet werden, von Verfolgung kann man im Reich kaum noch sprechen - vor allem bei uns im Osten ist es ruhig geworden -, desto mehr verweltlicht sich aber das Leben der Gläubigen. Die von Gott gegebene Disziplin ist zumindest in einigen Gemeinden schon erheblich erschüttert. Einige Spötter und Besserwisser meinen sogar, die Kirche würde sich dem Staat anpassen. Und ich muß gestehen, bezüglich einiger Fehlentwicklungen ist etwas dran an dieser Aussage."

Der junge Bischof versuchte, seine Stellung zu halten: "In Kirchenordnungen wird den Lehrern empfohlen, ihren Beruf aufzugeben, weil er zu eng mit den Mythen der toten Götzen verbunden ist. Wenn dieser Berufsverzicht tatsächlich aber nicht mehr verlangt wird, sofern der Lehrer keine andere Einkommensquelle hat und nicht wechseln kann, dann muß doch gefragt werden dürfen, warum Schauspieler nicht gleich behandelt werden?"

Darauf ging ein junger, stürmischer Bischof ungeschminkt zum Angriff vor. Er wußte noch nicht die Richtung seiner Attacke, aber er platzte heraus: Christen gingen ins Theater. Ihm sei zu Ohren gekommen, daß sogar führende Gemeindeglieder und Kleriker dies täten. Die Synode reagierte mit heller Empörung: "Nestbeschmutzung" war das Wort, das am häufigsten fiel. Was nicht sein durfte, konnte nicht sein. Nur wenige dachten voller Entsetzen, wie weit haben wir uns geändert, daß so etwas vorkommen könne.

Die Theatergegner ließen sich aber nicht unterkriegen. Ihre Angriffe gingen gleichermaßen gegen Sex und Gewalt; bei letzterem war man aufgrund der Verfolgungen sensibilisiert, beim ersten in der Folge eines leibfeindlichen Neuplatonismus.

"Keine Frage, daß die lüsternen Blicke die Begierden erhitzten", ereiferte sich ein hagerer Bischof. "Überhaupt, auch das Anstarren von Frauen aus der Nähe entfacht erotische Wünsche."

Ein anderer ergänzte ihn: "Die dummen Witze und das blöde Geschwätz lassen die moralische Abwehr erlahmen. Bald verderben die Sitten in unseren Gemeinden. Diejenigen unter uns, die nicht in einem gläubigen Elternhaus aufgewachsen sind, wissen doch nur zu gut, daß für die Possenreißer im Theater kein Wort zu schamlos ist."

Ein Synodale flüsterte leise zu seinem Nachbar: "Leider weiß dies auch mancher nur zu gut aus eigenem Erleben, der fromm erzogen wurde."

"Die Verführung ist gefährlich wie die Verfolgung. Satan versucht es mal so und mal so. Wir alle müssen höllisch aufpassen."

"Christus will uns bewahren."

"Ja. Du hast recht."

"Aber, diese Dinge schauen junge Leute an, deren ungefestigter Charakter noch der Zügel und Lenkung bedarf; durch diese Bilder werden sie zu Laster und Sünden angeleitet. Das muß in unseren Gemeinden verhindert werden. Gott hat uns die Aufgabe übertragen, über unserer Gemeinde wie ein Hirte über die Schafe zu wachen."

Nachdem der Angriffsgeist der Theatergegner erlahmt war, begannen die Kompromißler Terrain zurückzuerobern. Lucius beobachtet aufmerksam die Entwicklung. Er fragte sich: Was bringt einzelne Teilnehmer dazu, die bisherige strikte Position aufzugeben? Ist es die eigene Augenlust, selbst gerne ins Theater gehen zu dürfen? Ist es der Wunsch vieler in den Gemeinden, nicht immer und überall Außenseiter zu sein, dem man sich hier beugen zu dürfen glaubt? Ist es der Wunsch von Bischöfen, möglichst große Gemeinden unter sich zu haben und dafür die ethischen Standards zu senken? Ist es nur eine Ermüdungserscheinung, daß nach fast zweihundert Jahren konsequenter Ablehnung die Kräfte erlahmen?

Aber Lucius konnte sich diesen Gedanken nicht länger hingeben, weil er genau zuhören mußte, was Bischof Numerius sagte. Die ersten Worte hatte Lucius schon verpaßt: "Wir Christen müßten in der Lage sein, intellektuell mit den Heiden mitzuhalten. Sofern die Schule wie das Theater in die klassischen Stücke einführe, sehe ich nichts schlimmes bei einem Schulbesuch - und auch nicht bei einem Theaterbesuch. Es kommt auf den Inhalt an; und mit unserer christlichen Erziehung können wir Fehlentwicklungen vorbeugen wie wir sie auch korrigieren können, was wir schon immer erfolgreich praktiziert haben."

Aha, sagte sich Lucius, er singt das Lied vom hohen Wert der Bildung; irgendwo muß das Schlupfloch ja her, wie man ins Theater kommt.

"Wann werden denn die Klassiker im Theater gegeben?" rief ein Bischof dazwischen. "Das ist so gut wie nie der Fall."

"Ich meinte ja nur, wenn. Es ging mir allein um eine differenzierte Diskussion", verteidigte Numerius seine Ausführungen. Er war mit seiner Anmerkung auf sicherem Boden, denn die griechischen Dramatiker wurden von den Kirchenvätern häufig erwähnt und sogar zitiert.

Der Zwischenrufer versuchte es noch einmal: "Tragödien zeigen den Ehebruch unter Göttern wie unter Menschen. Auch sie sind ein schlechtes Vorbild. Uns Christen sei allein der Gedanke daran schon fern; wir mäßigen unsere Leidenschaften, üben Enthaltsamkeit, leben in Monogamie. Da paßt sich so etwas nicht." Mit Entschiedenheit hatte er gesprochen.

Lucius fragte sich, warum Bischof Numerius seine Position gewechselt hatte. Bisher, so meinten alle, sei er ein Gegner des Theaterbesuchs gewesen. Und er habe das Thema für die Synode vorgeschlagen, um Pfähle einzuschlagen gegen die Tendenz zum Kompromiß. Und nun das. Wieso nur?

Dieser Tag hatte de facto sieben einzelne Diskussionsrunden, wie die Runden im Circus Maximus in Rom. Das hatte aber keiner der Synodalen bemerkt.

Julia versuchte, ein zweites Treffen zu arrangieren. Dazu nutzte sie ihren Einsatz als Hilfe bei der Verpflegung der Synodalen. Sie paßte Lucius ab, als er vor seinem Nachhauseweg sich etwas zum Trinken geben lassen wollte. Unverhofft stand sie vor ihm: in größerer Runde und doch allein zu zweit. Sie lächelte ihn an, gab ihm einen Becher Wasser und bat ihn um die Fortsetzung ihres Gesprächs. Sie war glücklich, ihn zu sehen. Ihr fröhliches Wesen, ihre schöne Gestalt unterstrichen die Bitte. Wer konnte ihr widerstehen? Ihr Optimismus und ihr Mut, ihn zu fragen, lagen in der Zuneigung begründet, die sie in ihrem Leben als Reaktion auf ihr Lächeln stets erfahren hatte. Und jetzt: Er müßte ihre Liebe bemerken! Lucius aber wollte ein vertrauliches Treffen vermeiden und schützte die hohe Belastung durch die Diskussionen vor. Schon kam der nächste Synodale, bat um Wasser, und Julias Chance war vorbei. Ihr Lächeln versteinerte. Warum war ihr kein Glück vergönnt?

Der bisherige Ertrag der Synode wurde auf dem Heimweg zu den Quartieren halblaut kommentiert: "Immerhin scheint es Fortschritte in der Diskussion zu geben. Das ist gut für eine klare Entscheidung", meinte jemand.

„Nicht jedes Fortschreiten führt in die richtige Richtung. Und ein Beschluß kann auch ein falscher sein", entgegnete ein anderer skeptisch.

„Es bewegt sich nicht mehr alles an der Oberfläche. Es geht tiefer, wird ernsthafter. Es drängt zur Klärung offener Fragen", erwiderte der erste.

"Wobei", so der zweite, "es für viele keine offene Fragen gab und gibt. Bringt es uns voran, wenn wir unnötig etwas in Zweifel ziehen und Festgefügtes neu aufbauen wollen? Ist das gut?"

Sie sahen, wie ein Hund ruhig über die Straße trabte und zu einem kleinen grünen Beet am Rande einer herrschaftlichen Villa ging. Das Beet bestand aus drei kniehohen Büschen und wenigen spärlichen Blumen. Der Hund hielt bei einem Busch, hob kurz ein Bein, hinterließ seine Duftmarke und trabte unbekümmert weiter. Die Natur war mit sich selbst im Einklang: eben animalisch, urinal-stinkend, triebgesteuert. Im allgemeinen ein friedliches Fressen-und-Gefressenwerden, im besonderen das Markieren eines Reviers. Beinahe geradezu menschlich, da allzumenschlich; jedoch sehr fraglich, ob ein Gott der Liebe die Vielfalt seiner Schöpfung so kreiert haben mag, ob er sich die Arten entwickeln ließ aufgrund der Wechselbeziehung zwischen dem großen Fisch und dem kleinen Fisch.

18
Das Festessen

Die Debatte ging am nächsten Morgen weiter. Lucius bewegte der Gedanke, ob er mit seinen Argumenten die Synodalen überzeugen könne. Er war nicht ehrgeizig. Aber er wußte, was er wert war, was er konnte. Als bester Nachwuchskleriker seiner Provinz stellte er große Ansprüche an sich; schließlich war sein Großvater ritterlicher Herkunft. Je besser er sich darstellte, um so größer wäre seine Chance, einmal Bischof und damit in die successio aufgenommen zu werden. Aber heute bekam Lucius keine Möglichkeit, sich bei der Synode hervorzutun. Bisweilen läuft es eben anders, als man denkt und wünscht.

Ein älterer Bischof begann die Debatte, indem er sich abfällig über die griechische Philosophie äußerte, der er für Christen nicht die Funktion eines Ratgebers zuerkannte. Er argumentierte ziemlich plump: "Wie paßt das zueinander? Plato sei leibfeindlich, aber Griechen pflegen den Leib? Es wird trainiert und geölt. Die Statuen präsentieren den Körper in seiner ganzen Schönheit. Der Lebensstil dreht sich um den Körper und die Befriedigung seiner Bedürfnisse oder vermeintlichen Bedürfnisse. Philosophie und Leben stimmen nicht überein."
Auch ein anderer älterer Bischof setzte die simplicitas fidei gegen die argumenta philosophorum. Das wollten die jüngeren Synodalen nicht so stehenlassen. Sie beanspruchten für sich und verlangten es von ihresgleichen, auf der Höhe des Zeitgeistes zu sein, auch wenn sie ihn nicht teilten. Und so wurde die Diskussion hitzig.
"Wo eigentlich steht es in den heiligen Schriften, daß wir nicht ins Theater gehen dürfen?", fragte Zotikus bewußt provokativ; er war einer der jüngsten Bischöfe.
"Mein lieber junger Bruder", antwortete ein hagerer, älterer Bischof, der sich bemühte, sanft zu antworten - mit der gebotenen Schärfe wäre ihm lieber gewesen: "Die heiligen Schriften sind randvoll mit klaren Verboten dessen, was im Theater präsentiert wird. Ich kann gern konkret werden", kam er einem entsprechen-

den Einwurf zuvor, "und verweise auf den Apostel Paulus in seinem Brief an die Epheser: ´Schmutzige Geschichten, Gassenjargon oder zweideutige Witze soll man unter euch nicht kennen.´ Und in seinem Brief an die Kolosser schreibt er: ´Entledigt euch von Wut, Haß, Fluchen, Lästerung und schmutzigen Ausdrücken.´ Das sind doch gerade die Dinge, die ständig im Theater passieren. Und zu denen sollen wir Distanz halten." Er konnte ein gewisses Quantum an Ironie nicht unterdrücken, als er weitere Zitate aus den heiligen Schriften vortrug, die - seiner Überzeugung nach - dem Amtsbruder vertraut und von ihrer Bedeutung für das Thema hätten bekannt sein müssen. "In seinem Brief an die Epheser schreibt Paulus darüber hinaus: ´Werdet zunehmend vertrauter damit, was dem Herrn gefällt.´ Und was ist das?", war seine rhetorische Frage: „´Redet möglichst viel über den Herrn, zitiert Psalmen, singt geistliche Lieder und lobt Gott. Das Lob Gottes soll in eurem Herzen wie eine Melodie präsent sein.´ Und an die Philipper: ´Konzentriert eure Gedanken auf das, was wahr, gut und rechtschaffen ist. Denkt über Dinge nach, die rein und lieblich sind.´" - Viele konnten sehr viel auswendig zitieren, weil sie fleißig lernten, und dieser Bischof spielte sein gutes Gedächtnis gezielt aus in der Diskussion. "Ich weiß nicht", so beendete er seinen Redebeitrag, "wie bei diesen Zielen das Anschauen von Schund und Schmutz im Theater nicht als Sünde bezeichnet werden soll."

Aber Zotikus hatte seinen Vorrat an Provokationen noch nicht verbraucht. Er legte noch zu: "Sehen wir uns ein Theaterstück an - und ich spreche jetzt rein hypothetisch -, dann sehen wir zum einen, was die Welt bewegt, wie sie funktioniert in ihrer Schlechtigkeit, wieviel Verwerfliches in ihr existiert, daß Leidenschaften, daß Wollen und Versagen zentral im menschlichen Leben sind. Zum anderen werden wir dadurch daran erinnert, daß wir selbst einmal in einem so unglücklichen und unglückseligen Leben gefangen waren. Jeder Tag unseres befreiten und freien Christenlebens ist vor dem Kontrast des Sklavenlebens, in dem die in ihren Leidenschaften Gefangenen vegetieren, um so herrlicher anzuschauen. Fehlt uns dieser Kontrast, dann halten wir unsere Befreiung durch den Tod Christi für etwas Selbstverständliches, gar Alltägliches, und geraten in Versuchung, ihn für gewöhnlich oder gering zu achten. Dann würden wir bald geneigt sein, uns nach anderen Zielen auszustrecken und würden wie die Sektierer und Häretiker. Von daher halte ich einen gelegentlichen Theaterbesuch für eine lehrreiche Unterweisung."

Die Versammlung war verblüfft: War das ernstgemeint, war das eine reine Gedankenspielerei - die eines Christen unwürdig sei, so dachten manche -, war das ein schlechter Scherz, war der Bischof nicht ganz bei Sinnen, oder was?

Scharf konterte Numerius, der es wegen seines guten Rufes nicht dulden wollte, daß bei einer Synode in seiner Stadt so etwas akzeptiert wurde: "Das würde heißen, daß der Teufel selbst gegen seinen Willen von uns als unser Lehrer verwendet werden könnte. Ich erachte diese Argumentation für absurd."

Bischof "Lumpi" fiel bekanntermaßen durch sein Äußeres auf, war ansonsten jemand, der aus taktischen Gründen stets eine moderate Position einnahm, aber diese Provokation rief seinen energischen Widerspruch hervor: "Die Sklaverei der Sünde ist augenfällig. Jede Götterstatue aus Marmor, von denen unsere Städte nur so überquellen, jede Götzenfigur aus Ton in den Häusern, alles sinnlose Haschen nach dem Glück, all der Haß, Neid und die Niedertracht, diese Tyrannen des Lebens der Nichtchristen, sind tagtäglich Anschauung genug, daß wir Grund zu größter Dankbarkeit haben, aus diesen Fesseln befreit worden zu sein. Da brauchen wir nicht noch die Sonderlektion im Theater; der Honig, der dort über die Sünde gekippt wird, wirkt als Relativierung und Beschönigung. Ich bin, das möchte ich ausdrücklich betonen, entsetzt über die Argumentation von unserem Amtsbruder Zotikus."

Auch Publius bezog Stellung: "Wissen wir nicht aus den Berichten der Nichtchristen, wie im Theater unsere heiligen christlichen Riten verspottet werden, vor allem die Taufe? Auch die nichtexistierenden, aber verehrten Götter gibt man dem Gespött preis. Das erstere ist vehement zu verurteilen; das zweite kaum zu billigen. Respektable Kulte sind immer noch wertvoller als nackter Atheismus, dann gepaart mit tumber Vergnügungssucht."

Konziliant sprach Bischof "Pax" aus Termessos: "Die Notwendigkeit zum Nachdenken ist geblieben. Und der Bedarf. Die menschliche Natur ist ein Faszinosum, das uns nicht zur Ruhe kommen läßt. Wir befinden uns in einem Grenzbereich der Gedanken. Kann nicht sein, was nicht sein darf? Der Antichrist verstellt sich, erscheint in der Gestalt eines Engels des Lichts. Es gilt, das Böse zu erkennen. Eine Maske verdeckt die Fratze der Sünde. Wir müssen sie herunterreißen. Die Entfernung der Maske ist unsere Aufgabe, unser Auftrag. Ohne Ansehen der Person müssen wir ihr nachkommen." Nur wußte nach diesen Worten niemand, vielleicht auch "Pax" selbst nicht, was er gesagt hatte, was das bedeuten sollte.

Bischof Domitius sah eine Gelegenheit, seine Zurückhaltung aufzugeben und die Position der jungen Generation zu vertreten. Er hoffte, damit Anhänger zu sammeln. "Wenn wir ehrlich zu uns selbst wären, würden wir uns eingestehen, wie vieles noch unklar ist. Ist nicht vieles nur pseudonymou gnoseos, eine sogenannte Erkenntnis? Ist es wirklich Sünde, Tiere für Opferhandlungen zu liefern? Denn erlaubte nicht der Apostel Paulus sogar den Genuß von Opferfleisch?"

Ein Zwischenrufer war erbost: "Ihr Reden zeugt von agnoia, von Unwissenheit!"

Ein anderer rief sarkastisch: "Und gelobt sei der Name unseres Herrn Jesus Christus für diese schöne Erkenntnis!" Das brachte ihm den schweren Tadel ein, den Namen Gottes mißbraucht zu haben.

Bischof Numerius hatte diese Rüge ausgesprochen und nutzte diese Chance, um die eigene Position auf der Synode zu wahren und um mit einer hohen Wertschätzung sich und seinen Neffen besser schützen zu können. Er reagierte mit einem Redeschwall. In der Auseinandersetzung setzte er sich allmählich durch. Seine Mischung aus skrupellosen Angriffen, zeitgeistgetränkter Gesinnungsethik, unterfüttert mit politischen Intrigen, schien die Mehrzahl der Bischöfe auf seine Seite zu bringen. Es gab aber auch welche, die seine Vorgehensweise, bei der man bisweilen nicht wußte, wofür er eigentlich sei, deutlich kritisierten, auch, weil er die eigenen Stellungnahmen mit der Sitzungsleitung vermengte.

Ein Bischof flüsterte zu seinem Nachbarn: "Er diskutiert ohne Regeln, ohne die gebotene Zurückhaltung" und ergänzte die Beurteilung mit den Worten: "Ringen und Boxen haben Regeln, das Pankration, der Allkampf, nicht."

Die Stimmung änderte sich plötzlich, als ein älterer Bischof sich vehement auf die traditio, die überlieferte Lehre berief und ein hitziger Bischof der jüngeren Generation ihn unterbrach mit dem Zwischenruf und Vorwurf der pertinacia, der Halsstarrigkeit.

Auf diesem Höhepunkt des Wortgefechts meldete sich ein Synodaler zur Geschäftsordnung und beantragte das Ende der Synode: Es sei besser, so meinte er, Bischof Urban in Rom anzurufen, den dieser Synodale als primus inter pares ansah. Ein Aufschrei der Empörung war die Antwort. Fast alle anwesenden Bischöfe widersprachen dieser Anschauung, und das sehr heftig. Der Revolutionär setzte sich kleinlaut.

Bischof Pius versuchte, "im Namen Unseres Himmlischen Herrn" zu einer sachlichen Diskussion zurückzugelangen: "Warum nehmen wir Christen nicht an den Festzügen teil? Etwa, weil wir uns aus Prinzip von unseren Mitmenschen absondern wollen? Nein, sondern weil wir unserem Gott gehorsam sind und nur ihm dienen wollen. Wir lehnen es ab, Götzen unsere Reverenz zu erweisen."

Pius hatte gehofft, versöhnend zu wirken; er hatte sich geirrt. Denn sogleich äußerte sich eine gegenteilige Meinung. Es war Bischof "Pax": "Über lange Zeit war der Kaufhandel auch untersagt, da er der Begierde nach Reichtümern und dem Geiz diene. Nachdem sich aber der eine oder andere vom Kleinhandel zum Großkaufmann emporgeschwungen hat sowie einige aus diesen Kreisen gläubig geworden sind, haben wir diese harten Maßstäbe fallengelassen. Wer weiß, wann wir nicht mehr Staatsämter oder den heidnischen Devotionalienhandel für Christen als verschlossen erklären und das Verbot auf kultische Ämter begrenzen?"

Pius, sein Vorredner, entgegnete: "Ich kann nur bekräftigen, daß es richtig und Gott wohlgefällig ist, wenn wir als Christen weiterhin Sünde als Sünde bezeichnen und uns von den Dingen fernhalten, die wir bisher als Sünde angesehen haben. Warum sollte etwas erlaubt sein, wenn es nicht gottgefällig ist? Nur, weil ein ausdrückliches Verbot in den heiligen Schriften fehlt? Der Heilige Geist lebt in uns und erläutert uns, was Gott wohlgefällig ist und was nicht. Ich erachte die Verbote für schlüssig, wenn uns Christen das Zuschauen bei den Kämpfen der Gladiatoren untersagt ist; denn wir würden zu Mitwissern und Teilnehmern von Morden werden. Der Zuschauer ist beteiligt am Mord, weil er dem Mörder den Sieg wünscht und für ihn eine Belohnung fordert. Und was bewirken die Schauspiele? Sind es nicht Anleitungen zur Sünde? Verführen sie nicht die Herzen, auf gottlosen Wegen zu wandeln? Propagieren die Komödien nicht den Ehebruch und das Liebesverhältnis, die Tragödie nicht Inzest oder Vatermord? Sind es nicht Geschichten, die von toten Menschen stammen und aus teuflischem Geist herrühren?" Pius hatte sich ungeachtet seines hohen Alters echauffiert.

Ein weiterer Bischof pflichtete ihm bei: "Die Festversammlungen sind für uns nicht akzeptabel, da in ihrem Mittelpunkt Götzenbilder stehen. Im Circus sind Wagenrennen nur scheinbar problemlos; denn hier ist die Wut sehr groß. Viele Zuschauer werden von einer Art Wahnsinn ergriffen, hingerissen zu Beschimpfungen, Streit oder sogar zu Tätlichkeiten. Beim Wetten hat mancher leichtfertig ein Vermögen verspielt."

Es wurde Zeit für eine Pause; die Diskussion verlagerte sich auf Zwiegespräche oder in Kleingruppen. Einer meinte: "Es fehlt noch die Frage, ob Schauspieler, die Christen werden, den Beruf aufgeben müssen oder nicht; daß wir die Doppelmoral der Gesellschaft nicht als Vorbild nehmen, wonach die Schauspieler ehrlos sind, jedoch die Männer sie bestaunen und die Frauen für sie schwärmen." Andere Synodale wechselten das Thema - vielleicht, weil es sie nie interessiert hatte, und ältere besprachen Fragen wie den Priesternachwuchs. Jüngere suchten Bewegung, gingen spazieren, schlugen sich schon mal herzhaft auf die Schulter, zwei deuteten gar einen Ringkampf an; aber es ging friedlich zu, gerade und vor allem in der Öffentlichkeit.

Nach der Pause setzte die Debatte dort wieder ein, wo sie aufgehört hatte. Die Traditionalisten versuchten verzweifelt, ihr Terrain zu behaupten: "Ich sehe keinen Diskussionsbedarf. Wir Christen dürfen kein öffentliches Fest besuchen, kein Theater, dürften nicht Mitglied des Magistrats werden! Warum? Weil dies verbunden ist mit der pompa diaboli, der wir zu recht in der Taufe abgeschworen haben. Die Götzenbilder im Theater, an erster Stelle der Götzendienst selbst, der dort vollzogen wird, sind ein unumstößlicher Grund, dort nicht hingehen zu dürfen, an diesen Veranstaltungen nicht teilnehmen zu dürfen." Ausgiebig wurde der Apostel Paulus zitiert, zum Beispiel aus dem Brief des Lukas über die Geschichte der Apostel: "´Gott, der alles erschaffen hat, wohnt nicht in Tempeln, die von Menschen erbaut wurden. Gott hat nicht das Aussehen der Götzen, die aus Gold, Silber oder Marmor von Menschen kreiert worden sind.´ Wir sind Kinder Gottes: Wie können wir Götzen in Menschengestalt bewundern und anbeten?"

Ein älterer Bischof erklärte klipp und klar: "Alles, was mit dem Theater zu tun hat, verbreitet Sünde. Wie könnten wir die Götterdarstellungen des Bühnenhauses vergessen?"

Und einer setzte noch eins drauf: "Ist es nicht bezeichnend, wie häufig zur Gesamtanlage eines Theaters Räume für Huren gehören? In den Säulengängen des Theaters werden Amulette verkauft, gar die Zukunft vorausgesagt." Die letzten Worte waren voller Ironie in der Stimme vorgebracht worden.

Und so wogte die Debatte längere Zeit hin und her. Die Argumente waren bekannt; aber viele meinten, es sei noch nicht alles gesagt, wenn sie selbst es nicht geäußert haben.

Da der Diskurs schließlich an Heftigkeit eingebüßt hatte, nickte einer ein, der noch gar nicht so alt war. Sein Gegenüber meinte nur: "Requiescat in pace, wie die Lateiner sagen."

Bischof Numerius brach die Diskussion endlich mit Blick auf die Tageszeit ab. Er verwies darauf, daß die Synodalen genügend Zeit zum Frischmachen hätten. Denn es stünde die Einladung von einer Gruppe christlicher Zimmerleute zu einem Festbankett an. Dafür müsse der Saal noch umgestaltet werden. Bei dieser Aussicht waren die Synodalen, die Friedfertigen wie die Streithammel, die Leidenschaftlichen wie die Kaltblütigen, nur zu gern bereit, ihre Debatte für heute zu beenden. Vorfreude ist die schönste Freude.

Sie gingen kurz zu ihren Quartieren und waren bald wieder im großen Gemeindesaal, da ein anderer Ort nicht für sie zur Verfügung stand. Deshalb gab es auch keinen Streit, ob der Raum für diesen Zweck verwendet werden dürfte.

Es gab ein Festessen, wie es sich für ein solches Treffen gehört. Da die Bischöfe nicht an den heidnischen Festen teilnehmen durften, hatten sie sich erwartungsvoll darauf gefreut. Das Agape-Mahl war auf einen späteren Zeitpunkt festgelegt worden. Das Bankett wurde von geistlichen Liedern umrahmt. Gesungen wurden sie von den Söhnen des Bischofs Johannes: Manuel und Benjamin. Sie waren in der gesamten Region als Sänger bekannt. Die Bedienung übernahmen die Zimmerer persönlich. Im großen und ganzen ging es festlich zu.

19
Die Freundinnen

Im Hause von Ruth fanden gleichzeitig zwei Treffen statt: Die Personen des einen Treffens wußten nichts von dem anderen. Zum einen trafen sich Julia und ihre Freundinnen; zum anderen saß Ruth im Gespräch mit Gaius. Und, was Julia nicht wußte: es war Lucius dabei. Er hatte sich kurzfristig entschieden, nicht am Festessen auf der Synode teilzunehmen, sondern die Zeit mit seinem Freund zu verbringen. Der war von Ruth zum Abendessen eingeladen worden, die sich dann darüber freute, daß Lucius hinzukam. Ruth war nämlich zuvor verstimmt gewesen, weil Julia nicht eine gemütliche Runde mit Gaius angestrebt, sondern statt dessen den Abend für ihre Freundinnen reserviert hatte. Ach, wenn Julia gewußt hätte, daß Lucius unter ihrem Dach weilte. Wäre es ihr gelungen, zu ihm zu gehen? Die Sehnsucht wäre stark gewesen.

Lucius und Gaius setzten ihren Gedankenaustausch über Veränderungen bei Gemeindebauten fort, wobei die Hausfrau aufmerksam zuhörte.
Lucius beobachtete die Entwicklung mit Sorge und faßte seine Ansicht zusammen: "Nun scheint sich allmählich die Meinung durchzusetzen, daß ein Gotteshaus einen Vorgeschmack des kommenden Glanzes darstellen solle, und die Kirche, so möchte ich sie bezeichnen, ist hier in Perge dafür ein anschaulicher Beleg. Damit wird sich nicht mehr gegen Menschenwerk ausgesprochen. Die Gleichgültigkeit, mit der wir den Schmuck der Versammlungsstätten bisher betrachteten, ist bei einigen mehr oder weniger gewichen. Hat nicht ein bedeutender Christ gesagt? ´Es ist falsch, wenn wir den Unfaßbaren in einem Ort bannen und das allumfassende Wesen in Heiligtümern von Menschenhand schließen wollen. Allein das Weltall ist der Größe Gottes würdig´ Das Geld sollte besser der Evangelisation dienen. Diese Worte und Gedanken scheinen manche vergessen zu haben, die nun Programme zur Verschönerung ihrer Säle entwerfen. Ich befürchte, daß die Größe der Kreuze am Abendmahlstisch umgekehrt proportional ist zur missionarischen Aktivität einer

Gemeinde." Und er schaute zu Ruth und sagte entschuldigend: "Ich hoffe, ich habe Sie mit meiner Aussage nicht gekränkt. Das ist jedenfalls meine Überzeugung, aus der ich kein Geheimnis mache."

"Nein, Sie haben mich nicht gekränkt", antwortete ihm Ruth. "Ich habe unserer Gemeinde die Räume überlassen; die Malerei wurde von Bischof Numerius bezahlt."

Bei diesem Namen verzog Lucius den Mund. Ruth bemerkte dies und lachte in sich hinein.

Gaius griff den alten Faden wieder auf: "Es heißt, der Glanz solle den einen und einzigen Gott und obersten König preisen. Und auch den Glanz und das Helle der Wahrheit solle er belegen. In unserer Gemeinde in Side sind die Verschönerungen begrüßt worden. Eine Abnahme des Missionseifers habe ich nicht bemerkt."

Lucius blieb bei seiner Überzeugung: "Ein Bach versiegt nicht von einem Tag zum nächsten. Liegen die Interessen anders, kommt die Wirkung, wenn der ursprüngliche Antrieb schwächer wird. Die Gefahr wird bei der Generation der Kinder und Enkel groß."

Ruth kam dann auf eine neue Versammlungsstätte zu sprechen, von der ihr ein christlicher Fernhändler berichtet hatte: Die Gemeinde habe ein privates Badehaus umgebaut. Das ehemalige Kaltbad sei rechteckig und überwölbt gewesen. Die aus den Bädern bekannte Decke sei sehr würdevoll für einen Raum, in dem Gottesdienste gefeiert würden. Als gebildete Frau verwies sie auf eine Passage aus der Ethik des Aristoteles: „Es ist lächerlich, die äußeren Güter anzuklagen statt sich selbst, der man so leicht von ihnen abhängig wird. Es ist unvernünftig, sich einerseits das Gute zuzuschreiben, sich andererseits bei Schlechtem für unschuldig zu erklären, weil dies die Folge äußerer Reize sei."

Gaius pflichtete ihr bei: „Christus weist uns darauf hin, daß das Böse von innen kommt."

Lucius blieb skeptisch: „In diesen Äußerlichkeiten erweist sich schnell eine gewandelte Einstellung. Das Innere braucht stets äußere Ausdrucksformen. Und mancher, der noch schwankt, fällt durch Verführung. Ursache und Anlaß sind zu unterscheiden."

Das Gespräch blieb weiterhin ernsthaft.

Im Zimmer von Julia befand sich gegenüber der Tür ein bezeichnender Wandschmuck: Vor einem Stuckfeld in der Größe eines menschlichen Oberkörpers hing ein Holzkreuz, das mit zwei Nägeln sorgfältig oben und unten an die Wand genagelt worden war. Das ganze befand sich in Brusthöhe. Beim Kreuz waren die Enden der Arme ein wenig verstärkt, unten war es abgerundet; der obere Teil war kurz. Das Stuckfeld hob das Kreuz hervor, ähnlich wie bei den heidnischen Hausgöttern. In dieser Position beherrschte das Kreuz den kleinen Raum. Neben dem Kreuz befanden sich zwei Eisenbügel, an die kleine Lampen gehängt waren.

Es gab in den Haushalten relativ wenig Möbelstücke. Weil dies ein reicher Haushalt war, besaß Julia ein eigenes Zimmer. In ihm stand ein Bett, das auch als Speise- und Arbeitssofa genutzt wurde. Dazu kam ein einzelner Lehnstuhl; Klappstühle hatte sie hineintragen lassen; darüber lagen ein paar Kissen und Decken. Es gab außerdem einen sehr kleinen Tisch, einen schmalen Wandschrank für ihr Geschirr und eine Truhe für Kleidungsstücke.

Julia unterhielt sich angeregt mit ihren Freundinnen. Sie hatten zusammen Abendbrot gegessen. Als Nachtisch war Obst beliebt. Julia offerierte ihren Freundinnen Äpfel, Birnen und Feigen;

hinzu kamen Nüsse. Julia hatte ihre besten Freundinnen eingeladen: Callea, Barbia und Cornelia. Sie alle waren unverheiratet und kamen aus den wenigen wohlhabenden christlichen Familien; Julia war die älteste in der Runde. Früher waren es mehr gewesen, aber nach Heirat und Kinderkriegen wechselten die Interessen und die Gruppe schrumpfte.

Julia bewegten Hochzeitsgedanken. Sie fragte ihre Freundinnen, wen sie zur Hochzeit einladen sollte. Viele Fragen gingen ihr durch den Kopf: Wie wird es sein, wenn ich Perge verlassen habe und in Side lebe? Wie werde ich die Einrichtung meines neuen Heims verändern können?

Was sie ihren Freundinnen nicht offenbarte, war ihre Liebe zu Lucius. Sollte vielleicht entgegen aller Erwartung noch eine Chance mit Lucius bestehen?

Statt dessen brachte sie lieber das Gespräch auf ihren Bräutigam. Sie erwähnte eine weitere Erfindung von Gaius, die er geschildert hatte: überdimensionierte Stelzen, zum bequemen, schnellen Gehen auf Landstraßen. Sie stellten sich die Stelzenriesen vor und hörten kaum mehr auf zu lachen. Erst das Thema Brautkleid wurde wieder ernsthaft diskutiert; es sollte aus feinem, glänzendem Leinen sein. Die leicht dralle Barbia votierte für helle Farben. Es folgte die Sitzordnung beim Hochzeitsessen. Ausführlich wurden gewünschte und mögliche Veränderungen im neuen Haushalt abgewogen. Denn Gaius hatte die Einrichtung nach dem Tod seiner Eltern nicht verändert und Julia hatte viele Ideen für Verbesserungen.

Auf eine Frage von Barbia antwortete Julia, seine Geschwister seien als Kinder oder Jugendliche verstorben.

Sie waren alle der Überzeugung, wesentlich sei es, daß Julia ihren Ehemann richtig erziehe.

Callea bestaunte Julias Aufmachung: neue Frisur, teure, sogar bunte Sandalen, jugendlich-feminine Tunika; sie überlegte, ob sie selbst so einen Stoff kaufen sollte. Callea war ein jungenhafter Typ und trug ihr Haar kurz. Ihr Gesicht war schmal und nicht besonders hübsch. Ihre Eltern würden es ihr jedoch nicht gestatten, solch eine bunte Baumwolle zu kaufen; und sie konnten und wollten sie sich auch nicht leisten. Callea akzeptierte das.

Wehmut kam bei dem Gedanken der Trennung auf.
"Ihr müßt mich im Spätsommer besuchen!", verlangte Julia von ihren Freundinnen.
"Kurz nach der Hochzeit?" fragte spöttisch die zierliche Cornelia, deren Hände ununterbrochen mit drei Nüssen spielten. Ihr Gesicht war andeutungsweise geschminkt. Das war unter Christinnen sehr gewagt. Ihre Kleidung war safrangelb.
"Es mag knapp sein", gab Julia zu. "Im Sommer wäre es am schönsten. Aber auch in einem warmen Spätsommer könnten wir gemeinsam im Meer baden und uns erfrischen. Na", fügte sie an, "notfalls gehen wir nur am Strand entlang; es ist immer schön am Meer."
Sie wolle Gaius becircen, eine Ferienhütte am Strand östlich der Stadt zu kaufen; das versprach Julia ihren Freundinnen.
"Dort probieren wir neue Bademoden aus!", freute sich Callea.
"Weißt du, ob sein Haus Gästezimmer hat?", erkundigte sich Barbia und fuhr mit ihrer Hand durchs Haar. Sie war stimuliert durch den Gedanken einer Reise.
"Ja", antwortete Julia und erwähnte ihren Besuch zusammen mit der Matrone als Anstandsdame. "Das Haus ist groß und verfügt über Gästezimmer, wenn auch die Ausmaße des Hauses kleiner sind als hier bei meinen Eltern." Julia verwies darauf, daß der Landweg über Aspendos nicht weit sei; der Seeweg mit dem

Schiff möge vielleicht bequemer sein, dauere aber in der Regel länger.

Die Freundinnen schworen und beschworen sich, bald nach Julias Hochzeit sich in Side zu treffen.

Barbia wollte von Julia wissen, wie Side als Stadt sei. Bei der Frage legte Barbia ihre linke Hand an den Hals und blickte nachdenklich mit ihren braunen Augen auf Julia.

Einen Reiseort zu beschreiben, das war etwas, was Julia sehr gern tat. Sie hatte die Eindrücke geradezu aufgesogen: "Die zerklüfteten Berge liegen noch weiter weg als hier. Die Halbinsel Side ist leicht abschüssig. Als ich ankam" - Julia unterschlug die Matrone - "hatte es zuvor geregnet, weshalb alles feucht und grün war. Bevor ich die Stadt erreichte, lagen nur einen Steinwurf vom Wege entfernt kleine Tümpel. Das muntere Quaken einer Handvoll Frösche schallte herüber. Es standen dort weidenartige Bäume mit hellgrauem Stamm und kleinen hellgrünen Blättern; in Side waren die Bäume im saftigen Grün. Am Morgen war es bereits sehr sonnig, auch wenn hin und wieder vom Westen weiße Wolken aufzogen. Das Meer war sehr ruhig; am Strand schimmerte es grün, nach hinten war das Meer dunkelblau. Leider gab es nur selten eine Gischt. Der Sand des Strandes ist fein; es gibt kaum Steine, ab und an eine kleine Zone mit Kieselsteinen. Der Sand ist hellbraun mit einem leicht Stich ins rötliche. Muscheln sind leider sehr selten. Morgens flogen die Schwalben langsam durch die Hauptstraße in Richtung Binnenland, nur knapp über meinem Kopf hinweg; gut sichtbar war ihr heller Bauch. Andere kreisten langsam und in Scharen um die Häuser." Tatsächlich waren sie um einen Tempel gekreist, aber das hatte die junge Christin verdrängt. "Nachmittags scheint ein leichter, frischer Wind in dieser Jahreszeit typisch zu sein; wenn es diesig wurde, verschwammen im Hintergrund die Berge. Die Schwalben flitzten tief übers Meer; ein frischer Südwind kam auf und wurde am frühen Abend meistens kühler und schwächer. Einige Male schienen Wolken Regen anzukündigen, jedoch regnete es nie. Abends verschwand die Sonne mit einem roten Streifen; im Südwesten sah ich den Mond aufgehen. Wenige Minuten später war es stockdunkel, wobei der Himmel im Westen noch mittelblau war, ansonsten schon tiefdunkelblau; bereits die Hälfte des abendlichen Sternenhimmels war dann präsent. Eine Stunde später konnte ich immer mehr Sterne sehen, und es war noch angenehm mild draußen. Der Mond stand fast im Westen. An einem Abend gingen wir spät ans Meer und konnten die Laternen der Fischerboote sehen; das war sehr romantisch. Gaius hat mir versprochen, daß wir eine mehrtägige Bootspartie bei schönem Wetter machen werden."

Die Freundinnen beneideten Julia. Cornelia fand den ausführlichen Bericht zu lyrisch, sie hatte inzwischen einige Feigen gegessen und säuberte ihre feingliedrigen Finger an einem Tuch. Sie lag in Lesehaltung mit dem Bauch auf Julias Bett, die Unterschenkel angewinkelt.

"Side ist gar nicht besonders hektisch, wie ich gedacht hatte." Julia mußte wegen einer Erinnerung schmunzeln: "Am ersten Tag sah ich eine Hündin in einer Ecke liegen; an ihren Zitzen saugten eine Handvoll Welpen. An meinem letzten Tag in Side tapsten sie schon unsicher umher."

Nachdenklicher wurden die Freundinnen, als sie über die Ehe sprachen. Julia redete sich auch hierbei in Stimmung, denn sie stand inzwischen der Ehe mit Gaius reserviert gegenüber.

Das Christentum brachte den Frauen eine in jenen Tagen ungewohnte Stellung: Sie galten nicht mehr als Privatbesitz des

Mannes, sondern waren in mancherlei Beziehung gleichgestellt. Das Verbot des Ehebruchs galt auch für den Mann; der Hausherr hatte kein Recht auf seine Sklavinnen. Die weit verbreitete Homosexualität wurde scharf verurteilt, erst recht, "Knaben zu schänden". Scheidung und Abtreibung waren strikt verboten. Es hieß über die Christen: "Der Tisch ist unter ihnen gemeinsam, das Bett wird jedoch nicht geteilt." Die Stellung der Frau in der christlichen Ehe war vergleichsweise stark, weshalb die christlichen Frauen ziemlich selbstbewußt auftraten. Sie konnten gelassen sein, weil sie über eine sichere Zukunft verfügten: Jetzt die Treue des Ehemanns und später ein Platz im Himmel. Denn die Ehe war heilig. Die Lage in der sicheren Ehe empfanden die Christinnen jener Zeit nicht als langweilig, nicht als spießig, im Gegenteil - denn: Was war der Normalfall? Was war erstrebenswert? Für Christen, die sich bewußt als Erwählte sahen, war eine wahre Sittlichkeit erstrebenswert; hierzu gehörte die Ehe wie auch die Hilfe für andere. Die Öffentlichkeit sah überdeutlich, wie das Fürsorgenetz der Christen half, während die heidnischen Götter bei Katastrophen untätig blieben.

Viele Christen konnten sich als kleine Handwerker und in ähnlichen Berufen eine Allgemeinbildung nicht leisten. Die Freundinnen, insbesondere Julia, besaßen sie, so daß Julia jetzt an das Eheverständnis eines Philosophen dachte, das sie sich gemerkt hatte: "Wenn jemand nur deshalb heiratet, weil er sich davon Nutzen verspricht, sei es Lust, sei es etwas anderes, werden solche Beziehungen leicht gelöst. Denn liegt der Nutzen nicht mehr vor, dann wirkt die Beziehung nur noch unangenehm." Julia sah dies als die gefahrvolle Lage der nichtchristlichen Frau.
Die Freundinnen stimmten ihr zu: Das Leben der anderen Frauen sei von Gefahr geprägt. Deshalb hätten sie Angst vor der Welt;

auch das Überirdische mache Angst: die eigensinnigen Götter mit ihren Launen und ihrer Willkür seien kaum zu besänftigen - wie die Launen und die Willkür der Ehemänner.

Die Frauen waren von den Männern in vielem abhängig. Allgemein herrschte eine Doppelmoral; und teilweise waren die Lustknaben wichtiger als die Ehefrau. Einerseits war die Flucht in okkulte Praktiken und Wahrsagerei verständlich, andererseits verbesserte sie die Lebenslage nicht mehr als ein Drogenkonsum. Den Unsinn, wie bei den Horoskopen, wollten aber viele nicht sehen. Noch im Neuplatonismus besaßen die Sterne eine Seele. Hingegen waren sie für die Christen nur Materie, nichts als eine Art Lampen, von Gott geschaffen, wie der Sand am Meer, oder vielleicht besser, wie die Felsbrocken.

Julia argumentierte grundsätzlich gegen die Wahrsagerei: Wer wolle denn eine konkrete schlechte Zukunft wissen, wenn man nicht überzeugt wäre, sie ändern zu können? Jedoch werde damit die Vorhersage ad absurdum geführt. Eine Änderung dürfe nicht mehr möglich sein, ansonsten sei die Vorhersage falsch. Erfahre man dann aber von einer schlechten Zukunft, wäre dies kaum zu ertragen, da man wüßte, das tragische Ereignis werde einen mit Sicherheit ereilen. Das Horoskop und andere Wahrsagerei seien demnach ein großer Selbstbetrug.

Es pflichteten ihr die Freundinnen bei: Wir Christen fühlten uns nicht abhängig von den Sternen oder durch das Schicksal, wie es die Stoiker lehrten. Wir sähen Gott positiv, personhaft, mit Namen: "Er ist ansprechbar, er liebt uns."

Langsam ebbten die Gedanken und das Gespräch ab. Es wurde Zeit, den gemeinsamen Abend zu beenden.

Die Freundinnen umarmten einander lang beim Weggehen, als ob es bereits Julias Abschied aus der Stadt wäre. Sie nahmen dieses kleine Zeichen für den unumkehrbaren Lauf der Zeit als gewichtigen Einschnitt wahr und badeten geradezu in dieser Melancholie. Sie hielten einander fest, als ob sie damit die Zeit festhalten könnten. Es war ein Moment, an dem sie ihre Vergänglichkeit fühlten wie kaum zuvor. Dabei wußten sie, daß Side nicht aus der Welt lag; aber sie wußten auch, daß bei mancher früheren Freundin sogar der regelmäßige Kontakt innerhalb Perges eingeschlafen war.

Als sie auf die Straße gingen, legten sie ihre seidenen Schleier an. Wegen der Dunkelheit begleiteten Sklaven mit Fackeln Callea, Barbia und Cornelia nach Hause.

Lucius war längst in sein Quartier gegangen; und auch Gaius schlief bereits. Julia ging heimlich in die Küche und naschte an Essensresten.

20
Rückreise

Gaius stand noch vor dem Morgengrauen auf und war reisefertig, als es langsam hell zu werden begann. Lucius begleitete ihn nur bis zum Stadttor und kehrte dann sogleich um, denn er besaß kein Pferd. Er wollte sich zudem noch auf einen grundsätzlichen Beitrag zur Synode vorbereiten.

Gaius ritt wieder auf seinem Weg zurück nach Side. Er mußte sich eingestehen, er habe sich mehr um seine Geschäfte gekümmert als um seine Braut. Er ging in seiner Arbeit auf.

Deshalb war er froh, daß er wenigstens etwas Zeit gefunden hatte, um mit seinem Freund Lucius zu sprechen. Er schätzte sehr die tiefgründigen Gespräche mit seinem Freund statt der oberflächlichen Unterhaltungen, die ansonsten den Alltag bestimmten. Auf der Rückreise hatte er eine neue Idee für eine Maschine, als der Weg über eine längere Strecke bergab ging. "Man müßte einen Wagen bauen, den ein Mensch mit seiner eigenen Körperkraft bewegen kann und der bergab von allein läuft. Er müßte zudem leicht lenkbar sein", sprach er halblaut zu sich. Da er allein war, hörte ihn niemand. Gaius kam dann der Gedanke, das Gefährt auf zwei Räder zu beschränken, die hintereinander liegen könnten. Und damit erdachte er ein Laufrad. Aber er kam nicht mehr dazu, einen Prototyp zu bauen. Die Umstände waren dagegen.

In Perge setzte die Synode dann ihre Diskussion fort. Lucius hatte sich zu Wort gemeldet. Bischof Numerius schaute ihn mißtrauisch an, gab ihm dann doch das Wort. Lucius knüpfte an den Vortrag von Bischof Publius über Aristoteles und die Nikomachische Ethik an: "Übertrage ich das von ihm genannte höchste Lebensziel, nämlich ein rationales, richtiges und wertvolles Handeln, auf das christliche Menschenbild, dann gibt es mindestens eine Wirkung des Mediums Theater, die von vielen übersehen wird."
Im Auditorium fragte man, was man wohl als schädliche Wirkung übersehen haben könnte.
"Wer ins Theater geht, setzt dafür die kostbare Zeit ein. Zeit ist ein Geschenk unseres gütigen Gottes. Zeit können wir nicht kaufen oder für eine spätere Nutzung aufheben. Wir müssen sie dann effizient und effektiv einsetzen, wenn Gott sie uns anvertraut. Wer viel das Theater besucht, verschwendet viel Zeit. Und, so möchte ich anfügen, für das Kaufen von Schund-und-Schmutz-Schriftrollen kommt noch hinzu, daß es eine weitere

negative Wirkung gibt, die häufig nicht genügend beachtet wird: Daß sie Geld kosten. Ich weiß, die Theaterbesuche erscheinen kostenlos, weil die Aufführungen von reichen Leuten gestiftet werden. Aber, woher kommt deren Geld? Doch nicht aus dem Nichts. Es sind Einnahmen, die von anderen mühsam erarbeitet wurden. Und so sollten wir das Naheliegende nicht übersehen, nämlich was an Zeit und Geld dafür aufgewendet wird."

"Banal!" rief einer dazwischen.

"Lieber Bruder im Herrn", entgegnete Lucius, "scheinbar banal, nur scheinbar. Denn in all den bisherigen Diskussionen wurde darauf nicht verwiesen. Und was ist kostbarer als Zeit? Schon Theophrast sagte: ´Die Zeit ist ein kostbares Geschenk.´ Und wie gut könnte all die verschwendete Zeit verwendet werden? Um Kranke zu besuchen, sich für Hilfsbedürftige einsetzen und vieles mehr. Es gibt so viel zu tun, aber zu vieles bleibt liegen, weil die helfenden Hände fehlen."

Bischof Numerius meinte, Lucius sei fertig mit seinem Beitrag und wollte das Thema wechseln. Aber Lucius ließ sich nicht das Wort nehmen und sprach einen weiteren Lieblingsgedanken an, der sich an den Gedanken des Geldes anknüpfte. Lucius entwarf sein Konzept des Umgangs von Christen mit Geld, Verdienst und Beruf: "Bedenken wir, daß Aufführungen im Theater bereits am Vormittag beginnen und über den Mittag hinaus ausgedehnt werden. Das sind die kostbarsten Stunden des Tages. Was ist wichtiger, als sie für die Arbeit zu nutzen, die Gott uns aufträgt? Arbeit schändet nicht." Mit dieser Argumentation erzielte Lucius in seiner Gemeinde jedesmal großen Erfolg, da die kleinen Handwerker und Händler, die dort eine tragende Gruppe bildeten, sich von dieser Arbeitsethik angesprochen fühlten. Bei den Bischöfen verfing dies hingegen nicht. Dennoch schloß Lucius seinen Gedankengang ab: "Nutzen wir also die Zeit. Und alle, die mit ihrer Hände Arbeit Geld einnehmen: Verdiene, so viel du kannst - natürlich nicht mit Berufen, die von der Sünde, dem Leid anderer Menschen wie der Trunksucht profitieren; spare, so viel du kannst; und schließlich: gib für die Armen und für die Gemeindearbeit, so viel du kannst, denn damit wird Gottes Reich gebaut." Nur der letzte Punkt seiner Rede erlebte wohlwollendes Kopfnicken bei den Synodalen.

Die Diskussion der Synode glitt vom Thema ab und befaßte sich mit der Frage des Reichtums. Die Auseinandersetzung ging darum, auf wen die Warnungen vor Reichtum zuträfen und auf wen nicht.
Publius brachte Kriterien vor, wer reich sei und wer nicht: "Ist genügend Nahrung da und kann sie dem eigenen Geschmack nach ausgewählt werden? Wie ist es mit der Kleidung? Und dem Dach über dem Kopf? Existieren Rücklagen für Notzeiten? Wurde Geld in die Bildung investiert? Verfügt man über Freizeit und kann sie genießen? Wie ist es mit der politischen Partizipation? Wie hoch ist die Lebenserwartung? Kann man sich Ärzte und Anwälte leisten?" Jeden einzelnen Aspekt breitete er ausführlich aus.

Nach seinem "Vortrag" hatte die Versammlung das Bedürfnis, wieder über das Thema der Synode zu debattieren, die Christen und das Theater.
Einer der Unermüdlichen stieg gleich wieder vehement ein: "Was wirkt Gottes guter Geist, wie der Apostel Paulus schreibt? Diese Früchte sind Liebe, Freude, Friede, Geduld, Freundlichkeit, Güte, Treue, Sanftmut und Selbstbeherrschung. Was aber behandeln die Theaterstücke? Das gerade Gegenteil! Mord und Totschlag und das, was Paulus zutreffend dem Fleisch zuschreibt: Ehebruch und

Unzucht, Trunksucht und Ausschweifungen, Geltungsdrang, Streit und Jähzorn, Eifersucht, Neid und Niedertracht."

Ein anderer Bischof sah kein Problem für Christen, sich richtig zu entscheiden: Sie sollten sich bei dem, was sie in ihrer Freizeit tun, "sammeln", nicht "zerstreuen".

Jetzt war die Diskussion sehr sprunghaft: Einer erging sich zum Aspekt, ob Christen Schauspieler sein dürfen. Es sah eine große Gefahr des Rückfalls, den Glauben zu verlieren oder andere Sünden zu begehen, weil die unreinen Geister zurückkehren könnten.

Publius meldete sich wieder zu Wort. Manch einer der Synodalen verzog die Augen, weil er eine lange Ansprache befürchtete. Und Publius zitierte in Anlehnung an die Nikomachischen Ethik des Aristoteles: "'Es ist lächerlich, das Gute sich selbst zuzuschreiben, die Sünde aber als Ergebnis äußerer Reize zu sehen.'" Und er spitzte den Gedanken noch zu: "'Insbesondere, wenn man bedenkt, daß man sich diesen Reizen freiwillig ausgesetzt hat.' Aber, für unsere Umwelt ist das Theater halt kein Ort der Sünde. Aristoteles erkannte zutreffend: 'Wer übermäßiges Vergnügen an Musik oder am Theater hat, den nennt niemand unmäßig, so wenig wie man einen, der hier Maß hält, mäßig nennt.' Außerdem rühmte Aristoteles die glänzende Ausstattung eines Festchores als eine 'hochherzige Aufwendung'. Diese Ehrenleistung entstamme dem Wetteifer um das Gemeinwesen."

Lucius unterbrach ihn - ruhig - aber voller Ironie: "'Zum Beraten gehört viel Zeit.' Ebenfalls Worte des Stagiriten."

Befreiendes Lachen brauste auf.

Publius war verschnupft. Rüde entgegnete er: "'Ein Mensch, der leidenschaftlich erregt ist und sich nicht beherrschen kann, macht Worte wie ein Schauspieler auf der Bühne.' Ebenfalls Worte des Stagiriten."

Unwirsches Gemurmel war die Antwort. Das war zu scharf gewesen! Lucius hatte weiterhin die Sympathie auf seiner Seite. Er nutzte die Gunst der Stunde und argumentierte in fast wörtlicher Anlehnung an Paulus´ Brief an die Römer und dessen zweiten Brief an die Korinther: "Das Gesetz des Geistes des Lebens in Christus Jesus hat uns befreit von dem Gesetz der Sünde und des Todes. Die so leben, wie der Körper es will, die denken nur daran, was körperlich ist. Diejenigen aber, die leben, wie Gottes Geist es will, die sinnen auf geistliche Dinge. Die körperliche Gesinnung ist gleich dem Tod, die geistliche Gesinnung gewährt uns Leben und Friede. Wir sind nicht körperlich orientiert, sondern geistlich, wenn Gottes guter Geist in uns wohnt. Und es ist dieser Geist, der uns zusammen mit unserem Geist bezeugt, daß wir Gottes Kinder sind. Daher rührt unsere Sicherheit. Denn alle Christen sind neu geschaffen. Ihr altes Sein besteht nicht mehr, und alles ist neu geworden!" Daraus zog Lucius sein Fazit: "Wie kann der neue Mensch wie ein alter leben, mit denselben Vergnügungen? Kirche und Theater schließen einander aus!"
Zustimmendes Nicken in der Runde der Synodalen war die Folge auf Lucius fundierte Worte.

Danach war die Luft aus der Debatte und sie wurde erst einmal unterbrochen. Die Teilnehmer schöpften frische Luft und tauschten Banalitäten, Anekdoten oder Witzchen aus.
"Ich kann die Leute nicht ausstehen, die ihren Hund ´Nero´ nennen."
"Hä? Ach so, ja."
"Ist dir das vielleicht nicht einleuchtend?"
"Natürlich, natürlich!"

Als Gaius nach sehr schnellem Ritt in seiner Heimatstadt ankam, war er traurig beim Anblick des Theaters, welches das Stadtbild von Side dominierte wie eine große Truhe ein kleines Zimmer. Er hätte an dieser Stelle viel lieber einen imposanten Gemeindebau gesehen: das wäre ein großartiges Zeichen des Glaubens. Dann würde Side nicht mehr von der Geld- und Zeitverschwendung regiert werden, von Unzucht, Brutalität und Göttergeschichten, sondern von Nächstenliebe und Vergebung; die Schattenseiten einer reichen Kirche sah Gaius nicht. Er war sehr fleißig und ein ehrgeiziger Kaufmann; verständlich, daß er, der sich sehr in seiner Gemeinde engagierte, auch für die Christen sichtbare Erfolge wünschte.

21
Fernweh

Das Leben ist voller Überraschungen. Und erstens sieht es anders aus und zweitens als man denkt. Es war eine überaus erfreuliche Nachricht, daß Tante Helena, die noch vor wenigen Wochen todkrank daniedergelegen hatte, inzwischen wieder ganz gesundet war. Aber für Julia war dies überhaupt nicht erfreulich, weil ein Besuch von der Tante drohte. Dann würde der frühere Schwindel auffliegen. Das war eine tödliche Gefahr! Denn angeblich hatte Julia ihre Tante gepflegt, tatsächlich aber war sie im Theater in Termessos aufgetreten. Ihre Sklavin Monica hatte ihre Rolle in Ephesos eingenommen.

Schauspielerinnen hatten den Ruf von Prostituierten. Der Auftritt einer jungen Frau aus gutem Haus im Theater war für sie der soziale Ruin, das Aus, das Ende. Erst recht galt dies für eine unverheiratete christliche Frau. Es war kaum auszumalen, was es bedeutet hätte, würde Julias Geheimnis bekanntwerden.

Und nun kündigte Tante Helena mit einem Schreiben ihren Besuch an, und zwar für den Zeitpunkt, wenn Julia verheiratet sei; sie würde Julia gern in ihrem neuen Haushalt in Side erleben.

Julia dachte: Wenn ich mich damals nur beherrscht hätte, dem Reiz eines ausgefallenen Erlebnisses nicht nachgegeben hätte, der Vernunft nur ein winziges Etwas gehorcht hätte ...

In dieser angespannten Seelenlage wurde Julias Wunsch, Lucius zu heiraten, noch intensiver. Denn nach einer Hochzeit mit Lucius und einer schnellen Abreise in seine Stadt würde der räumliche Abstand zu Tante Helena deutlich größer sein. Bis Tarsos verdoppelte sich die Strecke von Ephesos nach Side. Außerdem liebte sie ihn. Nur wußte sie nicht, wie sie es schaffen könnte, in letzter Minute die Verlobung mit Gaius zu lösen und sich mit Lucius zu verloben und ihn zu heiraten.

Dann kam ihr eine unheilvolle Idee: Lucius und Gaius waren sehr eng befreundet. Gelänge es ihr, Lucius zu verführen, würde Gaius die Verlobung sofort und endgültig lösen - daß dabei deren Freundschaft zerbrach, mußte Julia inkaufnehmen. Lucius wäre verpflichtet, sie zu heiraten; die zerbrochene Freundschaft hätte er sicherlich bald vergessen und durch neue Freunde ersetzt. Lucius könnte eine Filiale ihrer Mutter in Tarsos übernehmen, hoffte Julia. Und das würde ihre Mutter auf ihre Seite bringen; daß sie ebensogut selbst ein Geschäft in Side betreiben konnte, entging Julia.

Ruth reagierte auf den Brief von Helena anders als ihre Tochter. Sie freute sich über die Ankündigung des Besuchs ihrer

Schwester; beide verstanden sich prima, seitdem sie nicht mehr zusammen unter dem Dach der Eltern gelebt hatten - ansonsten hätte sie es damals auch nicht erlaubt, daß Julia, nur von Monica begleitet und nicht von einer Matrone, die Reise nach Ephesos überstürzt antreten durfte. Ruth war bestürzt gewesen, als sie erfahren hatte, ihre Schwester läge im Sterben. Deshalb hatte sie sofort ihre unverheiratete Tochter zur Pflege ihrer Schwester geschickt. Jetzt war ihre Schwester wieder gesund. Ein Wunder war geschehen. Vielleicht könnte sie sogar schon bei der Hochzeit anwesend sein, ging es Ruth durch den Kopf? Das müßte ihre Tochter besonders glücklich machen.

Julia wußte nur nicht, wie sie die Idee der Verführung ausführen sollte. Je mehr sie Lucius ihr Interesse zeigte, desto kühler hatte er sich ihr gegenüber verhalten.
Sie überlegte sich andere Möglichkeiten, Perge zu verlassen, wenn ihre Tante käme: Welcher Anlaß wäre akzeptabel? Und wie sollte sie es am besten ihrer Mutter verkaufen? Dann müßte sie ihrer Mutter wohl auch erklären, daß sie es mit der Hochzeit nicht eilig habe? Oder besonders eilig? Und dann hoffen, daß die Tante die Weiterreise von Perge nach Side nach der langen Reise von Ephesos zu beschwerlich sei. Das war aber eher unwahrscheinlich: denn gerade den Besuch in Side hatte die Tante in ihrem Brief angekündigt.

"Wenn ich mich doch nur mit irgend jemanden beraten könnte?", sagte Julia zu sich selbst. Sie befürchtete, vor lauter angestrengtem Nachdenken eine Migräne zu bekommen.

Ihre Freundinnen kamen überraschend. Julia war dankbar für die Ablenkung; sie mochte nicht traurig sein. Die jungen Frauen setzten sich auf Kissen an das Wasserbassin mit den Fischen und der kleinen Fontäne. Cornelias Fingerspitzen tätschelten das Wasser. Die Fische schwammen unruhig umher und hofften vergeblich auf Futter. Bald würden die Blumen duften und abends Lampen sowie Fackeln eine verträumte Stimmung verbreiten. Callea und Barbia waren neugierig auf Julias Zukunft in Side. Das Gespräch ging hin und her, Problemloses wurde problematisiert, es wurde gekichert und gelacht.

22
Frauengeschichten

Ruth ging die paar Meter zur Rosas Haus, wo sie erwartet wurde. Rosa sah frisch und erholt aus. Eine Gesichtsmaske hatte sie belebt. Rosa bot ihrem Gast einen Fruchtsaft an. Die Karaffe war aus koloriertem Glas, die Saftgläser aus farblosem Glas, was teurer war.

Dann führte sie Ruth durch ihr Haus. Rosa und ihr Mann gehörten zu den wohlhabenden Bürgern Perges. In Vitrinen und in Wandnischen standen Genien, Laren und Penaten aus Silber oder sogar vergoldet; die beiden waren stolz darauf, sich diese leisten zu können, die besser waren als Götterfiguren aus Terrakotta.

Rosa war auch stolz auf ihre Einrichtung. Dabei sah Ruth wiederholt Gegenstände in Rosas Haushalt mit einem Stier darauf. Rosa bemerkte dies und erläuterte es mit den Worten: "Ich bin ein Stier, mein Mann auch. Ihr Christen glaubt nicht an Horoskope?"

"Nein, Rosa. Sie haben recht, wir glauben nicht an sie; wie wir auch nicht abergläubig sind. Die Sterne sind keine Götter; es sind nur Lichtquellen, wie Sonne und Mond, von Gott zur Erhellung der Nacht geschaffen. Es sind ferne Lampions, nicht mehr. Sie können unser Leben selbstredend nicht beeinflussen." Dann bemerkte Ruth auch noch einen Wandkalender mit Tierkreiszeichen sowie Porträts von Personen. Sie erkundigte sich, wer auf ihnen dargestellt sei und erfuhr, dies seien Bilder berühmter Schauspieler.

"Man merkt, ihr Christen geht nicht ins Theater. Ist das nicht langweilig? Ihr verpaßt viel Spaß", sagte Rosa leicht dahin.

"Ohne ins Theater gehen zu müssen, weiß ich dennoch, daß wir Christen häufig auf der Bühne verhöhnt, daß unsere Riten, vor allem die Taufe, verspottet werden. Auch die althergebrachten Götter gibt man ja zunehmend dem Gespött preis. Über das Spottbild unserer Lebensweise werde am meisten gelacht, heißt es. Sollen wir uns das antun und deshalb ins Theater gehen?", stellte Ruth die rhetorische Frage.

"Es tut mir leid, wenn ich jemals über solche Witze gelacht habe", erklärte Rosa mit ernsthaftem Bedauern.

"Das ist lieb von Ihnen, wie Sie das sagen", antwortete Ruth bewegt. "Es ist nicht nur das, oder die niveaulosen, obszönen Scherze und Darstellungen im Theater; es ist auch nicht die Zeitverschwendung, die wir kritisieren. Es ist die unreflektierte Übernahme von Wertvorstellungen: das Publikum denkt nicht darüber nach, was es mit seinem Lachen herabwürdigt, welche zersetzenden Werte es damit indirekt begünstigt. Die Verknüpfung des Theaters mit der Anbetung der Götzen ist ein weiterer Grund, der uns den Theaterbesuch verbietet. Aber die Dümmlichkeit des Zeitgeistes, der sich in dieser Form der Unterhaltung austobt, ist für einen nachdenklichen, selbstkritischen Menschen nicht zu ertragen. Es ist, wenn ich das anfügen darf, auch ein Zeichen mangelnder Kreativität und Phantasie, daß religiöse Überzeugungen verunglimpft,

Obszönitäten sowie Häßlichkeiten gezeigt werden", stellte Ruth nachdrücklich fest.

Eine solche geistige Kritik am Theater hatte Rosa noch nie gehört.

Dann kam das Gespräch zu dem Thema, das Rosa bewegte, wo sie Ruths Hilfe benötigte. Auch heute konnte sie die Tränen nicht zurückhalten, und Ruth weinte mit: Denn Rosa gestand, daß sie auf Druck des Ehemannes schon früher einmal ein neugeborenes Mädchen ausgesetzt hatte. Er wollte nur einen Jungen: Ein Sohn lohne die "Aufzucht" zur Alterssicherung. "Dabei sind wir doch reich genug", sagte Rosa unter Tränen.

Trotz des Wohlstands im Imperium Romanum wurden insbesondere Mädchen ausgesetzt oder Kinder in die Sklaverei verkauft, zum Betteln oder zur Prostitution abgerichtet. Ebenso üblich war die Abtreibung: statt, daß dem Ehepaar ein donum vitae gegeben wurde, erhielt der ungeborene Mensch ein donum mortis.

Es war ein sehr ernsthaftes Gespräch, das Ruth und Rosa an diesem Nachmittag führten; Rosa fand sich danach seelisch gestärkter als nach einem längeren Plausch über Schminken, Kochen etc. pp.

Es sollte ein Kampf über die Zeit werden, ob sie das Kind in ihrem Körper behalten durfte oder nicht. Der Ehemann wich nur vor Rosas ständigem Bitten, Betteln, Flehen und Weinen zurück. Rosa empfand diesen Kampf entwürdigend. Jedoch, für den neuen Erdenbürger, der in ihrem Leib zubereitet wurde, wollte sie diese Auseinandersetzung führen. Er war es ihr wert. Aber sie befürchtete, den Kampf zu verlieren.

Ruth, die selbst keine Kinder hatte bekommen können, litt mit. Wie sehr hatte sie sich eigene Kinder gewünscht. Sie wollte die

Last der Schwangerschaft und die Gefahr der Geburt gern auf sich nehmen, um dieses unvergleichliche Glück zu genießen, etwas Ureigenes in Armen zu halten. Gott hatte ihr diese Gnade nicht gewährt. Deshalb hatte sie Julia von einer entfernten Verwandten adoptiert.

23
Agape

Julia war unsicher, wie lange die Synode noch dauern würde. Je näher das Ende rückte, desto größer wurde der Zeitdruck, Lucius für sich zu gewinnen. Dazu mußte erst einmal ein weiteres Treffen verabredet werden. Julia hätte gern Monica als Botin eingesetzt; das ging aber nicht mehr.

Als die Mitglieder und Besucher der Synode aufbrachen, um zu den vorgesehenen Liebesmahlen zu gehen, mit denen die Christen die Liebe Gottes zu allen Menschen zeigten, nutzte Julia das Durcheinander, um neben Lucius zu gehen, als ob sie ihn zu seinem Quartier begleitete.

„Du bist sehr beschäftigt; ich weiß, eure Beratungen sind sehr wichtig", redete sie ihn an. Er wollte dies bestätigen und begründen, kam aber nicht dazu.

Honigsüß sprach sie nämlich davon, daß ein müder Körper einen müden Geist bewirke. Ein Spaziergang habe dann eine überaus belebende Wirkung.

„Ja, so wie jetzt", entgegnete Lucius fast einsilbig. Er wollte das Gespräch lieber beenden, weil er befürchtete, von ihr eingefangen zu werden.

„Nach dem Essen sind einige Schritte an frischer Luft besonders belebend; das ist keine Zeitverschwendung", fuhr sie fort.

„Nicht heute Abend in der Dunkelheit."

„Nein, das meinte ich auch nicht. Ich dachte an morgen Mittag. Eine ruhige Gegend, nicht weit vom Tagungsort, liegt nahe beim Friedhof im Westen. Wir könnten uns bei der imposanten Grabsäule eines kaiserlichen Offiziers treffen? Die ist sehenswert."

Sie schaute ihn bei ihrer Frage an. Lucius beging jetzt den Fehler, sie anzusehen. Beim Blick in ihre Augen konnte er nicht mehr nein sagen. Er nickte stumm seine Einwilligung.

Julia war damit ein großer Coup gelungen: ein zweites heimliches Treffen. Dann wollte sie die alte Regel wirken lassen, mit der Frauen Männer umgarnen: interessiere dich für das, was ihn interessiert, und dann laß die körperlichen Reize das Ihre tun. Aber noch war es nicht so weit. Ihr Weg trennte sich: Wie gern hätte sie ihn berührt; oder einfach bei ihm gestanden. Er wandte sich hingegen schnell nach rechts, und sie mußte noch weiter geradeaus gehen.

Sie waren an mehreren Orten zur Feier des Agape-Mahls zusammengekommen: Die Bischöfe feierten mit ihren Quartiergebern in deren Unterkünften. Bei der Ankunft wuschen sie sich ihre Hände. Öllampen wurden angezündet. Ein Bischof segnete zu Beginn Speise und Trank; waren mehrere Bischöfe in dem Quartier untergebracht, tat dies der älteste. Zum Essen lasen ausgewählte Personen - auch Laien - einige Texte aus den heiligen Schriften. Die Anwesenden sangen in den Pausen kurze Psalmen. Von den Speisen war genug vorhanden. Jeder aß sich satt. Bei den Gesprächen während des Essens wurde vom Gastgeber wie von den Geistlichen darauf geachtet, daß sie dem Anlaß gemäß waren: "Bedenkt, Gott ist in unserer Mitte, er hört alles, was wir sagen." Die Stimmung war feierlich, zugleich ein wenig steif. Der Wein wurde stark mit Wasser verdünnt.

In der Runde von Lucius ging das Gespräch über die religiöse Lage im Römischen Reich. Ein Laie wies auf den Niedergang der Achtung und Beachtung der alten Staatsgötter hin. Ihre Anbetung werde schwächer und schwächer, trete deshalb im Alltag zurück, sei häufig allein eine Formalie. Dafür kämen die Mysterien mit ihren Kulten auf. Ein anderer Laie meinte skeptisch: "Vielen Christen geht es zu gut. Je mehr wir geachtet werden, desto mehr verweltlicht leider das Leben der Brüder und Schwestern. Die von Gott gegebene Disziplin ist zumindest in einigen Gemeinden schon erheblich erschüttert. Einige Besserwisser meinen sogar, wir würden uns dem Staat anpassen."

Die Geistlichen wollten an diesem Abend keine negativen Stimmen hören und änderten das Thema.

Schließlich beendete ein Gebet des Bischofs das Mahl. Den Kranken würde anschließend von den Resten etwas nach Hause gebracht werden.

Diese Liebesmahle der Christen waren schlicht, bescheiden, nicht wie die "lauten und wüsten Feste der heidnischen Vereine". Es wurde nur soviel gegessen und getrunken, wie man zu Sättigung benötigte. Und es wurde möglichst jeder aufgefordert, mit eigenen Worten oder einem Wort aus den heiligen Schriften Gott zu loben. Wohlhabende Christen luden die Armen der Gemeinde ein. Wünschenswert war die Teilnahme des Bischofs; nur die höheren Kleriker durften das offizielle Dankgebet übernehmen.

Lucius und Julia hatten getrennt an zwei verschiedenen Liebes-mahlen teilgenommen, weil Lucius nicht im Haus von Ruth Quartier hatte. Julia dachte währenddessen an ihn: Sind wir nicht letztlich ein unglückliches Liebespaar? Für wen würde sie sich entscheiden? Wen sie liebte, wußte sie nur zu genau. Aber Sitte und Anstand galt es zu beachten. Und es wurde von Frauen erwartet, daß sie gehorsam waren.

Ruth besaß Terra sigillata, dünnwandig, glänzend, rotbraun, mit figürlichen Motiven verziert. Für das Agape-Mahl hätte sie gern dieses kostbare Geschirr zur Verfügung gestellt, zur Verherrlichung des Herrn. Der Altbischof hatte ihr vor Jahren davon abgeraten. Man solle nicht unnötig Neid schüren, war sein Rat gewesen.

Nach dem Agape-Mahl war Lucius allein zu einem Verdauungsspaziergang aufgebrochen. Er ging zu einem Ort, wo er nur noch allein sein wollte. Es war ein Ort, der wußte, wie das ist, wenn man allein ist. Abgesehen von der Nähe Gottes, die er oft in seinem Leben spürte - sei es in schönen, sei es in schweren Stunden -, war er manchmal in einer Stimmung, wonach die beste Gesellschaft seine eigene war; gerade jetzt, wo die lauen Frühlingstage die Sinne angriffen. Da war man am besten allein, auch oder gerade bisweilen in einer großen Menschenmenge. Da sah er sich dann manchmal als einen Meister der Melancholie, der er eigentlich gar nicht sein wollte. Aber sein Lebensweg führte ihn auf diese Straße.
Und so war er auf die Akropolis gegangen, oberhalb des Kestros-Nymphaeums. Von dort übersah er zum einen die Marien-Straße, auf der zahlreiche Bürger mit Laternen und Fackeln gingen. Zum anderen lag neben ihm ein Tempel des Apollon. Es war spät abends und einsam vor dem Tempel. Und die Götterstatuen hatten hier wie auf der Marien-Straße jeglichen Glanz verloren und ragten nur noch wie dunkle Baumstümpfe in den Himmel. Lucius

hatte keinerlei Angst vor ihnen; für ihn waren sie tot wie Baumstümpfe.

Seine Gedanken umkreisten seine Einsamkeit, die eine Folge seiner Berufung war; um sein Herz ganz für Gott freizuhalten, bis zu dem Tag, an dem es gefüllt werden sollte, wenn er Jesus Christus sehen dürfte.

Dann dachte er an sein Treffen mit Julia, das für den nächsten Tag verabredet war, genauer, für die Mittagspause. Und Lucius begann bei dem Gedanken daran sich endgültig in Julia zu verlieben. Er wußte, er könnte ihr nicht mehr widerstehen, wenn sie ihn plötzlich küssen würde. Er wollte es sich nicht einge-stehen, wie sehr er gerade das herbeisehnte. Sie gefiel ihm von Stunde zu Stunde mehr: ihre Stimme, die jeden Moment anders klang, aber immer sehr feminin war, ihr Lächeln, das warm und herzlich strahlte, ihre zarten Finger, mit denen sie ihn scheinbar unabsichtlich berührt hatte. Selten hatte er sich so wohlgefühlt wie in ihrer Nähe. Einfach neben ihr zu stehen war schön. Dann meinte er, sie seien füreinander geschaffen.

Lucius wollte seinen Gefühlen nicht unterliegen, denn Julia war dazu bestimmt, demnächst die Frau seines besten Freundes zu sein, der sie liebte. Aber waren seine Gefühle nicht bereits eine Mißachtung seiner Freundschaft zu Gaius? Zärtlichkeiten mit Julia wären ein Verrat am Freund gewesen!

Bei Julia war die Gefühlslage auch gespalten, nur anders. Neben der bangen und zugleich hoffnungsvollen Erwartung des Stelldicheins lag ihr der drohende Besuch von Tante Helena schwer auf dem Magen. Tante Helena hatte gerade in einem weiteren Brief, eher einem Telegramm, geschrieben, sie habe es sich anders überlegt: Sie würde gern unmittelbar nach der Synode kommen, wenn Ruth keine Verpflichtungen mehr habe, und auch

Julia nicht mehr für die Synode im Einsatz sei. Die Gefahr des Besuches stand für Julia nunmehr unmittelbar bevor. Es gab keinen Ausweg mehr. Sollte sie ihrer Mutter alles beichten? Ruth war so resolut! Aber ein anderes Ereignis kam dazwischen.

24
Tiefenwirkung

Im Armenviertel der Stadt, das östlich des Stadions und südlich des Neuen Tores lag, war es nachts stets unruhig. Die Menschen lebten dort noch dichter aufeinander als in den besseren Vierteln, was zu Reibereien führte, und sie zeugten mehr Kinder, deren Geplärre die dünnen Wände der Holzhütten spielend durchdrang. Lärm war eine Plage in den Städten.

Der Magistrat hatte jahrzehntelang versucht, dieses Armenviertel zu verlegen, damit die Besucher der Stadt, wenn sie sich dem Haupttor näherten, nicht durch seinen Anblick ein schlechtes Bild von Perge erhielten. Vergeblich. Die Armen wollten nicht in das vorgesehene Gebiet umsiedeln, das beim Fluß Kestros lag. Es war nicht nur die Gefahr von Überschwemmungen, die sie zu ihrem Widerstand motiviert hatte, sondern vor allem die Nähe des zweiten Friedhofs von Perge, der außerhalb des Hafen-Tores im Osten begann. Die Toten in unmittelbarer Nachbarschaft, ohne den Schutz einer hohen Stadtmauer dazwischen, das war nichts für abergläubige Menschen. Statt bei den ruhelosen Seelen lebten sie weiterhin unmittelbar neben dem Stadion. Südlich von ihren Hütten begannen große Obstgärten, eher schon Plantagen.

In der zweiten Hälfte dieser Nacht schliefen viele im Armenviertel schlecht, da die Straßenköter, die dort herumstrolchten, zu kläffen begonnen hatten und damit nicht aufhören wollten.

"Einbrecher", das war die Erklärung; aber gesehen wurde keiner. Und: Zur gleichen Zeit hätten in den besseren Wohnvierteln innerhalb der Stadtmauern ebenfalls Einbrecher ihrem Unwesen nachgehen müssen, denn auch dort bellten die Hunde wiederholt. Im Unterschied zum Armenviertel animierten sie sich aber nicht gegenseitig.

Als der Tag anbrach, hatten sich die Hunde noch nicht beruhigt. Im Gegenteil. Immer wieder jaulte einer von ihnen. Die Einwohner von Perge fanden dies merkwürdig, bereiteten sich dann aber auf ihre Tagesgeschäfte vor.

Julia besaß keinen Hund; ihre Haustiere bestanden aus einigen Fischen im kleinen Wasserbassin im Atrium. Als Julia sie an diesem Morgen füttern wollte, wunderte sie sich, warum die Fische wild hin und her schwammen, als ob ein Raubfisch im Becken wäre.

Ein Bauer, der morgens in seinem Obstgarten arbeitete, sah und hörte es als erster. Es war ein fernes, leises Rumpeln, das tief und schrecklich klang; es ging über in ein knirschendes Geräusch. Dann plötzlich: Er glaubte, seinen Augen nicht zu trauen. Die Erde ging hoch und runter! Diese Bewegung kam auf ihn zu wie Meereswellen, in einem Abstand von etwa sieben Metern, schnell und stoßweise. Als die Wellen ihn erreichten, mußte er kämpfen, das Gleichgewicht zu halten, um auf den Beinen zu bleiben, denn ihn überfiel dabei ein starkes Rotationsgefühl. Der erste Stoß war der heftigste, die nächsten waren schwächer. Fünfzehn lange Sekunden, eine schreckliche Ewigkeit, dauerte das Erdbeben. Denn das war es, darum handelte es sich.

Die Oberflächenwellen bei Erdbeben richten die schlimmsten Schäden an den Stellen an, bei denen Erde auf ehemalige Sümpfe geschüttet wurde oder wo frühere Flußbetten beziehungsweise Seen versandet sind. Hier existieren dann wasserdurchtränkte Schichten, die bei Erdbeben in einer Art und Weise ʹverflüssigtʹ werden, daß sie die Beschaffenheit von Treibsand annehmen. Das ist einer der Gründe, warum bei Erdbeben Häuser an einer Stelle einstürzen und an einer anderen nicht. Ein weiterer Grund ist die Bauweise der Häuser.

Die soliden Bauten innerhalb von Perge blieben alle stehen. Zwar war hier und da Putz von den Wänden gebröckelt, aber der Schaden ließ sich im Handumdrehen beheben. Die Stadt lag eben auf festem Grund; weicheres Erdreich hingegen existierte im Osten in Richtung Fluß sowie im Süden, ein Gebiet, das vor undenklichen Zeiten einmal ein Sumpf gewesen war und nun einen sandigen Untergrund besaß. Und es waren die billigen Holzhütten im Armenviertel, die schwere Schäden erlitten. Beim östlichen Friedhof, dessen Untergrund ebenfalls schwach war, stürzten Grabmäler um; denn Lehm verstärkt ebenfalls die Wellen eines Erdbebens.

In der Innenstadt wurde das Erdbeben unterschiedlich erlebt und beobachtet: Diejenigen, die saßen, hatten ein Gefühl des Rüttelns; Geschirr klapperte, hölzerne Rahmen knarrten, Türen schwangen in den Angeln, hängende Gegenstände pendelten und Flüssigkeiten schwappten über. Kleinere Gegenstände fielen um oder wurden verrückt, hohe Bäume schwankten wie im Sturm. Verputz und Mauerwerk der soliden Häuser bekamen Sprünge, bei billiger Bauweise fiel etwas Verputz herab; dies geschah auch mit wenigen Dachziegeln. Wer stand, empfand es als schwierig, sicher zu stehen. Die Prachtbauten der Stadt überstanden das Erdbeben tadellos: Keine Säule fiel um, die Fußbodenheizungen der Thermen blieben unbeschädigt, der Frischwasserkanal wie der Abwasserkanal blieben ohne jeden Riß. Es war nur der Schreck, der den Menschen in die Glieder gefahren war, und der alle dazu trieb, ins Freie zu rennen. Hier und da hatte jemand geschrien.

Im Armenviertel südlich der Stadt wie auch bei den billigen Lagerhäusern am Fluß sah die Lage anders, viel dramatischer aus. Da war manches Holzhaus aus seinen einfachen Fundamenten gerissen worden und manche Lehmhütte nicht mehr bewohnbar; sofern überhaupt vorhanden, hatten die billigen Kamine entweder Risse erhalten, die nicht mehr reparabel waren, oder waren in sich zusammengestürzt. Primitive Möbel waren unter den Menschen oder unter ihrer Traglast zerbrochen. Und die ganz ärmlichen Hütten waren in sich zusammengefallen. Wer noch konnte, war in panischer Angst auf eine freie Fläche gerannt, vor allem in die Obstfelder im Süden, aber mit sicherem Abstand vom Theater, dessen imposante Fassade man schon umstürzen sah.

Nachdem der erste Schreck sich gelegt hatte, stürzten die Menschen zurück zu ihren Häusern und Hütten. Glücklicherweise war kein Brand ausgebrochen; das eine oder andere Feuerchen, das zum Essenkochen gebrannt hatte, war entweder in seinem irdenen Behältnis geblieben oder in den Bruchbuden durch herabstürzende Trümmer erstickt worden. Die schwelende Glut konnte nun rechtzeitig gelöscht werden, bevor Schlimmeres passierte. Im Winter wären mit Sicherheit Holzkohlebecken umgefallen, die als unvollkommene Heizung dienten, und hätten einen Großbrand ausgelöst.
Voller Verzweiflung begannen die Menschen, mit bloßen Händen in den Trümmern nach Überlebenden zu suchen. Da, wo Lehmmauern existierten, hatte die Schrecksekunde gereicht, das

Haus rechtzeitig zu verlassen. Denn entweder hatten diese Mauern erst zu schwingen begonnen, bevor sie einstürzten - was für die Bewohner die Rettung bedeutete -, oder sie hatten sogar das Erdbeben weitgehend überstanden. Nur bei den Holzbuden, die von einem Moment zum nächsten umgefallen waren, hatten Holzdecken manchen unter sich begraben. Tödlich verwundet war aber niemand! Viele hatten Prellungen, Schürfwunden und Knochenbrüche erlitten. Einige Kleinkinder konnten wie durch ein Wunder gänzlich unversehrt geborgen werden. Perge war noch einmal mit dem Schrecken davongekommen.

Alle waren ratlos. Konfusion herrschte nach dem Erdbeben auch unter den städtischen Behörden: Sie wußten nicht, ob sie das Betreten der Häuser verbieten sollten. Die Bürger der Innenstadt riefen ihre nach Berufszweigen geordnete freiwillige Feuerwehr zusammen - eine andere gab es de facto nicht -, um im Bedarfsfall den Ausbruch eines Feuers im Keim ersticken zu können. Die Behörden stellten bald fest, daß kein Bürger oder Fremder getötet worden sei. Glücklich ließen sie dies laut verkünden. Von den Verletzten im Armenviertel schwiegen sie.

Die Bürger der Innenstadt hatten kaum materielle Verluste erlitten, geschweige denn, daß jemand körperlich verletzt worden war. Aber einen seelischen Schaden hatten sie genommen: Die Menschen standen unter Schock! Mit verletztem Gesichtsausdruck liefen sie verstört umher. Es war, als ob ein Freund ihr Vertrauen schändlich mißbraucht hätte. Die Leute hatten die Sicherheit verloren, ihr Leben stehe auf festem Boden.

Wie gesagt, wie durch ein Wunder schien im Kern der Stadt außer umgestürzten Regalen, auf denen die Hausgötter gestanden hatten, sowie herabgefallene Lampen nichts geschehen zu sein. Da es vor dem Erdbeben schon hell war, hatte keine Lampe mehr gebrannt, und somit war kein Brand ausgebrochen. Doch dann geschah es: Nachdem die Leute aus dem Armenviertel in ihren Häusern erfolgreich nach Verschütteten gesucht und ihre Habseligkeiten aus den Trümmern gezogen hatten und es allgemein bekannt wurde, daß es auch hier keine Toten gegeben hatte, gingen Vertreter der Stadtverwaltung zu ihnen, um sich einen Eindruck von der Lage zu machen - jetzt hatten sie den Mut dazu, ließen sich aber dennoch von schwerbewaffneten Soldaten begleiten. Dabei platzte ein naseweiser Knabe heraus, daß das Stadion zerstört sei.

"Was?!" schrie der leitende Stadtrat. "Das Stadion ist zerstört?" Ein älterer Mann bestätigte die Schreckensnachricht: "Ja, es hat schweren Schaden genommen."

Mit einem Schlag war das Leid der Armen vergessen, und der Stadtrat eilte mit seinem Gefolge und den Soldaten zum Stadion. An drei Stellen waren jeweils drei, vier Tonnengewölbe zusammengestürzt, bei zwei dieser Stellen sowie in einem weiteren Bereich waren die Sitzreihen auf die Laufbahn herabgerutscht. Für Wagenrennen oder Wettläufe war das Stadion nicht mehr zu gebrauchen! Für den Magistrat, der mit Spielen die sportbegeisterten Massen politisch ruhigstellte, war dies eine Hiobsbotschaft. - Später würde sich der Wiederaufbau hinauszögern; es gab nicht mehr genügend reiche Bürger, die dafür das Geld stiften konnten, denn der einsetzende wirtschaftliche Niedergang machte sich in Perge allmählich bemerkbar. Man trennte dann nach jahrelanger Diskussion das obere, runde Ende des langgestreckten Hufeisens in der Länge von fünf Seitenkammern vom Rest durch eine Mauer; man wählte diese Stelle, weil ein Einsturz auf der östlichen Seite bei der sechsten Kammer lag.

Dieser unversehrte Rest ergab zudem eine fast quadratische Innenfläche, die auf drei Seiten von Sitzrängen umgeben war. Sie diente Gladiatorenkämpfen und Tierhetzen mit Wildtieren.

Jedoch, das war nicht die einzige schlechte Nachricht. Bald wurde bekannt, daß auch die Statue der Göttin Artemis in ihrem Tempel schwer beschädigt worden war. Perge war der Artemis besonders verbunden. Es war ein dies ater, ein schwarzer Tag gewesen für die stolze Stadt Perge. Wie sollte es mit ihr weitergehen?

25
Plebs, Mob und Pöbel

Das Stadion ruiniert und die Hauptgöttin lädiert - das konnte nur einen Verursacher haben: die Christen! Wie ein Brand verbreitete sich das Gerücht, es sei ein böser Zauber ausgeübt worden. Verantwortlich dafür wären die Christen. Der Vorwurf lautete, der Zauber habe dem Stadion gegolten und habe die anderen Schäden dabei billigend in Kauf genommen. Warum der Zauber gegen das Stadion und nicht das Theater gerichtet war, wußte niemand und interessierte auch keinen.
Es wäre zu befürchten, so wurde angefügt, ein weiterer Zauber könnte das Theater treffen, vielleicht sämtliche Tempel der Stadt zerstören und gar nachts die Wohnhäuser mit den schlafenden Menschen treffen. Außerdem wurde im Gerücht die unzutreffende Behauptung kolportiert, es wäre im Tempel des Apollon die prächtige Götterstatue umgefallen und dabei in fünf Teile zerborsten, also ein weiteres Symbol der Stadt zerstört.

Das schreckliche Ereignis löste unterschiedliche Aktivität aus: Der Theaterdirektor von Perge war passiv; der umtriebige Afer aus Side aber sah seine Chance und übernahm die Führung. Wie alle Bewohner von Perge, so hatten auch die Theaterunternehmer der Region das Thema der Synode gekannt. Dies war der Hauptgrund gewesen, warum Afer überhaupt nach Perge gereist war: Er wollte sich vor Ort über die Beratungen erkundigen.

Das schmerzhafte Mißgeschick mit Monica hatte ihn aber so getroffen, daß er sich falsch informiert hatte. Es war ihm die Tendenz unter den jüngeren Synodalen entgangen, die harte Haltung der Christen gegenüber dem Theaterbesuch zu überdenken. Afer hingegen meinte - vorurteilsgesteuert -, die Synode richte sich wieder gegen das Theater. Da das Christentum sich stark ausbreitete, waren die Christen die größte berufliche Bedrohung für ihn, die größte Gefahr für sein Gewerbe.

Afer gelang es - durch kostenlosen Weinausschank - die Menschen von der Angst abzulenken, das Theater könnte zusammenstürzen. So organisierte er eine "spontane" Volksversammlung im Theater, dem Ort, wo traditionell im Römischen Reich solche Massentreffen abgehalten wurden. Der Vorstadtpöbel reagierte am heftigsten, am hitzigsten, weil er am stärksten betroffen war - nicht wenige hatten ihre Siebensachen verloren. Der Alkohol tat ein übriges. Einmal wieder wurde das Theater ein Ausgangspunkt öffentlicher Unruhen oder wilder Pogrome, die sich vorzugsweise gegen die Christen richteten. Der Auftritt eines Stadtrats war überaus schwach: Der Magistrat von Perge wagte nicht, dem Plebs zu widerstehen und die Christen zu schützen. Er versuchte nur etwas, die heimischen Christen aus der Schußlinie zu bringen und den Zorn auf die Synodalen abzulenken.

Afer, der sich zum Sprecher der entrüsteten Bevölkerung gemacht hatte, agitierte: Er forderte, Schluß zu machen mit dem christlichen Spuk. Es müßten wieder von allen Bewohnern der Stadt die wahren Götter angebetet werden. Diese Götter hätten Rom groß, stark und blühend gemacht; der Wohlstand sei ihr Geschenk, nicht der des merkwürdigen Christengottes.

Zustimmendes Geschrei war die Folge. Niemand fragte sich, wer den dieser Agitator sei; er war kein Bürger Perges. Nur wenige kannten ihn. Aber das störte niemanden.

Währenddessen saßen die Mitglieder der Synode mit den führenden Laien der Gemeinde von Perge zusammen und berieten, was zu tun sei. Durch Katechumenen ließen sie sich laufend über die Vorgänge im Theater berichten. Die Lage wurde für die Christen bedrohlicher, die Gefahr größer.

Man erinnerte sich, bereits eine Spontanversammlung im Theater von Ephesos habe dazu geführt, daß Paulus und seine Mitarbeiter in jener Stadt verfolgt worden seien.

Ein älterer Bischof meinte: "Paulus schrieb auch, daß Christen in der Verfolgung zum Schauspiel öffentlich preisgegeben werden."

Der Bischof aus Antiochia fragte, ob nicht Gott durch dieses Erdbeben den Menschen ein besonderes Zeichen gegeben habe. Er erinnerte die Versammlung an das Christuswort, daß man sein Leben auf den Felsen bauen, nicht auf Sand gründen sollte. Hier in Perge sei es nicht eine Regenflut, der das Haus auf Sand nicht standhalten konnte, sondern ein Erdbeben gewesen, das die Nagelprobe vollzogen habe.

Ein Christ aus Perge unterbrach ihn: "Die Theologen können meines Erachtens diese Frage debattieren, wann sie wollen. Es geht - hic et nunc - um unseren Kopf, um unser Hab und Gut, um die Menschen, für die wir verantwortlich sind. Die Synodalen aus anderen Städten, die nur wie reisende Gäste für wenige Tage hier verweilen, müssen nur rechtzeitig die Stadt verlassen. Aber, was machen wir, die Glieder dieser Gemeinde? Was ist mit den Sklaven, die abhängig sind und nicht einmal zu allen Gottesdiensten kommen können, da sie nicht freibekommen? Was soll mit den Armen geschehen, die ohne Ersparnisse sind, was mit den Familienvätern? Was ist mit unseren wenigen Wohlhabenden? Sollen sie ihre Wertsachen so ohne weiteres zurücklassen?"

Ein jüngerer Bischof fragte einen der alten: "Wie lange wird der Volkszorn wüten?"

Bischof Domitius, ebenfalls aus der jüngeren Generation, spekulierte, ob es bei so vielen Christen überhaupt zu konkreten Verfolgungen kommen könnte. Da er aus seiner früheren Tätigkeit über Erfahrungen aus der öffentlichen Verwaltung verfügte, schlug er vor, an den Magistrat von Perge eine Ergebenheitsadresse zu richten.

Daraufhin riß einem älteren Bischof der Geduldsfaden: "Bevor wir uns an die Politiker wenden, sollten wir uns zuerst Gott mit unseren Gebeten nahen. Ein besonderer Bittgottesdienst ist wichtiger und hilfreicher als eine Petition an die Stadtregierung!"

Auf Drängen von Bischof Domitius wurde sogleich beschlossen, beides zu tun.

Dann verlangte ein Teilnehmer, der von ferne kam, eine Entscheidung, ob die Synode beendet werden sollte, oder ob sie hier beziehungsweise an einem anderen Ort fortgesetzt werde. Letzteres schien ein guter Kompromiß zu sein, und man einigte sich schnell darauf, nach Aspendos zu gehen und die Synode dort als Notsynode fortzusetzen. Der Klerus wollte dem Sturm ausweichen. Mit dem Segen, den Paulus den Korinthern gespendet hatte, wurden die Synodalen nach Aspendos geschickt: „Die Gnade unseres Herrn, des Herrn Jesus Christus, und die Liebe Gottes und die Gemeinschaft des Heiligen Geistes sei mit euch allen!"

Die Christen von Perge waren uneins. Sollten sie, wenn sie konnten, vorsorglich fliehen, oder sollten sie auf Gottes Beistand und die Vernunft und Güte ihrer Mitbürger hoffen? Die Gemeindeleitung empfahl, das Eigentum zu sichern und, soweit möglich, die Stadt für eine kurze Zeit zu verlassen, bis sich die erste Aufregung gelegt habe.

Wie sah die Lage bei den anderen aus? Gaius war bereits in seine Heimatstadt Side abgereist, Monica war nach Termessos verliehen worden. Monicas Freundinnen hatten als Sklavinnen keine Wahl, Julias Freundinnen wurden wie Julia auf der Stelle zu Verwandten in nahe Städte geschickt. Ohne jede Reisevorbereitung, nur mit wenig Geld versehen, zogen sie über das Hafen-Tor aus der Stadt. Ruth blieb bei ihrem Mann; Lucius meinte, er müsse sich um die zukünftige Schwiegermutter seines besten Freundes kümmern und entschloß sich, möglichst lange zu bleiben. Er flehte Gott inständig um Schutz und Bewahrung an.

Afer ließ den Mob los wie einen Kampfhund von der Kette: "Wenn durch den Zauber der Christen euer Eigentum zerstört wurde, dann holt es euch von den Christen zurück!"
Das sei nur recht und billig, meinten viele Einwohner von Perge, und zwar nicht nur die aus dem betroffenen Armenviertel, und legten sich das Recht so zurecht, wie es ihnen in diesem Moment paßte.

Der Mob zog los, um zu plündern. Der Magistrat der Stadt schickte Schwerbewaffnete mit Brustpanzern, Helm und Speer aus. Bei kritischer Lage zogen sie sogar die Schwerter - aber nicht, um die Christen und ihr Eigentum zu schützen, sondern nur, um Brandstiftung und allgemeine Plünderung zu verhindern.

Es war erstaunlich, wie genau alle wußten, wer ein Christ war und wer nicht.

Die Plünderung richtete sich vor allem gegen den Warenbestand christlicher Händler, so auch im Falle von Ruth. Lucius, der zu ihr gegangen war, konnte sie gerade noch davon abhalten, zu ihrem Warenlager zu gehen und - resolut und mutig, wie sie war - zu versuchen, die Plünderer zu vertreiben. "Lieber die Waren verlieren als das Leben!", rief er. Christlichen Handwerkern wurden die wertvollen Werkzeuge gestohlen. Mancher Nichtchrist sprach seinen christlichen Nachbarn scheinbar freundlich an und forderte ihn auf, lieber umgehend die Stadt zu verlassen, um sein Leben zu retten und am besten nie wieder zurückzukommen. So hofften sie mit dem perfiden Rat, günstig an gute Grundstücke zu gelangen. Andere bedrohten die Christen ebenfalls in der Absicht, sie dauerhaft zu vertreiben, damit sie nicht die Chance hätten, später mit Prozessen etwas zurückzubekommen, was ihnen gestohlen worden war. Manchmal waren es aber nicht die direkten Nachbarn, die plünderten und bedrohten, sondern Leute aus anderen Vierteln, die raubten und wegschleppten. Die Sklaven von Nichtchristen wurden nicht angegriffen, denn deren Herren schützen sie, weil sie ihre "Wertgegenstände" nicht verlieren wollten. Am schlimmsten erging es den Christen im Armen-viertel: Viele von ihnen wurden vom Pöbel verprügelt.

Der vergnügungssüchtige Mob wollte sogar Opfer für Tierhetzen haben; der Magistrat hätte dies nicht verhindert. Es kam nur nicht dazu, weil diejenigen, die der Mob als Schuldige vorführte, es offensichtlich nicht waren. Statt die Synodalen zu ergreifen - wenn, mußte der Zauber aus ihren Reihen gekommen sein -, hatten sie unter anderem drei Christen der Gemeinde ergriffen, die soeben erst von einer Reise aus einer anderen Stadt zurückgekommen und ihnen in die Hände gefallen waren. Denn diese Reisenden hatten nicht gewußt, was vorgefallen war.

Statt dessen ließ der Magistrat zwei Unglückliche auspeitschen; es waren Diakone, also zwei aus dem niederen Klerus. Es wurde einfach behauptet, sie gehörten mit zur Führung der Christen. Damit demonstrierte der Magistrat Aktivität und Handlungsfähigkeit und gab dem Mob ein öffentliches Schauspiel. Der Magistrat hatte jetzt auch ein schlechtes Gewissen, daß er die Synode überhaupt zugelassen hatte - zu ihrem Beginn, vor wenigen Tagen, da hatte noch alles ganz anders ausgesehen.

Getötet wurde niemand.

Aber Ruth verlor ihr Warenlager; Rosa hatte sich - ungeachtet ihrer Schwangerschaft - dafür eingesetzt, daß Ruths Haus nicht geplündert wurde. "In unserer Straße herrschen Recht und Ordnung, nicht das Gesetz der Straße", hatte sie dem Plebs entgegengehalten, als er in ihre Straße kam, um zu rauben und zu stehlen. Rosa stand nicht allein; andere Frauen hatten ebenso den Mut, sich den Beutelüsternen entgegenzustellen. Es waren Nachbarinnen, die ebenfalls von Ruth Hilfe erhalten hatten. Rosa hatte sie dazu bewegen können, nicht passiv zu bleiben, sondern sich für "eine von uns" einzusetzen. Mit einer Phalanx resoluter Frauen hatte der Plebs nicht gerechnet; kleinlaut trollten sich die feigen Männern von dannen.

Kritisch wurde die Situation nur für Lucius. Die anderen Bischöfe und Priester hatten die Stadt fluchtartig verlassen, als die

Verlegung der Synode beschlossen worden war. Auch die Priester der Gemeinde von Perge waren geflohen. Nur zwei Diakone hatten sie zur Betreuung der Gemeinde zurückgelassen; diese waren dann festgenommen und ausgepeitscht worden. Lucius war geblieben, um Ruth beizustehen.

Als der Plebs zu ihrer Straße kam und wie überall brüllte: "Her mit dem Geld der Christen! Her mit den Priestern der Christen!", hatte Ruth ihn angefleht, die Stadt zu verlassen.

Lucius entgegnete: "Ich kenne zufällig ein Versteck in Perge. Da gehe ich kurz hin und komme gleich wieder, wenn die Lage etwas ruhiger geworden ist."

Ruth fragte nicht nach, was für ein Versteck er meinte - es war ihre Gartenlaube auf der Akropolis, wo er sein erstes Treffen mit Julia hatte. Lucius entschlüpfte aus dem Hinterausgang und versuchte, unerkannt den Weg zur Akropolis zu finden.

Vor dem Theater stolzierte Afer auf und ab, wobei er mehr zu sich als zu seinem Kollegen aus Perge sprach: "So inszeniert man das, mein Lieber. Erst habe ich das Gerücht ausgestreut, es sei ein böser Zauber der Christen. Dann war mir das bißchen Geld für den Wein nicht zu schade, um mit dem kostenlosen Getränk die Leute zu sammeln und in Stimmung zu bringen. Und nun sind die Christen da, wohin sie gehören: auf der Flucht. Eine andere Sprache verstehen die nicht. Ich lasse mir doch nicht von Asketen mein Geschäft ruinieren!"

Sein Zorn gegen die Christen war durch die Abfuhr, die er durch Monica erlebt hatte, gesteigert worden. Er hatte nicht vergessen, daß sie Christus um Hilfe angerufen hatte.

"Menschen müssen oft aus Leiden lernen", zitierte der schöne Afer voller Häme den Fabeldichter Aesop. Dabei lächelte er in sich hinein.

Die Verfolgung hatte noch eine weitere Folge. Sie rettete Bischof Numerius. Sein finanzielles Fehlverhalten, und daß sein Neffe im Theater gesehen worden war, das wäre nicht mehr länger unter der Decke zu halten gewesen. Beides stand unmittelbar vor der Aufdeckung und allgemeinen Kenntnis. Und dann wäre vielleicht sogar publik geworden, daß Numerius damals in der Gesprächspause seinen Neffen kurz im Theater aufgesucht hatte.

Es wäre zu einem Kirchenzuchtverfahren gekommen. Wobei der Mantel der Liebe, wenn überhaupt, erst nach der Verurteilung geschwungen worden wäre - es waren die Zeiten noch ehrlicher. Es hätte nicht vorher vertuscht werden dürfen. Denn darauf liege kein Segen.

26
Wohin?

Die Situation war ausweglos. Oder sollte er versuchen, wieder zum Haus von Julia zurückzukehren? Damit aber hätte er Ruth in Gefahr gebracht! Er wußte nicht, daß die Lage für sie dank Rosa sicherer geworden war.

Lucius war verzweifelt. Er hatte schon mehrere Stoßgebete zum Himmel geschickt. Da ergriff ihn eine kleine Hand. Aus dem Augenwinkel sah er den Mund eines Kindes, auf dem ein Zeigefinger lag und ihm gebot, zu schweigen. Das Kind war Quintus, der kleine Sklavenknabe, der so gern Bischof werden wollte. Lucius hatte im Moment nur den einen Gedanken: wie traurig. Jetzt muß dieser Bengel erleben, wie elendig das Leben eines Priesters oder Bischofs ist, alles andere als attraktiv.

Die kleine Hand zog Lucius in eine Richtung, in die er nicht wollte. Da er aber den Jungen nicht in Gefahr bringen wollte, dachte er sich: Ich gehe ein paar Schritte mit, bis es ohne Risiko möglich ist, mit ihm zu reden. Dann schicke ich ihn weg. Lucius und Quintus gingen um eine Häuserecke und kamen in eine Gasse, die so schmal war, daß Lucius sie noch nie zuvor erblickt hatte. Nach wenigen Schritten zog ihn die Hand nach unten. Lucius ging langsam in die Knie. Was will der Knabe nur von mir, fragte er sich?

Der Mund des Jungen näherte sich seinem Ohr. Quintus flüsterte: "Mein Herr ist der Sicherheitschef von Perge. Ich helfe dir, Bruder." Stolz hatte er den älteren und bedeutenden Mitchristen so angeredet.

"Du?!" entfuhr es Lucius, dessen Mund sofort von einer kleinen Hand verschlossen wurde.

Quintus' Augen forderten ihn auf, sich wieder zu erheben - und schon zog der Junge ihn fort durch die Gasse, die eher einen Spalt zwischen zwei Häusern darstellte. So schlängelten sie sich bis zur nächsten größeren Querstraße. Ein Blick des Jungen forderte ihn auf, einige Schritte hinter ihm zu bleiben. Quintus schaute um die Ecke. Dies war kein Spiel, das wußte er. Schnappte man ihn, würde sein Herr ihn wegen Verrats hinrichten lassen. Sein geringes Alter würde ihn nicht schützten. Quintus wartete den richtigen Moment ab, und beide rannten über die Straße, hinein in die nächste Gasse. Nach einem längeren Weg um viele Winkel herum erreichten sie eine feste Tür. Sie schien verschlossen zu sein.

"Ich habe sie nur angelehnt", flüsterte Quintus mehr zu sich selbst als zu Lucius.

Beide gingen durch die Tür in einen stockdunklen Raum. Lucius war kein ängstlicher Typ, aber jetzt war ihm noch mulmiger zumute als auf der ganzen bisherigen Flucht. Ruhig schloß Quintus erst einmal die Tür hinter sich ab. Dann schritt er durch den Raum, als ob er eine Lampe in der Hand hielte. Lucius klammerte sich fest an seinen Unterarm und folgte wie ein Blinder.

Gottvertrauen, nur Gottvertrauen, sagte Lucius zu sich.

Nach wenigen Metern stoppte Quintus. Er lief barfuß; und nun suchte er mit dem großen Zeh eine Vertiefung im Boden. Schnell fand er sie. Dann drehte er sich um und sagte leise zu Lucius: "Du mußt mir helfen. Hier ist eine Bodenklappe. Sie ist zu schwer für mich."

Lucius stand jetzt neben Quintus, ging auf die Knie, suchte mit seinen Händen nach einer Holzleiste oder so etwas und fand einen eisernen Ring. Er begann an ihm zu ziehen, und es hob sich eine Klappe.

"Warum machen wir kein Licht?" fragte er Quintus.

"Den Rauch einer Fackel oder einer Öllampe kann man noch nach Tagen in diesem Gang riechen. Falls er kontrolliert werden wird, wüßte man sofort, daß er benutzt wurde. Es gibt nur wenige Leute außer meinem Herrn, die ihn kennen. Er selbst hat ihn mir einmal gezeigt. Ich glaube, das bereut er heute noch. Mein Herr weiß, daß ich Christ bin. Er nimmt das nicht ernst, weil ich noch ein Kind bin. Aber, da er weiß, daß ich diesen Geheimgang unter der Mauer von Perge kenne, würde sein Verdacht sofort auf mich fallen. Er würde mich töten. Aber, wir dürfen uns nicht lange unterhalten. Es darf auch nicht zu viel Frischluft in den Gang."

Der Junge war überängstlich, was nur zu verständlich war.

"Du kommst nicht mit?"

"Nein, Bruder, ich bleibe hier - hier ist es sicherer für mich. Bei der Stellung meines Herrn wird mich, ein Kind, niemand angreifen."

"Wie finde ich den Weg durch den Gang? Wie komme ich aus ihm heraus?" fragte Lucius unsicher.

"Ganz einfach: Jetzt geht eine Holzleiter nach unten. Wenn du etwa zehn Sprossen hinabgestiegen bist, mußt du die Klappe wieder schließen; ich kann es nicht. Sie ist zu schwer", fügte Quintus bedauernd hinzu. "Dann sind es noch weitere Sprossen bis zum Grund. Du kannst im Gang stehen, er ist hoch genug. Er ist breit wie ein Mann und geht nur in eine Richtung. Du kannst dich nicht verirren. Etwa bei der Hälfte macht er einen scharfen Knick. Irgendwann kommt wieder eine solche Holzleiter, etwa so hoch wie diese. Die Klappe dort ist ein Stein, den du zur Seite schieben mußt. Das ist viel leichter, als es sich anhört. Es gibt auch dort nur eine Variante, so daß du gleich merken wirst, was du tun mußt. Ich habe nur eine Bitte: Schiebe den Stein nachher wieder in seine alte Position zurück, damit niemand sieht, daß dort ein Geheimgang beginnt. Ich will nicht zum Verräter meiner Stadt werden. Und nun, Gott sei mit dir!" Der Junge sprach zum Priester, als ob er selbst ein Bischof wäre und dem anderen den Segen erteilte. Dabei drängte er Lucius nach unten.

Lucius konnte noch sagen "Mögen Christus und seine Engel dich stets begleiten", das Kreuzeszeichen gelang ihm bereits nicht mehr, denn da war er schon einige Sprossen herabgerutscht und mußte sich bemühen, den Halt nicht zu verlieren. Er griff nach der Klappe und schloß sie über sich.

Jetzt bin ich im Schoß der Mutter Erde, dachte er - so würde ich meinen, wenn ich ein Heide wäre. Dabei weiß ich, daß ich nicht tiefer fallen kann als in Gottes Hand. Aber, "Vater", so betete

Lucius in seinem Gang, ohne Licht, ohne Orientierung, "ich habe Angst". Und dann: "Verzeih´ mir!"
Lucius folgte den Anweisungen des Knaben. Da er sich aus Angst beeilte, stieß er heftig mit dem Gesicht gegen die Wand, als der Gang seinen Knick machte. "Hoffentlich habe ich keinen Abdruck hinterlassen", sagte er leise zu sich. Er befühlte seine Nase, seine Augenbrauen. Er befürchtete, er könnte sie sich blutig geschlagen haben; falls jemand nicht nur den Eingang des Geheimgangs im Haus kontrolliert, sondern auch den Gang selbst, dann könnte jener vielleicht sein Blut entdecken. Aber, Lucius hatte sich keine offene Wunde geschlagen. Der zweite Abschnitt des Geheimgangs wollte und wollte nicht aufhören. Lucius wußte, daß in einer solchen Situation eine kurze Strecke schon lang erscheint. Aber so lang? Kann das sein? Kann das gutgehen? Die Arme ausgestreckt eilte Lucius mit Weile vorwärts. Dann! Seine Hände fühlten es. Er hatte die zweite Holzleiter erreicht.

"Wie wird das mit dem Stein?", flüsterte Lucius zu sich selbst.
Ganz leicht ging es. Vorsichtig lugte er aus der Öffnung heraus. Da seine Augen sich inzwischen an die Dunkelheit gewöhnt hatten, empfand er das Dämmerlicht in der kleinen, spaltartigen Höhle, in der er sich nun befand, beinahe als grell. Er kletterte heraus und schob leise den Stein wieder zurück an seinen Platz. Dann fegte er etwas Reisig und ein paar Blätter über den Stein. Und wieder lugte er vorsichtig um die Ecke, bevor er die Höhle verließ. Niemand zu sehen. Er reinigte sein Gewand und strich ein paar Spinnweben weg. Dann fühlte er an seinem Lederbeutel, den er umgeschnallt hatte: Die Denare waren noch da. Und im Leibgürtel hatte er auch einige kleine Goldmünzen versteckt. Die Flucht konnte beginnen. Bloß, wohin nur?

27
Aspendos

Der Priester hatte keinen Blick für die Schönheit der Landschaft; der Schrecken saß ihm noch zu tief in den Gliedern. In hoc signo schien man ständig zu verlieren, ja, sein Leben zu riskieren. Oder war dies nur eine falsche Interpretation aufgrund der falschen Maßstäbe? So eilte der christliche Priester auf der römischen Landstraße, getrieben von dem einen Gedanken: Erst einmal weg von Perge, und er sah weder die Wassermühlen noch die hart arbeitenden Sklaven und armen Landarbeiter.

Lucius näherte sich Aspendos. In der Umgebung der Stadt war das Getreide bereits hochgeschossen, wenn auch die Ähren noch grün waren Der Wohlstand von Aspendos basierte unter anderem auf Getreide, Wein, Oliven. Billiger Weißwein aus der Gegend um Aspendos wurde bis nach Rom exportiert. Das Hauptprodukt war das Salz aus dem Capriasee; berühmt waren hingegen die Pferde.

Aspendos befindet sich am Vorgebirge der taurischen Berge. Die Stadt selbst liegt auf einem Hügel, der die Umgebung zwischen 20 und 30 Metern überragt. Im Vergleich zur Akropolis von Perge fällt dieser Hügel nach allen vier Seiten steil ab, ist aber oben fast plan. Insgesamt bildet der Hügel ein großes Oval von etwa 800 Metern Länge und 300 Metern Breite; daneben ragt gen Osten ein kleines Oval auf von knapp 250 Metern Länge und 100 Metern Breite. Das große Oval besteht wiederum aus zwei Bereichen, und zwar erstreckt sich nach Norden hin der größere, der zugleich der höhere ist.

Dort traf das römische Aquädukt ein, wo zugleich das Nordtor stand, das dritte Tor der Stadt. Zwischen den beiden Hügeln sowie zwischen den beiden Bereichen des größeren Hügels verliefen die wichtigsten Straßen der Stadt; es ging immer hinauf und hinunter. Wer es hier eilig hatte, brauchte eine gute Kondition.

Die gesamte Formation bildete eine natürliche Festung, weshalb auf der Akropolis bereits früh gesiedelt worden war. Aspendos war die zweitgrößte Stadt in Pamphylien.

Ein Besucher betrat das Haupttor im Süden und schritt dann zwischen den beiden Hügelovalen nach links auf den Haupthügel; ging er hingegen geradeaus, kam er durch das Osttor in die Ebene und sogleich zum Stadion. Die meisten der wichtigen Gebäude befanden sich in der Mitte des großen Hügels, das heißt im westlichen Zentrum der Stadt, bei den Hauptstraßen. Östlich war der kleine Hügel ohne bedeutende Gebäude; nur lag an seinem Hang das Theater. Jeweils einige hundert Meter vom Theater entfernt und etwas abseits vom Hang waren das Stadion mit einem großen Garten, eine Sportstätte und eine Therme in der Ebene errichtet worden.

Die Agora lag in der Mitte des Haupthügels; sie mußte infolge des Geländes fast ohne Säulengänge und ohne eine symmetrische Anordnung auskommen. Nur im Westen der Agora, wo zwei- stöckige Läden auf einer Länge von 70 Metern ihre Waren anboten, existierte ein Säulengang.

Die Stadt war reich, so daß sie häufig kostbaren Marmara- Marmor zur Verschönerung der Gebäude verwendete, wie an der Ostseite der Agora beim Nymphaeum, das über 30 Meter lang und 15 Meter hoch war.

Der Fluß Eurymedon floß gut 500 Meter von der Stadt entfernt; sein Wasser war himmelblau, die Oberfläche zumeist leicht gekräuselt. Der Fluß war schiffbar und wurde hier von einer monumentalen Brücke überquert.

Als Lucius vom Süden die letzten Meter vor der Kernstadt durch die Hütten der Vorstadt ging, beäugte er vorsichtig die Szenerie und schaute nach bekannten Gesichtern. Die zweisprachige Tafel des Stifters am Theater beachtete er nicht. Ein warmer, sanfter Wind kam vom Süden, wo irgendwo das Meer sein mußte, und wehte durch die Straßen der Akropolis. Man konnte von der Ostseite der Akropolis aus in das Stadion sehen, das in der Ebene darunter lag. Das Stadion war 215 Meter lang und ähnlich konstruiert wie in Perge; es erstreckte sich in Nord-Süd-Richtung. Bis in den späten Vormittag lagen jetzt im Frühling die Berge in der Ferne im leichten Dunst. In der Stadt konnte Lucius noch einige Pfützen erblicken; ein Relikt des leichten Regens der vergangenen Nacht. Eine kleine tote Schlange lag am Wegesrand. Ob Kinder mit ihr gespielt hatten? Kinder saßen teilweise am Marktplatz, teilweise tollten sie auf den vielen Treppen umher. Ein kleiner Junge wollte mit seinen größeren Geschwistern mitspielen, war dafür noch zu ungeschickt. Sein Vater beobachtete ihn liebevoll; er hatte Zeit, seine Frau kaufte ein. Der Kleine rannte mit den anderen mit, fiel plötzlich hin, umgerempelt von einem anderen Kind, und fing an zu heulen. Der Vater nahm ihn auf den Arm und tröstete ihn.

Ein Bauer ging mit einer Kiste vorbei, die mit flauschigen, gelben Küken vollgepackt war. Er war auf dem Weg zum Markt.

Auf den öffentlichen Plätzen oder in den Tempeln wurden in Aspendos wie in allen Städten des Römischen Reiches die vergoldeten oder versilberten Götterstatuen von Priestern oder eigens engagierten Wächtern bewacht, damit sie nicht gestohlen wurden. Dies war ein von Christen gern genutzter Anstoß zum Spotten, belegte er doch anschaulich die Ohnmacht der Götter.

In den ärmeren Vierteln der Stadt war es in den Mietshäusern eng; verschärft wurde die unangenehme Lage durch die starke Überbelegung: Da war kein Raum mehr für ein Privatleben, für ungestörte Stunden mit der Familie oder gar für eine christliche Andacht. Dennoch waren die Christen in Aspendos sofort bereit gewesen, ihre geflüchteten Glaubensgenossen aus Perge sowie die Synodalen aufzunehmen; letztere für kurze Zeit, bei ersteren wußte man es nicht.

Aus einer Gasse rief jemand "Lucius". Unwillkürlich drehte Lucius sich um. Und tatsächlich, er war gemeint.
Bischof Appius Domitius hatte ihn erkannt und erfreut seinen Namen ausgerufen: "Du warst einer der letzten von uns in Perge. Ich hatte Angst um dich, gar befürchtet, dir wäre etwas passiert."
"Appius, ein Engel Gottes, so möchte ich sagen, riß mich aus dem Rachen des Löwen. Beinahe hätte der Satan zugebissen. Aber Gott meinte es gut mit mir. Der Name des Herrn sei gelobt!"
Sie umarmten einander, froh, noch zu leben.

28
Fisch oder Fleisch?

Die Bischöfe hatten sich in Aspendos versammelt; mit einer Andacht wurde die Sitzung eröffnet. Nachdem er einige Verse aus den Psalmen gelesen hatte, forderte Bischof Pius, der älteste Synodale, seine Kollegen auf: "Lasset uns beten." Er sprach ein sehr langes Gebet, dessen Tenor war: "Gott sei Dank!" Auf sein Amen antworteten alle mit einem "Amen", das aus dem Herzen kam. Danach sangen sie ein kurzes Lied.

Die offizielle Begrüßung übernahm der Ortsbischof aus Aspendos. Er stützte weite Teile seiner Ansprache auf die vier Kardinaltugenden Gerechtigkeit, Klugheit, Mäßigung und Tapferkeit. Die letzte Tugend, die Tapferkeit, war jetzt die wichtigste.

Zu Beginn der Versammlung schwirrten existentielle Fragen durch den Raum: "Wer fehlt?", "Welcher Bischof ist vermißt?", "Was wissen wir über ihn?", "Was ist mit den Christen in Perge?", "Wie können wir ihnen von hier aus helfen?", "Sollten wir eine Petition an den Magistrat schicken?"

Vor allem wurde gefragt: "Was sagt uns das?"

Auch hier leitete der Ortsbischof die Sitzung, förmlich unterstützt vom ältesten Bischof und vom Bischof aus Antiochia, dem bedeutenden christlichen Zentrum.

Der Versammlungsraum der Gemeinde in Aspendos war kleiner als der in Perge, aber er reichte aus, weil weniger Synodalen anwesend waren. Mancher war gleich in die Heimatstadt geflohen. Problematisch war es, plötzlich Unterkünfte und Verpflegung zu organisieren; denn es waren viele Christen aus Perge geflohen, die es galt, mit dem Nötigsten zu versorgen. Deshalb sollte die Synode so kurz wie möglich sein; es sollten nur die notwendigsten Reden gehalten werden, und die auch in aller Kürze.

Um so störender wirkte die erste Frage, die gestellt wurde: "Ist die Synode beschlußfähig?" Ein Zwischenruf spitzte die Frage zu: "Kann die Synode eine bindende Entscheidung treffen?"

Der Vorsitzende erklärte autoritativ: "In Perge wurde die Verlegung nach Aspendos beschlossen, von daher ist die Fortsetzung hier nicht zu kritisieren. Es gilt der Grundsatz: tres faciunt collegium. Und die Anwesenheit der Mehrzahl der Delegierten ist ein hinreichendes Faktum zur Beschlußfähigkeit dieser Synode. Daraus ergibt sich auch die Antwort auf die Frage des Zwischenrufers" - und mit diesen Worten drückte er sein Mißfallen über die Störung aus - "die domina mater ecclesia kann für ihre Gemeinden bindende Beschlüsse fassen, die im gesamten christlichen Kosmos Beachtung finden."

Der Ort der Notsynode in Aspendos, wo in dieser Form sogleich in medias res gegangen wurde, war der Saal der Ortsgemeinde. Es war eine Pfeilerhalle, die aus zwei geräumigen Schiffen bestand. Der Architekt hatte früher einmal für seinen Auftraggeber eine Markthalle gebaut. Sie war dann als Lagerhalle genutzt worden, bis die Gemeinde sie erworben hatte. Der Raum reichte für mehrere hundert Besucher. In Notfällen wurden die kleinen Räume am Rande des Saales geöffnet und zusätzlich genutzt. Die Säulenbögen störten kaum. Der Raum war ohne jede Hervorhebung oder Ausschmückung. Nur ein einfaches Holzkreuz schmückte die Ostwand. Ein schlichter Raum galt in Aspendos als ausreichend. Wichtig hierfür war das Wort des Evangelisten Matthäus: "Wo zwei oder drei in meinem Namen versammelt sind, werde ich mitten unter ihnen sein." Das Wasser eines Brunnen diente den Eintretenden zur Reinigung.

Inzwischen hatte der Magistrat von Aspendos nicht nur vom Erdbeben in Perge und von der Verfolgung der Christen erfahren, sondern auch davon, daß die Synode in seine Stadt verlegt worden war, die Bischöfe eingetroffen waren und sogar bereits tagten.

Dem Magistrat gefiel das nicht: Unter den Bürgern der Stadt würde die Angst sprunghaft ansteigen, die Christen könnten einen bösen Zauber gegen Aspendos ausüben. Falls irgendein Unglück geschähe, würde man es ihm, dem Magistrat, anlasten, es nicht verhindert zu haben, weil er bei Maßnahmen gegen die Christen nachlässig gewesen wäre. Den Stadträten wäre es am liebsten gewesen, die Bischöfe hätten sogleich die Stadt verlassen; die Anwesenheit der einfachen Gemeindeglieder aus Perge, die bei ihren Glaubensgenossen Unterschlupf gefunden hatten, wurde ebenso mit Mißfallen gesehen. Auch hier dachte der Magistrat über geeignete Gegenmaßnahmen nach.

Deshalb wurde ein Stadtrat zum Bischof von Aspendos geschickt. Der ahnte nichts Gutes, als ein Diener ihm diesen Besuch ankündigte, und er dafür die Sitzung verlassen mußte. Mit größter Vorsicht und Höflichkeit empfing der Bischof ihn. Er hatte kurz überlegt, ob er in die Offensive gehen und den Stadtrat mit Namen Fronto zur Synode einladen sollte, hatte es sich dann aber anders überlegt. Lieber aus der Defensive heraus wollte er operieren.

Nach einigen Höflichkeitsfloskeln kam der Vertreter der Stadt zur Sache: "Die Mitglieder Ihrer Religionsgemeinschaft sind nicht beliebt - sie waren es übrigens seit ihrem Gründer nicht." Wie eine Drohung klang dieser Bezug auf Jesu Hinrichtung. "Ein Treffen führender Priester Ihrer Religion führt zu Aversionen in Aspendos gegen Sie und die Ihren, deren Ende man nicht vorhersehen kann." Aus diesen Worten sprach eine weitere Drohung. "Ich erachte es für alle Seiten als die beste Lösung, wenn Sie Ihre Tagung, die ja ursprünglich nicht für unsere Stadt geplant war, an einen anderen Ort verlegen. Geschieht dies umgehend, wird man, was die Frage von einfachen

Religionsangehörigen aus Perge anbelangt, die hier temporär leben, eine einvernehmliche Lösung finden."

In den gesetzten Worten des Politikers hatte dieser erstaunlich Klartext gesprochen: Wenn die Synode sofort beendet werden würde und die Gemeindeglieder aus Perge - abgesehen von denen, die vermögend waren oder über besondere Fähigkeiten und Kontakte verfügten, denn die waren willkommen -, nicht für immer in Aspendos bleiben wollten, würde man diesen den Aufenthalt für die Zeit gewähren, die sie in Aspendos bleiben mußten, bis sie wieder nach Perge ziehen könnten. Andernfalls würde es Druck von seiten der Stadtregierung geben.

Mit einer derart negativen Botschaft hatte der Bischof nicht gerechnet. Er schluckte den Schrecken hinunter und antwortete mit größter Bescheidenheit in seiner Stimme: "Für die Gunst und Gnade der Stadtregierung von Aspendos, unseren Brüdern und Schwestern aus Perge zu gestatten, für eine kurze Weile in Aspendos leben zu dürfen, danke ich Ihnen und Ihren Kollegen ausdrücklich im Namen der Christen von Aspendos, die mich zum Vorsitzenden gewählt haben." Wegen der Gefahr einer Verfolgung in Aspendos oder dem möglichen Versagen des Aufenthaltsrechts für die Christen aus Perge negierte er seinen Stolz, mit dem er ansonsten auch gegenüber hochrangigen Personen auftrat, und erklärte weiterhin ziemlich unterwürfig: "Ich versichere Ihnen, daß wir alles tun werden, daß diese Menschen der Stadt und ihren Bürgern nicht zur Last fallen." Auch der Stadtrat wußte, wie hilfsbereit die Christen untereinander waren. Das war auch nicht der Grund im Magistrat gewesen, sich gegen die Anwesenheit der Christen auszusprechen. "Außerdem", so fuhr der Bischof von Aspendos fort, "versichere ich Ihnen, daß die Synode schnellstmöglich enden wird. Ich darf aber zu bedenken geben, daß viele Vertreter von weither gekommen sind, so daß ein starkes Interesse besteht, die schon fast abgeschlossenen Beratungen nicht abzubrechen, sondern bis zur Beschlußfassung fortzusetzen. Dies wird, realistisch geschätzt, noch gut zwei Tage dauern."

"Ob das klug ist, müssen Sie wissen." Stadtrat Fronto hatte ein weiteres Mal gedroht. "Es heißt in einer Ihrer religiösen Schriften: ´Alles hat seine Zeit.´ Vertun Sie sich nicht in Ihrer Einschätzung der Lage und damit in der Abschätzung der Zeit, die Sie für Ihre Beratungen in Aspendos haben." Noch eine Drohung! Mit den Worten "Ich meine es gut mit Ihnen", endete Fronto seine Botschaft und zugleich das Gespräch, stand auf und verließ mit einem kurzen Kopfnicken als Gruß wortlos den Raum. Der Bischof saß schweißgebadet in seinem Lehnstuhl. Währenddessen debattierten die Synodalen eifrig.

Bei der Sitzung taten sich neue Protagonisten aufgrund der veränderten Lage hervor. Dies waren überwiegend die älteren Bischöfe, die in Perge langsam aber stetig zurückgedrängt worden waren, unter ihnen vor allem die zurückhaltenden. Es waren gerade diejenigen, die im Amt bereits eine Verfolgung erlebt hatten und die jetzt klare Position beziehen wollten. Jedoch, nach einer Weile geriet die Debatte wegen grundsätzlicher Fragen ins Allgemeine. Einige Synodale waren von dem Gedanken bestimmt, ob die Verfolgung Strafe für die Eitelkeit sei, die Räume für ihre Versammlungen prächtig zu gestalten; andere sahen die Ursache in dem Wunsch, sich der Umwelt und dem Zeitgeist anzupassen. Entsprechend zitierte einer Epikur: "´Niemals strebte ich danach, der Masse zu gefallen. Denn was ihr gefällt, das habe ich nicht gelernt. Und worin ich mich auskenne, das liegt weitab von ihrem Geschmack.´"

Zwischendurch präsentierte der jüngste Bischof stolz den silbernen Abendmahlskelch der Gemeinde von Perge, den er gerettet hatte.

Ein älterer Bischof gab dem Gedankenaustausch eine neue Richtung, indem er den Prozeß der Verpöbelung in allen Schichten der Gesellschaft beklagte. Er verwies darauf, daß Homosexualität, Päderastie, Tempelprostitution, Abtreibung und Scheidung als "normal" gelte, sozial akzeptiert seien. Er vermutete deshalb, daß die Ablehnung dieser Praktiken durch die Christen bei denen, die ihr nachgingen, ein Schuldgefühl auslöse, das den Haß gegen die Christen anstachele.

"Wir Christen müssen edler sein als andere, und stets die Fleißigsten. Das lehrt uns schon Homers Ilias", gab Bischof Domitius als Ratschlag. Und Bischof Pax zitierte Sophokles: "Ich bin nicht da mitzuhassen, sondern mitzulieben."

Des Sprücheklopfens leid, wollte ein älterer Bischof die Synode wieder zu ernsthafter Beratung führen: "Es steht auf des Messers Schneide."

"Da war es schon Homer unbequem."

"Neunmalkluger."

"Ihre Zitate sind banal."

Der ältere Bischof war rhetorisch von einem jungen geschlagen worden und war verbittert über diesen Stil und die Überheblichkeit der jungen Bischöfe, die anscheinend den Ernst der Lage nicht begriffen hatten. "Die leben in einem Wolkenkuckucksheim", sprach er halblaut zu sich selbst.

Ein Schwätzer konnte sich nicht mehr beherrschen und erklärte pathetisch: "Gib dich diesen heiligen und erhabenen Fragen hin, um zu erfahren, wie das Wesen Gottes ist, was sein Wille. Welches Schicksal erwartet deine Seele?"

Bischof Publius dozierte: "Bei allem Streben nach Konsens darf der Bezug zur Realität nicht darunter leiden, ebensowenig wie das Gründen auf klaren Methoden und einer kritischen Begriffsbildung."
Auch Bischof Domitius stieg mit jugendlichem Schwung wieder vermehrt in die Diskussion ein. "All dieses Gerede, man würde gern die Wahrheit erkennen. Dies ist Heuchelei oder Selbsttäuschung. Jeder Mensch erkennt stets ein Stück Wahrheit. Dies ist ausreichend, um danach zu leben. Warum geht er nicht diese Strecke?"

Bei diesem Gesprächsverlauf gab es kaum noch Anklänge ans Thema. Es schien, als ob durch die Verfolgung die alte Werteordnung wieder geradegerückt wäre, ohne aber zu einem entsprechenden Ergebnis der Tagung zu führen - weil wohl die grundsätzlichen Probleme bei ethischen Fragen infolge des Gemeindewachstums nicht gelöst worden waren. Immerhin verwies einer der Bischöfe darauf, daß ein Christ nicht mit seinem Mund Gott loben und mit demselben Mund ein Urteil über einen Gladiator fällen könne. Er dürfe nicht ein Schauspiel mit den Augen bewundern, die bestimmt seien, den Triumphus der Wiederkehr Christi zu schauen.

Die Sünde des Bischofs Numerius wurde weder öffentlich noch in privaten Gesprächen thematisiert, wohl vor allem, weil er nicht anwesend war. Er befand sich außerhalb Perges in Sicherheit, wie er der Synode mitteilen ließ, und kümmere sich um die Christen, die Perge nicht hätten verlassen können sowie um die baldige Rückkehr seiner geflohenen Gemeindeglieder. Jedoch, es war noch nicht aller Tage Abend.

Jetzt kehrte der Bischof aus Aspendos wieder zurück und übernahm die Leitung der Synode, die er während des Gesprächs mit dem Stadtrat an den Bischof von Antiochia übergeben hatte. Er erklärte den Anlaß, warum er die Sitzung für einige Zeit verlassen habe; anschließend schilderte er in groben Zügen den Gesprächsverlauf und berichtete dann den Synodalen von der Aufforderung, die Synode baldmöglichst zu beenden, oder ... Und diesen Gedanken vollendete er nicht.

Entsetzen breitete sich unter den Anwesenden aus! Der einen Verfolgung gerade noch entronnen, waren diese Drohungen wie schwarze Gewitterwolken. Mancher meinte schon, in der Ferne den Donner grollen zu hören. Auf einmal waren alle Teilnehmer übersensibel, hatten Furcht vor dem Ausbruch von Pogromen in Aspendos.

Die Christen von Aspendos, die als Helfer bei der Synode tätig waren, unterbrachen die Sitzung, indem sie zu ihrem Bischof liefen, auf ihn einredeten und voller Verzweiflung baten, die Synode umgehend zu beenden: Es ginge schließlich um ihr Leben, um das Leben ihrer Angehörigen und um ihr Hab und Gut.

Die Synode, die das gemeinsame Wissen und Beurteilen festlegen sollte, wurde überfallen von der Frage: „Was sollen wir tun?", die schnurstracks zu beantworten war. Wesentlich blieb für die Christen ihre Lebensgrundlage, ihre ungeschmälerte Hoffnung, nie aus Gottes Hand geraubt werden zu können. Davon waren sie überzeugt, das war ihr Glaube, daran zweifelten sie nicht, auch wenn sie Gott nicht sehen konnten wie ihre Mitmenschen die Götterstatuen. Nicht trotz, sondern vielleicht sogar wegen der fortwährenden Angst vor Verfolgung gaben die Christen Gott so viel Raum in ihrem Herzen und in ihrem Leben, daß sie mutig lebten. Aber im Angesicht der Gefahr, menschlich nur allzu verständlich, kroch ihnen die Furcht in die Glieder.

29
Alles nur Theater

Was geschah an diesem Tag kurz um die Mittagszeit im Süden?
In Aspendos waren die Massen im Stadion, in Termessos im Theater und in Side saß man gemütlich zusammen. In Perge steckte mancher noch mitten in den Aufräumarbeiten.

Die Straßen von Aspendos waren entvölkert, es brandete der erste Beifall aus dem Stadion auf. Das Publikum war weit in der Stadt zu hören. Wenn man in Aspendos vom Stadion die Straße in Richtung Norden ging, gelangte man zu den prächtigen Grabanlagen der reichen Leute, die häufig mit dreieckigen Giebeln über den Türen geschmückt waren. Aber bis dahin war heute niemand gegangen; statt dessen hatte es die Massen ins Stadion zum Rennen gezogen.

In Termessos wurde Theater gespielt. Wie sahen die Vorführungen im Theater aus? Mit der Durchführung eines Schauspiels waren auch Priester beauftragt, denn es waren damit Opfer und Prozessionen verbunden. Die Verletzung bestimmter kultischer Riten machte eine Wiederholung der Spiele notwendig; dramatische Aufführungen wurden vor allem an den Festtagen der Götter veranstaltet. Leute reisten kilometerweit aus der Umgebung an.

Die Kosten mancher Spiele waren sehr hoch, und es wurden nie Eintrittsgelder verlangt. Deshalb konnten die Spiele bisweilen den Ruin des Veranstalters bedeuten, wenn es nicht genügend öffentliche Geldgeber und private Sponsoren gab. Eintrittsmarken wurden verteilt, die einen bestimmten Abschnitt im Zuschauerbereich bestimmten, in dem man sitzen sollte. Sie hatten zum Beispiel die Form von Münzen oder eines Fisches mit Kerben; oder sie zeigten Porträts.

Zum Theater gehörten je nachdem auch artistische Vorführungen. Sie brachten das Publikum zum Staunen. Neben Eiertänzen gehörten dazu Fackeltänze, Seiltänze, manchmal Ringkämpfe.

Bisweilen war das Theater eine Kuriositätenschau: es wurden Pygmäen oder ausgefallene Tiere vorgeführt.

Die klassischen Tragödien und Komödien wurden nur noch selten gespielt.

Eher gab es die stupidi mit glattrasiertem Schädel und künstlichem großen Geschlechtsteil. Sie teilten Ohrfeigen und Schläge aus, liefen hin und her, schlugen die Hände zusammen und bliesen die Backen auf; es war Clownerie der gröbsten und dümmsten Art.

Der Pantomimus bewegte beim Tanz den ganzen Körper, vor allem Arme und Beine. Es waren oft unanständige, dann wiederum harmonische Bewegungen. Er beendete seinen Auftritt mit einer wirbelnden Drehung. Der Pantomimus trug Masken und Kostüme, um in mehreren Rollen auftreten zu können, und stellte gleichfalls die weiblichen Rollen dar. Er wurde begleitet von Musikern und Sängern. Der Pantomimus führte Komödien und Tragödien auf; die Themen stammten häufig aus der Mythologie, behandelten also die Schwächen und Verfehlungen der Götter wie deren Liebesabenteuer. Beliebte Stoffe waren die Trauer des Sonnengottes um seinen verunglückten Sohn, die Sehnsucht der

Kybele nach dem spröden Attis, das Urteil des Paris, die Abenteuer des Herakles, die Schandtaten des Zeus wie die Verführung der Alkmene, der Leda und der Diana, der Raub des Ganymed, das Liebesverhältnis zwischen Ares und Aphrodite, die Entführung der Europa, die unglückliche Liebe von Aphrodite und Adonis, das Treiben des Eros, die Diebereien des Hermes. Porträts der Schauspieler wurden sogar an öffentlichen Gebäuden angebracht; bekannte Schauspieler erhielten Leibrenten von reichen Bürgern.

Das Theater in Termessos, wo zur Zeit Monica auftrat, war klein und besaß eher die Größe einer Musikhalle, eines Odeons, wie es das reiche Pompeji besaß. Das bewirkte eine intime Atmosphäre. Termessos war nicht reich, weshalb für diesen Bau auch bei den sichtbaren Flächen überwiegend einfacher Stein verwendet worden war. Termessos lag in den Bergen in 1000 Metern Höhe; in griechischer Zeit, als die Bühne nicht wie bei den Römern durch einen hohen steinernen Bühnenaufbau versehen war, hatten die Zuschauer eine fantastische Sicht auf die gegenüberliegende Felswand; rechts davon befindet sich eine tiefe Schlucht.
Monica hatte Erfolg; sie erhielt viel Beifall. Denn ihr Stimme gefiel. Dabei war ihr Auftritt nicht obszön, sondern vielmehr verhüllt. Dies zwang die Zuschauer, sich auf ihren Gesang zu konzentrieren. Damit fesselte Monica die Besucher, ließ sie eine Zeitlang die konkrete Welt vergessen. Die Melodien ihrer Lieder gingen den Menschen nicht mehr aus dem Kopf; überall wurden sie in den Gassen von Termessos gesungen und gesummt. Nach ihr traten in der Regel Komödianten auf. Deren schlechte Witze wurden schnell vergessen, an Monicas Melodien erinnerten sich die Besucher gern.

In Side war es inzwischen deutlich wärmer geworden; es saßen bereits viele Leute in Imbissen auf Korbstühlen unter geflickten Sonnensegeln. Sie tranken nur, aßen nichts. Gaius fragte sich immer, woher sie die Zeit und das Geld nähmen, denn sie schienen keinerlei Beschäftigung nachzugehen. Die Leute unterhielten sich, schauten den Menschen nach und vertrödelten ihr Dasein. Vielleicht hatten sie auch keine andere Chance oder kein anderes Ziel?

Zeitgleich traf ein Brief von Lucius bei Gaius ein. Darin schilderte er kurz seine persönliche Lage und die der Synodalen; über das Ergehen von Ruth und Julia wußte er nichts Definitives zu sagen. Die Synode werde umgehend beendet, und er würde sogleich über Side nach Tarsos zurückreisen. Dann erfolge ein mündlicher Bericht in aller Ausführlichkeit. "Mit den Worten des Apostels Paulus, wie er sie an die Epheser schreibt, möchte ich meine Zeilen an dich beenden: Verliere nicht den Mut über die Lage, in der wir uns befinden. Gottes Name sei gelobt. Er kann alles: Seine Kraft übersteigt unser Denken und Bitten."

30
Rotwein im Süden

Auf der Notsynode in Aspendos wurde inzwischen nicht mehr über das Thema debattiert, sondern nur über die eigenen schwierigen Verhältnisse.
Ein Bischof beklagte sich darüber, daß man den Christen die Staatstreue abspräche: "Warum wird unsere Treue zum Kaiser angezweifelt? Es ist eine unstrittige Tatsache, daß an allen

Machenschaften gegen die Kaiser nie ein Glaubensbruder beteiligt gewesen ist. Dies wird auch nie geschehen."

Ein anderer bekräftigte diese Haltung: "Wir Christen beten für Kaiser und Reich. Ist das etwa nichts?"

"Und dennoch werden wir angeklagt wegen crimen laesae maiestatis, wegen Majestätsbeleidigung", ereiferte sich ein anderer.

Bischof Pius wollte die Versammlung beruhigen und auf wesentliche Dinge zu sprechen kommen. Deshalb wies er darauf hin, daß das Blut der Märtyrer zum Samen für neue Christen werde: semen est sanguis Christianorum.

Ein weiterer älterer Bischof sprach in einer für manchen unangenehmen Weise ein ernstes Thema an: Wegen der zunehmenden Weltlust sei homologein gefordert, es sei Buße zu tun. Das Thema metanoia, also Buße, war unter den jüngeren Bischöfen weniger beliebt. Zumindest, was sie selbst anbelangte.

Nach diesem Wortbeitrag gab es für einen kurzen Moment ein allgemeines Schweigen.

Der Bischof von Aspendos nutzte diese Chance und sagte mit ruhigen Worten, fast wie beiläufig: "Zum Thema unserer Synode, dem Verbot des Besuchs von Theatern, hat es seit längerem keine beziehungsweise keine substantielle Stellungnahme mehr gegeben. Damit wurde alles gesagt, was gesagt werden wollte. Eine klare Mehrheitsbildung für Beschlüsse, die die bisherige Beurteilung und Praxis verändern könnten, zeichnet sich nicht ab. Ich stelle somit für die Synode, die in Perge begann und zur Zeit in Aspendos tagt, folgendes fest: Das Verbot bleibt bestehen. Es ist den Kindern Gottes untersagt, ins Theater zu gehen. Höre ich hierzu Widerspruch?"

Die Synodalen waren so überrascht, daß keiner sich zu Wort meldete. Der Bischof von Aspendos ließ ihnen dazu auch keine Zeit. Er wartete so gut wie gar nicht und erklärte dann mit einem "Gott segne uns alle!" die Synode für beendet. Das war ein Paukenschlag!

Die Folge war ein allgemeines Durcheinander. Jeder redete auf jeden ein und alle auf den Bischof von Aspendos. Der schaute nur fragend Bischof Pius und den Bischof von Antiochia an, die neben ihm saßen. Die beiden wollten nicht den Eindruck entstehen lassen, als ob diese Vorgehensweise nicht mit ihnen abgesprochen worden wäre, und nickten deshalb zustimmend. Damit war die Entscheidung gefallen. Die Theater-Synode war zu Ende.

Nachdem die Überraschung abgeklungen war, ging auch die Aufregung zurück. Und manchem dämmerte es, wie weise dies gewesen sein mag, und nutzte die günstige Gelegenheit, sich kurz von einigen Bekannten zu verabschieden, um dann so schnell wie möglich zu seinem Notquartier und von dort in seine Heimatstadt zu kommen. Die Drohungen des Stadtrats kamen wieder in das Gedächtnis der Synodalen zurück und zeigten Wirkung.

Auf dem Weg aus Aspendos hinaus kamen Bischof Domitius und ein älterer Kollege bei einer Statue von Septimius Severus vorbei. Der Ältere sah sie und spielte auf den Edikt des früheren Kaisers an, der den Übertritt zum Christentum verboten hatte; deshalb war es damals zu Verfolgungen der Katechumenen gekommen. Domitius lobte daraufhin den gegenwärtigen Kaiser Severus Alexander wegen seiner Begünstigung der Christen.

"Leider zeigt dies nicht überall und ständig in den Provinzen Wirkung", waren die resignierenden Worte des ersten, der auf die eigene Verfolgung in Perge anspielte.

Beide verließen die Stadt aus dem Nordtor, wo das Aquädukt die Stadt erreichte. Wegen der Überschwemmungen in der Ebene mußte das Wasser durch das Aquädukt hoch angeliefert werden; dadurch war es dann zugleich fast in der richtigen Höhe für die auf der Akropolis liegende Stadt. Das Aquädukt kam aus den nahen Hügeln und wurde dann drei Kilometer lang über die Ebene geleitet. Von zentraler Bedeutung waren dafür zwei Drucktürme, die das Wasser weiterpumpten. Der nördliche Druckturm lag drei Kilometer von der Stadt entfernt, der südliche Druckturm nur 100 Meter vor der Akropolis. Beide verfügten über einen Knick, einmal in einem Winkel von 125° und einmal in einem Winkel von 175°. Beide Drucktürme besaßen eine schwindelerregende Höhe von 30 Metern; der letzte Kilometer in der Ebene wurde in 15 Metern Höhe überbrückt - dann begann ein kleiner, zerklüfteter Hügel. Dieses beeindruckende Aquädukt hatte der steinreiche Tiberius Claudius Italicus der Stadt Aspendos gestiftet.

In jenen Tagen plante die Stadtregierung in Aspendos mehrere Neubauten. Der Wirtschaft von Aspendos ging es besser als der von Side und Perge. Die teuren Pferde waren sehr gefragt. Vor allem hatte eine kluge Finanzwirtschaft und Sparsamkeit der Stadtväter für Reserven gesorgt; es war beispielsweise weniger Geld für pompöse Stadtmauern ausgegeben worden als in Side oder Perge.

Geld war in Aspendos auch deshalb vorhanden, weil Magistrat und reiche Bürger sich bei konsumtiven Ausgaben zurückgehalten hatten. Ein Hauptopfer war das Theater gewesen; in Aspendos hatte es im Vergleich zu anderen Städten wie Side oder Perge weniger Aufführungen gegeben, die zudem deutlich preisgünstiger organisiert worden waren. Die Zuschauer, die mehr Spiele wollten, die Künstler und Organisatoren, die viel Geld verdienen wollten, waren knapp gehalten worden.

Dennoch steckte erhebliches Kapital in der Villa des Theaterdirektors von Aspendos. Nur, ungemütlich war es in ihr. Es war zwar alles da, was im Hause eines reiches Mannes zu sein hatte. Jedoch fügten sich die Einzelteile nicht zu einem stimmigen Ganzen zusammen. Es mangelte an der ästhetischen Ausgewogenheit.
Er hatte seinen Kollegen aus Side eingeladen, Afer, den "Schönen".
Der versuchte, bei seinem Gastgeber und Kollegen aus der Nachbarschaft Stimmung gegen die Christen zu machen. Als Aufhänger nutzte er die Notsynode in Aspendos, als Begründung das Erdbeben in Perge. Sein Kollege gestattete es ihm, eine Vorstellung im Theater zu nutzen, um die Massen in Aspendos gegen die Christen aufzuhetzen.

Das Theater in Aspendos war deutlich kleiner als die in Side oder Perge. Sein Durchmesser war unter 100 Meter, und der Zuschauerraum bildete einen Halbkreis. Vor allem in der unteren Zone gab es ein Drittel weniger Zuschauerreihen. Deshalb verfügte es über ein normales Fassungsvermögen von knapp 4.000 Zuschauern.
Der Bühnenaufbau dieses Theaters war sehr hoch. Der Architekt hatte rechts und links davon ein geräumiges Treppenhaus gebaut, weshalb viele Leute zügig durch sie ins Theater strömten; auch zu

zwei Logen gelangte man durchs Treppenhaus. Auf jeder Seite des Zuschauerraums gab es jeweils eine dieser beiden Proszeniumslogen. Die Bühnenwand wirkte aus der Nähe mächtig, aber nicht erdrückend. Die ersten Reihen um die Bühne waren steinerne Sitzbänke mit hohen Rücken- und Seitenlehnen, letztere mit einem Motiv geschmückt. Die übrigen Sitze bestanden aus Sitzplatten aus einfachem Marmor.

Das Theater in Aspendos schützte die Zuschauer vor der Sonne mit großen Tuchbespannungen. Für diese Sonnensegel gab es hinten an der Außenwand Halterungen für tragende Holzstangen und innen im Zuschauerrund Löcher für eine Holzbalken- konstruktion.

Zudem gab es einen Eingang auch oben an der Rückseite, weil das Theater wie in Perge am Hang eines Hügels gebaut worden war, in diesem Fall war es der, an dem die Stadt selbst lag. Durch einen Aufgang konnten Besucher sogar oben auf den Portikus gelangen und von dort auf dem Bühnenaufbau entlang gehen.

Beim Theater lagen zwei Bäder: das große war mit Fitneßräumen und Konferenzsaal ausgestattet, das kleine ohne. Im Saal instruierte Afer seine Claqueure und Handlanger. Felix der "Schleimer" würde sie vor Ort dirigieren.

Es war eine durchschnittliche Aufführung, die heute im Theater geboten wurde: nichts Aufregendes oder Ausgefallenes. Das einzige Außergewöhnliche war der starke Landwein, der unverdünnt und kostenlos ausgeschenkt wurde. Es gab gerade eine Pause, in der viele, gerade Ärmere dem "Freiwein" eifrig zusprachen. Das Geschnatter der Besucher erfüllte den Raum; helle Stimmen erschienen lauter als dunkle.

Unerwartet trat ein Schauspieler auf, ohne eine Maske zu tragen: "Perge hat kein Stadion mehr. Zerstört, durch ein Erdbeben zerstört! Ist es ein Zufall, daß gerade ein Treffen hoher Priester des gekreuzigten Christen-Gottes in Perge stattgefunden hat?"

Die Zuschauer dachten sich: Was soll das? Was soll diese rhetorische Frage? Was will der auf der Bühne?

Der Schauspieler setzte seine Rede fort: "In Perge wußten die Bürger, was zu tun war. Sie vertrieben die Christen-Priester mit ihren Anhängern aus der Stadt! Seitdem leben die Bürger von Perge sicher in ihren Mauern und Wänden. Und hier, in Aspendos?"

Mehr und mehr Zuschauer achteten auf die Worte des Redners, der ein geachteter Schauspieler war - und seit heute im Sold von Afer stand.

"Hier, in Aspendos, unter uns versammelten sich diese Priester und setzen seitdem ihr Treffen fort. Wollen das die Bürger von Aspendos? Wollen sie ihr Leben riskieren, das Leben ihrer Kinder, die Unversehrtheit ihrer Bauten, vom Theater über die Stadttore bis hin zum Stadion und den Götterstatuen, wollen die Bürger von Aspendos das alles riskieren? "

Böse Rufe schallten durch den Innenraum des Theaters. Der Schauspieler hatte sein Ziel erreicht: Die Zuschauer kamen mehr und mehr in Pogromstimmung. Dank Afers Wein und seines Eingreifens drohte nun auch in Aspendos eine Christenverfolgung. Der Hetzer wiegelte das Publikum mehr und mehr auf.

So ein bißchen Brandschatzen und den Mordbuben spielen, das war manchem vom Pöbel lieber als eine Vorstellung im Theater. Der Kitzel der eigenen Gewalt war deutlich höher.

Ein Mann trat neben den Schauspieler auf die Bühne, als dieser gerade dazu aufrufen wollte, die Häuser der Christen zu plündern, die Christen zu verprügeln und aus der Stadt zu vertreiben. Die vornehmen Zuschauer in den ersten Reihen wurden augenblicklich ruhig, als sie diesen Mann sahen. Er stellte sich neben den Schauspieler; und obwohl er kleiner war, strahlte er eine solche Autorität aus, daß dieser sofort schwieg. Mit einer Handbewegung forderte er die Zuschauer auf, still zu sein. Felix der "Schleimer" kannte den Mann nicht und wiegelte mit seinen Claqueuren weiterhin die betrunkenen Nichtstuer der Stadt auf. Da hörte man den Gleichschritt eisenbeschlagener Stiefel. Ein Trupp Soldaten marschierte im Portikus des Theaters auf. Die Schwerbewaffneten mit Helm, Speer und Schild machten nicht den Eindruck, Schauspieler zu sein. Mit denen war nicht gut Kirschenessen. Außer dem Klirren des Metalls, hervorgerufen von den Waffen, war es nun still im großen Rund des Theaters.

Jetzt sprach der Mann, der die Soldaten kommandierte. Es war Stadtrat Fronto, der noch vor kurzem dem Bischof von Perge gedroht hatte. Er begann mit den Worten: "Mitbürger von Aspendos, Besucher im Palast-Theater, Freunde und Gäste. Das Schicksal unserer Nachbarstadt Perge, wo ein Erdbeben glücklicherweise kein Menschenleben gekostet hat, aber das Stadion zerstörte, ist uns allen vertraut. Ob es ein Zauber der Christen war, wissen wir nicht."
Einige Vorlaute wagten Zwischenrufe. Eine weitere Handbewegung des Stadtrats, ein böser Blick von ihm und das Geklirre einiger Waffen brachten sie zum Verstummen.
"Ich halte nichts von diesem Christengott", verkündete Fronto mit sonorer Stimme, die man infolge der hervorragenden Akustik des Theaters überall gut vernehmen konnte; er mußte nicht schreien, um sich verständlich zu machen. "Falls er überhaupt existiert, was ich nicht glaube, wird er mit Sicherheit nicht die Macht besitzen, ein Erdbeben hervorzurufen. Das lassen unsere mächtigen Götter nicht zu!"

Zustimmendes Gemurmel war die Antwort.

"Aber, der Magistrat von Aspendos stellt das Wohl seiner Bürger an oberste Stelle. Wir haben es deshalb nicht zugelassen, daß diese Christenpriester in unseren Mauern ihre Tagung fortsetzten."

Ein Betrunkener rief: "Die sind alle da - in ihrem Tempel!" Der Mann war ungeschickt gewesen; er saß in der obersten Reihe, und ein Soldat war sofort bei ihm und stoppte ihn, den Stadtrat weiter zu unterbrechen. Seine Kopfschmerzen der nächsten Tage würden nicht allein vom Wein stammen.

Der Stadtrat entgegnete: "Das ist Geschwätz." Mit seiner dritten Armbewegung beendete Fronto jedes aufkommende Gegrummel. "Ich selbst habe den obersten Priester der Christen unserer Stadt angewiesen, keine solche Versammlung zu dulden. Daraufhin hat er sämtliche Priester, die von Perge hierher kamen, gleich weitergeschickt. Die letzten von ihnen haben bereits die Stadt verlassen. So handelt der Magistrat von Aspendos für seine Bürger!" Den letzten Satz hatte er pathetisch ausgerufen.

Begeisternder Applaus brandete im Theater auf. Das war eine beruhigende Nachricht. Die Bürger der Stadt fühlten sich sicher und waren zufrieden mit den eigenen Politikern: endlich taten diese einmal etwas.

In die Zustimmung der Anwesenden hinein sagte der Stadtrat: "Das Eigentum aller Bürger bleibt geschützt. Notfalls setze ich Soldaten ein. Es wird niemand beraubt. Die Konfiskation von Vermögen gibt es in Aspendos ausschließlich nach einem Gerichtsprozeß." Die Drohung mit den Soldaten ließ sogar das Blut der Betrunkenen wieder ruhig im alten Takt fließen. Der Stadtrat sah den Schauspieler an und meinte: "Sie verlassen die Bühne und betreten sie wieder als Schauspieler, nicht als

Politiker. Das ist meine Aufgabe." Dann ging Fronto von der Bühne; der Schauspieler folgte ihm wie ein begossener Pudel.

Der Stadtrat war stolz über seinen Erfolg. Er hatte sich nicht den Massen entgegengestellt, weil er die Christen besonders schätzte. Er war über die Rede im Theater informiert worden und war dorthin geeilt, weil er Plünderungen verhindern wollte: Es traf stets auch Unschuldige; und die Gefahr einer Brandstiftung mit anschließendem Großbrand eines ganzen Stadtviertels war ihm zu groß. Da er wußte, daß die Bischöfe bereits weitgehend die Stadt verlassen hatten, konnte er dies als seinen persönlichen politischen Erfolg verkaufen. Und die Christen der Stadt würden brav sein, nach dem Schrecken, den ihnen die Berichte über die Vorgänge im Theater bereiten würden; außerdem hätte er sie zukünftig auf seiner Seite. Da erhoffte er sich auch besonders günstige Konditionen bei christlichen Handwerkern und Kaufleuten.

Währenddessen hatte der Bischof von Aspendos mit seinen wichtigsten Klerikern und Laien zum Gebet zusammengesessen. Sie hatten Gott angefleht, er möge seine Engel schicken und sie beschützen. Der Bischof hatte dieses kurze Gebetstreffen mit dem Segen beendet: "Gott gehe stets vor dir, denn er ist es, der dich auf rechter Straße führt. Gott gehe neben dir, dessen starke Arme dich umfangen, dich halten, damit du nicht fällst, und der dich verteidigt. Gott gehe hinter dir, damit er dich vor Attacken übler Menschen bewahren kann. Gott sei über dir, um dich vor allen bösen Mächten zu schützen. Gott ist gütig. Sein Segen sei mit dir für allezeit."

31
Attaleia

Als es zur Flucht aus Perge kam, hatte Julia zu entfernten Verwandten nach Aspendos gehen wollen. Der Vorschlag ihrer Mutter, aufs Landgut zu fliehen, gefiel ihr nicht, weil es ihr zwischen Sklaven und Getreide stets langweilig war. Die Mutter sprach sich aus zwei Gründen gegen Aspendos aus: Zum einen war der Verwandtschaftsgrad zu gering, zum anderen wollte die Synode ihre Tagung in Aspendos fortsetzen, was bereits zu einer Überlast für die Christen dort führen mußte.

Als Alternative schlug Ruth statt dessen eine Stadt vor, die möglichst weit weg lag und damit jede Gefahr ausschloß: und das war Ephesos. Zu Tante Helena sollte Julia gehen; dort würde Julia sich bereits gut auskennen, ihre Schwester würde sich sehr freuen sie wiederzusehen, und könnte sich wegen der geleisteten Wohltaten erkenntlich zeigen.

Das war nun ein Ziel, das Julia gar nicht behagte. Aber jetzt schaltete Ruth auf stur; die aufkommende Gefahr machte eine umgehende Entscheidung notwendig, und Julia wurde mit der Matrone, die sie bereits nach Side begleitet hatte, nach Attaleia geschickt.

Dieses Mal war die Reise angenehmer, dafür aber auch deutlich langsamer. Statt auf dem kurzen Landweg zu reisen, benutzten die Damen ein Lastschiff, das Waren von Ruth beförderte und gen Mittelmeer fuhr, um bei Erreichen des Meeres Richtung Westen nach Attaleia zu segeln.

Auf dem Schiff hatte Julia Zeit, über ihre Lage nachzudenken. Dabei bekam sie Mitleid mit Monica; nicht nur das, sie bekam wegen des Verkaufs ein schlechtes Gewissen. Gern hätte sie ihr Herz jemandem ausgeschüttet oder einem Priester gebeichtet. Jedoch war dafür keine geeignete Person auf dem Lastkahn, auf dem außer ihr und der Matrone nur die Seeleute waren. Ihr schlechtes Gewissen erhielt neue Nahrung durch Gedanken an Lucius; sie fragte sich, inwieweit sie mit ihrer Liebe zu Lucius ihren Verlobten Gaius hintergangen habe, und ob sie damit nicht auch den jungen Priester in einer unziemlichen Art und Weise bedrängt habe, nämlich seinen besten Freund zu verraten und seine Berufung geringzuachten.

Doch es war schlimmer für sie, von Lucius getrennt zu sein.

In Attaleia kehrten die beiden Frauen bei Verwandten der Matrone ein, wofür Julia einen Obolus entrichtete. Es war eine bescheidene Wohnstatt; aber Julia war zufrieden, weil die Luft in Attaleia etwas aromatisiert war. Einige Bäume blühten; die lieblichen Blüten, mit denen sie geziert waren, verbreiteten diesen Duft. Wie gern wäre sie hier mit Lucius spazierengegangen.

Nach ihrer Ankunft gingen die beiden Frauen bald wieder zum Hafen zurück, um ihre Reise nach Ephesos zu buchen. Ein Schiff dümpelte außerhalb des Hafens, bewegte sich aber nicht von der Stelle; die anderen befanden sich innerhalb des Hafens in der Felsenbucht, die das wirtschaftliche Zentrum der Stadt bildete. In diesem Hafenbecken waren die Schiffe im Falle des Falles vor Stürmen von drei Seiten geschützt, denn es stiegen Felsen steil zu einem Plateau an, das bis zu 45 Metern über dem Meer reichte. Die Stadt lag auf dieser Ebene, weshalb sie zur See gut zu verteidigen war. Für den Schiffsverkehr war zusätzlich eine Hafenmole gebaut worden. Es lagen zwar dafür genug Felsbrocken parat, wesentlich hingegen war der römische Beton, der auch für Unterwasseranlagen problemlos eingesetzt werden konnte. Im Vergleich zu Side versandete der Hafen von Attaleia nicht.

Drehte man sich zum Landesinnern um, sah man am Horizont das Taurusgebirge. Zu den berühmten Bauten der Stadt gehörte das Hadrianstor.

Während sie sich nach einem Schiff zur Fortsetzung der Flucht erkundigten, wurden die Damen von einer schwarzen Katze beobachtet, die versteckt zwischen mehreren dichten Sträuchern lag. Sie sahen auch nicht die Spitzen der Palmblätter, die sich im Winde wiegten. Ihr Augenmerk war auf den Kapitän gerichtet, mit dem Julia und ihre Matrone gemeinsam ihre Schiffsreise unternehmen wollten. Die Vereinbarung wurde problemlos geschlossen.

Julia beging am Morgen des übernächsten Tages den bewußten Fehler, auf ein Schiff zu gehen, das nach Side statt nach Ephesos segelte. Dafür täuschte sie ihre Matrone, diesen Wachhund, indem sie diese zuvor auf das Schiff geschickt hatte, das nach Ephesos segeln würde.

Julia hatte sich zuvor heimlich vom Kapitän den Tarif erstatten lassen - abzüglich einer Bearbeitungsgebühr und einer kleinen Bestechungssumme, der Matrone nichts davon zu verraten.

Fast gleichzeitig verließen zwei Schiff Attaleia; eines von den beiden segelte zur Stadt, in der Julias Verlobter lebte. Julia dachte bei diesem gewagten Manöver vor allem daran, nicht ihrer Tante zu begegnen; der Erklärungsbedarf wäre zu groß gewesen. Wenn sie geahnt hätte, in welche Gefahr sie sich dadurch brachte, wäre sie wohl lieber zur Tante gefahren und hätte alles gebeichtet, in der Hoffnung, eine gnädige Richterin und verschwiegene Anverwandte in der Frau zu finden, die vor kurzem noch mit dem Tod gerungen hatte. Aber wenn man alles vorher wüßte, wer weiß ..., ob man dann nicht dennoch viele Fehler begehen würde. Denn in wie vielen Bereichen wissen Menschen, was gut oder gesund ist, und sie tun trotzdem das, was Sünde oder Verschwendung von Zeit und Geld ist?

Und so bestieg Julia ein Schiff, dessen Ziele Side, Tarsos und Antiochia waren, also nach Osten segelte. Bei einem römischen Lastschiff, das wenige Kabinen besaß - Verschläge wäre als Begriff korrekter - konnte es je nach Wind und Wetter schon einige Zeit dauern, schon allein nach Side zu gelangen.

Julia dachte auf dem Kahn an Gaius und seinen zusammenklappbaren Regenschirm für das Schiffsdeck, der aber stets versagte, und sie mußte schmunzeln. Mit solchen Gedanken vertrieb sie ihre Ängste und ihre Einsamkeit. Gaius war ein patenter Kerl, jemand, den man mögen mußte, beinahe ein idealer Ehemann. Allein, sie liebte einen anderen. Es war eben Lucius, dessen Nähe sie herbeisehnte, bei dem sie sich geborgen fühlte wie nie zuvor, bei dem sie ruhig-unruhig zugleich war, bei dem sie weder an die Zukunft noch an die Vergangenheit dachte, nur einfach lebte; er war es, von dem sie träumte. Sie konnte sich ihre eigene Gefühlswelt nicht erklären, nur eben feststellen. Und ändern konnte sie gar nichts.

32
Letzte Stunden

In der Zwischenzeit war Bischof Numerius nach Perge zurückgekehrt. Heimlich. Nicht die Sorge um die ihn anvertrauten Christen hatte ihm Mut verliehen, ihn hatte nicht die Neugierde verleitet, erfahren zu wollen, was alles geschehen war; nicht die Frage nach dem Befinden seines Neffen hatte ihn angetrieben, sondern die Geldgier hatte ihn unvorsichtig gemacht. Er wollte die Reste des Geldes holen, das er der Witwe abgeluchst und in seinem Haus versteckt hatte. Im Notfall, wenn man ihn entdeckte, hoffte er darauf, daß ihn sein alter Schulfreund beschützen würde. Der Kamerad aus der Kinderzeit war aber längst abgereist: der schöne Afer befand sich wieder in Side.

Numerius gelangte unerkannt in sein Haus, so dachte er. Er zündete eine kleine Öllampe an, die in einer Nische der Eingangspforte lag. Im Schein des schwachen Dochtes ging er vorsichtig in sein Schlafzimmer. Er rückte das Bett beiseite. Mit einer scharfen Tonscherbe, die er auf dem Weg aufgelesen hatte, kratzte er die Fugen eines Steines frei. Dabei hantierte er bedächtig und leise. Nach einer Weile konnte er den Stein hochheben und zwei weitere entfernen. Ein Hohlraum wurde darunter sichtbar. In ein Tuch eingewickelt, verbarg er einen silbernen Kelch, der mit Goldmünzen und Ringen gefüllt war. Mit spitzen Fingern nahm er das Tuch aus der Grube, noch vorsichtiger, als man ein Kleinkind aus der Wiege nimmt: Es durfte kein Geräusch entstehen. Schnell hätte man ihn entdeckt. Er richtete sich auf, legte den Schatz auf das Bett, streckte die Glieder und steifen Knie, schüttelte den Staub vom Gewand. Dann nahm er die Kostbarkeiten, stellte sie neben die Tür, ging zurück ins Zimmer und schob das Bett wieder an den gewohnten Platz. Er hob das Tuch mit dem gestohlenen Gut auf, verließ das Zimmer, ging zur Wohnungstür, pustete die Ölfunzel aus und deponierte sie in der Nische. Er öffnete die Tür, lugte nach links und rechts, sah niemanden, schloß die Tür ab und schlich in Richtung Stadttor. In einem dunklen Winkel wollte er warten, bis am Morgen die Massen durch das Tor strömten, um dann unerkannt zu entweichen. Er ging um die nächste Ecke. Es schepperte laut. Der Brustpanzer eines römischen Offiziers hatte ihn gestoppt, und sein Schatz war auf den Steinboden gefallen. Numerius drehte sich ruckartig herum und wollte fliehen; der feste Griff des Berufssoldaten hielt ihn fest.

„Welchen Fang haben wir denn da gemacht?", fragte der Offizier süffisant. „Was einem auf einem nächtlichen Kontrollgang alles so in die Arme läuft? Nicht nur streunende Katzen und untreue Ehemänner."

Er wandte sich an seine Soldaten: „Ist gut, wenn man mal ohne Fackeln nach dem Rechten sieht. Sonst warnt der Schein jeden und man fängt nicht wie von selbst diesen Strauchdieb."

Der Offizier ließ Numerius abführen. Am nächsten Tag wurde der Magistrat über den Fang informiert. Numerius sollte gefoltert werden, um die Quelle seines Reichtums zu erfahren. Er log, behauptete, es seien ihm anvertraute Sachwerte, die er vor der Verfolgung sichern sollte. Da allgemein bekannt war, daß er viel gespendet hatte, glaubten ihm die Folterknechte. Außerdem wollte die Stadtregierung ihn für ein öffentliches Spektakel aufheben: Brot und Spiele, das liebten die Massen. Der Betrug von Numerius blieb in der Stadt unerkannt; er entging der öffentlichen Schande und damit die Christen einer Schädigung ihres Rufes. Numerius sah in seiner zufälligen Entdeckung eine Strafe Gottes. Numerius wußte: Seine Zukunft war kurz und

überaus düster. Den Pokal und die Münzen teilten sich der
Offizier und die Stadträte.

Das Schiff, auf dem Julia allein reiste, hatte für die Strecke von
Attaleia nach Side bei ungünstigem Wind lange gebraucht. Es war
Nacht, und das Schiff lag unmittelbar bei Side vor Anker. Denn
sogar die weit ausgedehnte Hafenmole westlich vom Hafenbecken
war besetzt; deshalb hatte der Kapitän nicht anlegen können. Aber
jetzt war der Wind erlahmt und das Schiff schwankte friedlich hin
und her. Um die Mondsichel herum gab es ein Dunstfeld; nur die
hellsten Sterne waren schwach zu sehen.
Julia konnte nicht schlafen. Was hatte sie getan? Wie würden die
Konsequenzen sein? Hatte sie sich eine Unabhängigkeit ange-
maßt, die ihr nicht zustand? Auch wenn sie kein ängstlicher Typ
war, so schwankte sie dennoch zwischen einem Bedenken, was
kommen könnte, und dem erhabenen Gefühl frischgewonnener
Freiheit. Vor allem gefiel ihr, selbständig gehandelt zu haben;
etwas eigenverantwortlich zu tun, war trotz der neuen Last
erfüllender, als am kurzen Gängelband zu laufen und unter
Aufsicht engbegrenzte Aufgaben erfüllen zu müssen. Und es war
lehrreicher.
Nur, ihre Koje hätte ruhig etwas bequemer sein können, dachte
sie. Dann ließe sich auch besser schlafen. Und bald nach dieser
kleinen Selbsttäuschung, mit der sie ihre innere Unsicherheit
übertünchte, schlummerte sie ein, vom Wiegen des Schiffes in
den Schlaf geschaukelt - und das trotz der ungewohnten
Schlafstätte für die verwöhnte Tochter reicher Eltern.

Am frühen Morgen fuhr das Handelsschiff in den Hafen ein.
Erstaunlich, daß es dort nach Heu roch. Die Wolken schimmerten

bläulich; über dem Meer sahen sie sanft-blau aus. Drei Fischer-boote waren noch draußen bei der Arbeit. Es war kühl.

Eine Stunde später waren die Fischer noch immer auf dem spiegelglatten Meer. Vögel zwitscherten, die Sonne schien hell.

Wieder eine Stunde später zog sich der Dunst langsam zurück; das Meer begann sich zu bewegen. Ein Seemann hatte sich an einen Ort gesetzt, von dem er hoffte, er würde windstill und angenehm sein. Irgendwie schien aber der Wind ständig zu wechseln.

Julia hatte das Schiff verlassen und war an Land gegangen. An der Küste in Side sah man die Berge in Hintergrund des Landes; einige von ihnen waren schneebedeckt, manchmal schien die Sonne auf sie.

Julia fielen die vielen Tiere in der Stadt auf:

Eine schwarze Katze mit leuchtend-gelben Augen schlich umher, bettelte um Essen, nahm aber weder Brot noch Obst an, sondern wollte unbedingt Fisch oder Fleisch.

Zwei süße Hündchen strollten durch eine Gasse.

Spatzen tranken Wasser aus einem Becken.

Hin- und wieder schaukelte ein Schmetterling vorbei, gelegentlich schwirrte auch eine Biene um sie herum.

Eine friedliche Urlaubsidylle, so schien es.

Für Christen war es keine Urlaubsidylle, sondern eine potentiell feindliche, sie stets ablehnende Umgebung. Götterglaube, Aberglaube und Mysterienkulte beherrschten die Menschen, und deren Ängste konnten jederzeit Aggressionen gegen die Christen entfachen. Welche Götter in Side herrschten, verrieten die Bauwerke: Athene besaß den Rang der Hauptgöttin in Side. Sie wurde durch den größten Tempel geehrt; neben ihrem viereckigen

Tempel stand ein ähnlicher, nur kleinerer, für den Gott Apollon. Beide erhoben sich an der Südspitze der Halbinsel in Richtung zum Hafen und waren damit etwas von der Säulenallee entfernt, die die Insel in zwei Teile gliederte. Näher am Ende dieser Prachtmeile lag ein weiterer Tempel, der dem Mondgott Men geweiht war. Dieses Bauwerk war halbrund geformt, und es hatte vor dem Eingang eine Treppe mit Portikus; daran angelehnt war ein Nymphaeum. Der Eindruck, den diese kostbar verzierten Heiligtümer jedem ankommenden Seefahrer vermittelte, war eindeutig: Das reiche Side huldigte den althergebrachten Göttern.

Auch die Wissenschaft jener Zeit war dadurch ideologisch ausgerichtet. Das zeigte sich überall, auch in Side. An der östlichen Seite der Staatsagora, hinter dem Säulengang, konnte ein besonderer Prachtbau bewundert werden: die Bibliothek von Side. Auf ihn waren die Bewohner sehr stolz. Der flüchtige Betrachter sah dort keine Bibliothek, sondern eine Ausstellung von Götterstatuen, die auf zwei Stockwerken unter säulengestützten Giebeln plaziert waren.

Julia wollte zu Gaius Haus gehen, wurde unsicher, welche Straße sie nehmen sollte und wählte die falsche, ein Fehler, der sie in eine kritische Lage führte. Sie erreichte einen Tempel, der ein makelloses und glänzendes Bauwerk war.

In diesem Moment fand im Theater von Side eine Volksversammlung statt, in diesem großartigen Bauwerk aus edlen Materialien mit seinem hellgrauen Marmor. Besonders in Side war der Druck auf reiche Bürger groß, sich an der Ausrichtung von Spielen und Theateraufführungen finanziell zu beteiligen. Dieser Druck traf alle Wohlhabenden, auch wenn sie nicht zum

Magistrat gehörten, dessen Mitglieder normalerweise mit dieser Aufgabe betraut wurden.

Afer hatte mit einigen dieser Unglücklichen gesprochen: "Ich weiß eine Alternative zu teuren Vorstellungen", hatte er ihnen erläutert. "Ein schöner Pogrom, eine blutige Christenverfolgung. Einige kann man sogar im Theater hinmetzeln. Das spart Ihnen viel Geld", köderte er sie.

Den Gouverneur von Side setzte der schöne Afer ebenfalls unter Druck; der wollte nur seine Ruhe haben und gab nach, indem er in Side das Signal zur Verfolgung der Christen gab. Mit locatores und Claqueuren inszenierte Afer eine Hatz auf die Christen, die umgehend zum Selbstläufer und damit todernst wurde. Die Volksversammlung wurde dafür zum Ausgangspunkt.

Das war gerade der Zeitpunkt, als sich Gaius und Lucius wieder trafen. Lucius wollte sogleich weiterziehen, Gaius war dagegen. Lucius fürchtete, daß es auch in Side zu Ausschreitungen kommen könnte. Gaius beruhigte ihn; zur Sicherheit verriet er ihm ein Geheimnis.

Um nicht als Angsthase dazustehen, gab Lucius nach. Und um sich selbst Mut zu machen, sagte er: "Invictis victi victuri."

"Was heißt das?" fragte Gaius, der Latein zwar ordentlich beherrschte, sich aber Sinnsprüche lieber übersetzen ließ.

"Den Unbesiegbaren die Besiegten, die siegen werden."

Mit diesem Satz strahlte Lucius trotz der gefährlichen Umstände ein christliches Selbstbewußtsein aus.

Dann ging Gaius zu seinem Geschäft und Lucius zu einer Gebetsversammlung in den Räumen der Gemeinde.

Daß auch Gaius sich Gedanken machte, ob die Situation in Side friedlich bliebe, hatte er gegenüber seinem Freund nicht erwähnt:

Man belastet einen Freund nicht unnötig mit seinem eigenen Kummer oder Zweifel.

Im Untergeschoß des Gebäudes der christlichen Versammlung in Side mit den drei Arkaden befanden sich einige Zimmer unterschiedlicher Größe In ihnen wohnte ein Priester; außerdem wurden sie für die Verwaltung der Gemeinde benutzt. In einem dieser Räume traf sich eine kleine Schar: Der Bischof von Side war nicht anwesend; er war unter dem Vorwand einer Dienstreise weiter gen Osten geflohen. Ein älterer Priester hielt eine Andacht, die als geistliche Grundlage eine Botschaft des Apostels Paulus hatte: "´Niemand und nichts kann uns scheiden von der Liebe Christi. Weder Kummer noch Furcht, auch nicht Verfolgung, Hunger oder Todesgefahr.´ Bereits in den alten Schriften heißt es: ´Weil wir Kinder Gottes sind, werden wir gemordet den ganzen Tag, wir werden verachtet und getötet wie Schlachtschafe.´ Aber nichts und niemand kann uns trennen von der Liebe Gottes, die in Christus Jesus ist, unserem Herrn!´"

Während diese Christen beteten, brach der aufgestachelte Zorn des Pöbels über die anderen Christen Sides herein. In der Kirche suchte niemand nach ihnen; der Plebs ging wohl davon aus, daß dort keiner wäre. Viele Christen wurden geschlagen; einige von ihnen wurden willkürlich von schwerbewaffneten Soldaten verhaftet. Das Hab und Gut der Christen stahl der Mob: ob reich oder arm, sie rafften die Wertsachen ihrer christlichen Nachbarn an sich.

Gaius bekam den inszenierten Volksaufstand nicht mit und brachte sich vor dem Pogrom nicht rechtzeitig in Sicherheit, weil er an eine "Camera obskura" für Bildhauer dachte und an ihr werkelte. Allein, auch das hätte ihn nicht in Gefahr gebracht, wäre da nicht der Verrat seines Sklaven Onesimus gewesen; der hatte die Soldaten in Gaius Werkzeugraum geführt und mit dem Finger auf ihn gezeigt: "Das ist der Freund des Priesters, der den bösen Zauber gegen Perge gesprochen hat und die Stadt mit einem Erdbeben zerstören wollte; nur die Götter konnten das Schlimmste verhindern."

Gaius verstand nicht, was überhaupt vorging, so überrascht war er. Er wußte nicht, daß sein Sklave Onesimus, weil er nicht die ersehnte Freiheit von ihm erhalten hatte, sondern nur Geschenke wie Kleidung, nun aus Rache seinen Herrn mit einer Lüge in Lebensgefahr brachte.

Der Kommandeur der Truppe herrschte Gaius an: "Du bist verhaftet! Wegen staatsfeindlicher Umtriebe gegen die Bürger der Stadt. Widerstand ist zwecklos. Du kommst zum Gouverneur."

Gaius ahnte, was das bedeutete: schreckliche Folter, unsägliche Qualen, endlose Marter! Angst packte ihn, er könnte, von den Schmerzen zermürbt, seinen Herrn und Gott verleugnen. Voller Verzweiflung sah er seine ausweglose Situation: Gaius geriet in eine grenzenlose Panik; jahrelang aufgestaute Furcht entlud sich urplötzlich. Kurzentschlossen entriß er einem Soldaten das Kurzschwert und beging damit Selbstmord. "Herr, vergib mir!" waren seine letzten Worte.

Julia, seine sponsa, seine Braut, hatte den Tumult gehört, der vom Theater ausging, und war geflohen. Bedauerlicherweise in die falsche Richtung. Als der Mob durch die Straßen zog, eilte sie in einen Palast, wo sie meinte, bei reichen und gesitteten Leuten Schutz zu finden. Es war der Palast, der Afer, dem Schönen, gehörte. Aufgrund der Umstände erkannte dessen oberster Sklave sofort die Christin in ihr; und so gewährte er ihr Obdach, bis sein

Herr käme. Der Sklave war der einzige, der vom gewinnträchtigen "Unternehmen" seines Herrn wußte: einem Bordell! In dem konnte sich der Sklave die schöne blonde Christin gut vorstellen.

Afer kam aus der Stadt in seinen Palast zurück, voll und ganz mit sich zufrieden. Er hatte sein Ziel erreicht: die Christen waren in ihre Schranken gewiesen. Sein Theaterbetrieb war nicht mehr in Gefahr. Leider war der Plebs nur mit begrenzter Wut durch die Straßen Sides gezogen. Es war die Lust auf Beute, die die Menschen angetrieben hatte, nicht Angst oder Haß und damit der Drang zu Grausamkeiten. Enttäuscht war der schöne Theaterdirektor, daß sich mit denen, die die Soldaten des Gouverneurs verhaftet hatten, kein öffentliches Schauspiel veranstalten ließ. Diese paar Christen waren zu unbedeutend, zu armselig, als daß sie als eine Gefahr für die Stadt aufgebauscht werden könnten. Der schwache Gouverneur, so wußte Afer, würde sie nach einer ernsten Ermahnung wieder nach Hause schicken. Höchstens würde er einen zur Abschreckung auspeitschen lassen.

Afers Hauptsklave kam auf ihn zu und wies ihn auf einen "Gast" hin, der unangemeldet unter seinem Dache Schutz gesucht habe. Vielleicht sei sie etwas für, na, er wisse schon? Notfalls könnte man sie vielleicht in eine andere Stadt verkaufen?
Afer ging neugierig in sein Besuchszimmer, wo morgens immer seine Klientel die Aufwartung machte, und begrüßte die blonde junge Frau. "Wer bist du denn?", fragte er anzüglich.
Julia war schockiert. "Wer hat Ihnen gestattet, mich so vertraulich anzureden?" entgegnete sie schroff.
Holla, dachte Afer bei sich. Die kommt aus gutem Hause. Er war sich bewußt: So einfach könne man die nicht verschwinden lassen; zumindest müsse man zuerst erfahren, wer sie sei.

"Ich bitte um Entschuldigung. Mein Name ist Aulus Agentius Afer, ich organisiere Aufführungen in Theatern. Darf ich mich nach Ihrem Namen und den Grund Ihres Besuches erkundigen?"

"Ich bin nicht zu einem 'Besuch' zu Ihnen gekommen, sondern vor dem blindwütigen Mob geflohen, der durch die Straßen eilte und jeden, wie es ihm gefiel, zu malträtieren dachte. Ihr Sklave forderte mich dann auf, solange bei Ihnen zu bleiben, bis Sie kämen."

"Ich bin froh, daß Sie bei mir Schutz gefunden haben. Das Verhalten der Leute ist völlig inakzeptabel", heuchelte Afer. "Wie war noch einmal Ihr werter Name? Ich hatte ihn nicht ganz verstanden?"

Julia meinte nun, ihren Namen nicht länger verheimlichen zu können, ohne unhöflich zu ihrem Gastgeber zu sein, der sie in einer gefährlichen Lage geschützt hatte, und sagte: "Ich heiße Julia Aurora. Meine Mutter Cornelia, genannt 'Ruth', ist als Kauffrau nicht nur in Perge bekannt, woher ich komme, sondern weit darüber hinaus."

Hatte ich doch recht, sagte sich Afer: Die Kleine kommt aus reichem Hause.

"Und was bringt Sie in unsere Stadt?" fragte Afer sie weiter aus.

"Ich bin zu Besuch bei meinem Verlobten, dem Kaufmann Gaius Claudius Ulpianus. Bei einem Stadtbummel wurde ich von dem Tumult überrascht", log Julia.

Aha, dachte Afer. Die Braut eines Christen; er kannte nämlich Gaius. Deshalb ist sie geflohen. Nur, was macht ein so sittenstrenges Fräulein allein in den Straßen einer fremden Stadt? Afer: "Sie waren allein? Entschuldigung, wenn ich vielleicht etwas neugierig erscheine. Falls Sie in Begleitung waren; wie geht es der betreffenden Person?"

Julia wäre am liebsten aus dem Haus gelaufen. Die Situation wurde immer unangenehmer. "Ich kam in Begleitung", das ist nur eine halbe Lüge, so rechtfertigte sich Julia vor sich selbst; schließlich war sie von der Matrone auf einem Teil der Strecke begleitet worden. "Dann verloren wir uns aus den Augen, wissen Sie."

Afer war sich bewußt, daß er eine Christin mit diesen Beziehungen nicht in seinem Bordell verschwinden lassen konnte. Das wäre zu gefährlich gewesen. Er hätte vielleicht anders gedacht, wenn er gewußt hätte, daß Julia allein nach Side gekommen war, ihr Verlobter nicht mehr lebte und sie außerdem ohne jeden Schutz war, weil niemand ihren Aufenthaltsort kannte.

"Die Straßen sind inzwischen wieder etwas ruhiger geworden; aber ich werde Sie von einigen mit Knüppeln bewaffneten Sklaven zum Haus Ihres Verlobten begleiten lassen, das ist sicherer. Bitte grüßen Sie ihn von mir. Und jetzt entschuldigen Sie mich bitte; ich habe noch zu tun."

Afer ging schnell aus dem Zimmer, so daß Julia keine Gelegenheit hatte, ihm zu danken.

Der oberste Sklave wies vier andere Sklaven an, Julia mit Knüppeln zum Haus des Kaufmanns Gaius Claudius Ulpianus beim Hafen zu führen. Mit einem kurzen Dank verabschiedete sich Julia von ihm.

Schade, dachte dieser; die wäre ein hübscher Happen für den Herrn gewesen. Beim Weggehen sah dann sein geschultes Auge, daß Julias Haare nicht naturblond waren, sondern mit speziellen Seifenkugeln aus Germanien gefärbt waren. Das ist eine Sünde bei den Christen, oder irre ich mich, dachte sich der Sklave. Na ja, es ist auch bei den Christen nicht alles blond, was hell schimmert.

Julia traf unter sicherem Schutz in kurzer Zeit im Haus ihres Verlobten ein. Dort herrschte größte Aufregung; alles schien sich in Auflösung zu befinden. Nicht nur, daß die meisten Gegenstände des Haushalts wie Möbel, Amphoren und Eßwaren gestohlen worden waren, nein, ebenso war es den hier gelagerten Handelsgütern ergangen. Schlimmer war, daß einige der christlichen Sklaven verprügelt worden waren; einer hatte sogar Knochenbrüche erlitten. Schockiert waren Gaius Sklaven vom Tod ihres Herrn! Verzagt standen sie umher; keiner wollte es der Braut sagen, die sie wiedererkannt hatten. Sie waren auch zu überrascht, daß die junge Frau gerade in diesem Moment hier in Side im Haus des Toten erschien.

In dieser Situation zeigte Ruths Erziehung endlich Erfolg: Mit Selbstvertrauen nahm Julia ruhig die Zügel in die Hand und übernahm das Kommando. Zuerst fragte sie nach ihrem Verlobten. Sie sprach den Sklaven an, von dem sie meinte, er stände dem Haushalt vor. Sie hatte korrekt vermutet. Der stammelte unbeholfen.

"Stottere nicht so herum!" herrschte sie ihn an. Sie hatte ihre Geduld verloren. "Wo ist dein Herr?"

"Er ist tot", brachte der Sklave zitternd hervor und führte Julia zu seiner Leiche. Er hatte gefürchtet, sie würde mit einem Weinkrampf zusammenbrechen. Er hatte sich getäuscht.

Vielleicht, weil sie Gaius gemocht, aber nie geliebt hatte, nahm sie den Schlag mit Fassung hin.

"Was ist geschehen?", fragte sie den Sklaven; und nur ein leichtes Beben in ihrer Stimme verriet, daß der Anblick ihres toten Verlobten sie nicht ungerührt ließ.

Der Sklave erzählte den Vorgang. Daraufhin begann Julia sofort, den Sklaven Aufträge zu erteilen: Es ging um die Beerdigung wie um eine Bestandsaufnahme der Verluste. Die vielfältigen Bemühungen Ruths, ihrer Tochter die grundlegenden Dinge eines Handelsunternehmens zu erklären, zeigten Früchte. Es war diese Erziehung, die Julia dazu befähigte, nicht die Abstammung: Denn sie war schließlich nicht Ruths Tochter, sondern nur ihre Adoptivtochter.

In Side verbargen sich viele Christen vor dem aufbrausenden Volkszorn im Gräberfeld, das außerhalb der Stadtmauern lag und zu jener Zeit sich vom Norden bis zum Westen an der Küste erstreckte; die meisten Gräber befanden sich an der Küstenstraße, die nah am Meer entlang führte, und an der im Landesinneren verlaufenden Überlandstraße. Im Nordosten und Osten der Stadt standen die Elendshütten von Side. Nekropole und Hütten schnitten de facto die Stadt vom Umland ab. Im Gräberfeld gab es einfache Erdgräber oder schlichte Urnengräber bis hin zu prächtigen Sarkophagen und Mausoleen. Das stattlichste Mausoleum bestand aus einem Komplex von Gebäuden und vielen Grabkammern, die um zwei Höfe errichtet worden waren. Dieses Mausoleum reichte mit seinen Säulen direkt bis ans Meer. Es hatte einen Platz, an dem Boote anlegen konnten. In die Nähe dieses Mausoleums zog es viele Christen, weil sie hofften, per Schiff entfliehen zu können.
Sie hatten keine Angst vor Toten und dem Tod, verständlich aber war ihre Furcht vor Leid, Folter und dem Sterben. Deshalb flüchteten sie in die Gräber.
Ängstlich hingegen waren die abergläubigen Massen sowie die Soldaten, einfache Hilfstruppen, die nur sehr ungern ins Gräberfeld gingen.
Die Christen versuchten nicht, sich in ihren Wohnvierteln zu verbergen, denn die Gefahr des Verrats war für sie zu groß. Es

gab immer einen, der hoffte, die bescheidenen Ersparnisse der Christen auf diese Weite zu erbeuten.

Was die Christen nicht mit auf die Flucht nehmen konnten, wurde zumeist ein Raub der Massen.

In Side war am nächsten Tag von der Christenverfolgung nichts mehr zu merken. Wie ein Regenschauer hatte sich der Zorn verzogen. Afer hatte sein Ziel erreicht: die Christen hatten einen massiven Dämpfer erhalten, und er war optimistisch, was die Zukunft des Theaters anbelangte. Da wollte er nicht mehr Geld in das Anheizen des "spontanen Volkszorns" investieren. Auch Gouverneur Q. Aulus Celsus wollte nicht, daß die Hatz aus den Fugen geriet. Das war ihm dann doch zu viel. Innerlich war er gutmütig und ängstlich. So abrupt, wie es begann, endete es. Um die Massen vollends abzulenken, organisierte der Gouverneur ein öffentliches Ereignis: eine Statue wurde vorzeitig aufgestellt und daran eine Tafel angebracht. Zur Feier kamen viele Bürger. Es war eine prächtige Marmorstatue des jungen Kaisers, die nun vor seinem Amtsjubiläum enthüllt wurde. Der stolze Stifter war der Gouverneur Q. Aulus Celsus selbst; sein Name befand sich auf der Tafel neben den kaiserlichen Angaben Imp. Caes. M. Aurelius Severus Alexander Pius Felix Augustus pont. max. trib. pot.

Christliche Sklaven - von nichtchristlichen Herrn geschützt, weil sie deren Hab und Gut waren - nutzten die erste Chance, um ihren Geschwistern im Herrn die Entwarnung mitzuteilen.

Diese geflüchteten Christen kehrten zurück, dankbar, mit dem Leben davongekommen zu sein. Sie gaben materiellen Gütern nur einen begrenzten Stellenwert in ihrem Leben. Höher stuften sie die Ehre ein, für Christus gelitten zu haben: Sie interpretierten ihre Verfolgung so, daß der Teufel sie als eine Bedrohung ansehe, gegen die er vorgehen müsse. Und so mischte sich das Selbstbewußtsein, einem königlichen Geschlecht anzugehören, mit dem Leid der Verfolgung und der Benachteiligungen als Bürger zweiter Klasse.

Julia war innerlich aufgewühlt wie das Meer bei einem Sturm nahe am Ufer. Sie selbst war nur knapp den Verfolgungen entkommen und hatte das Haus dieses merkwürdigen Herrn Afer soeben noch verlassen können. Schwere Schuld lastete auf ihr! Sie, die verlobt war, hatte sich in einen anderen Mann verliebt. Hatte Gaius deshalb sterben müssen? Hätte ihre unbedingte Liebe ihn nicht geheimnisvoll beschützt? Gaius gehörte nun zur Wolke jener Glaubenszeugen, deren diese Welt nicht wert waren; davon war sie überzeugt. Und dann hatte sie Monica verkauft, die ihr immer eine gehorsame und verschwiegene Sklavin gewesen war. Und es gab das Gefühl der Dankbarkeit: Ihr eigenes Überleben empfand sie als ein Zeichen der Güte Gottes, als einen freundlichen Hinweis auf seine Vergebung. Lucius hatte vor der Verfolgung fliehen müssen; sie würde ihn nie wiedersehen, das fühlte sie. Jetzt wäre der Weg zu ihm frei gewesen, nachdem Gaius nicht mehr lebte. Aber sie wußte, das durfte nicht sein, nicht nach all diesen Geschehnissen. Wenigstens nach dem Tod ihres Verlobten mußte sie ihm in Gedanken und Gefühlen treu sein. Dafür opferte sie ihre Liebe - und damit sich selbst.

Monica verließ Termessos und reiste nach Ephesos, wohin sie von ihrem Besitzer geschickt wurde. Afer wollte noch mehr Profit aus ihr ziehen. Auch sie selbst wollte nach Ephesos. Denn in Termessos gab es nicht genügend reiche Leute, die ihr soviel Geld schenkten, daß sie sich damit die Freiheit hätte erkaufen können.

Das hoffte sie, in Ephesos zu erhalten, nachdem sie bereits ein schönes Sümmchen angespart hatte.

Ephesos war eine reiche, glänzende Stadt. Die Prachtstraße von Ephesos, die Arkadiane, war nachts beleuchtet, und dafür auf über 500 Metern mit 13 Beleuchtungskörpern versehen - dies waren große Fackeln in Metallhalterungen -, was eine Sensation darstellte.

Diese Prachtstraße führte zum riesigen Theaterrund am Hang, das für den Zuschauerraum sogar drei Ebenen hatte.

Berühmt war in Ephesos die zweistöckige Säulenfront der Celsus-Bibliothek, ein Blickfang für alle Besucher der Stadt.

Für Monica war die Berufung an das Theater in Ephesos ein großer Sprung nach vorn in ihrer Karriere.

Bald würde auch der schöne Afer wieder von ihr hören und überlegen, sie nach Side zu engagieren.

Sie würde vor der Gefahr stehen, im weltlichen Ruhm aufzugehen. Bei aller inneren Reife und Demut genoß auch sie den Beifall, den ihr die Besucher spendeten. Und wie würde ihr Weg weitergehen, wenn sie ihr Ziel erreichte, sich freizukaufen? Sie war in einer zwiespältigen Situation.

33
Sonne, Sand und Meer

Lucius war nicht wohl zumute gewesen, während er im Versammlungshaus der Christen in Side saß und erlebte, wie der Pöbel randalierte. Die Tür war verstärkt worden; aber ein besonderer Schutz war das nicht. Die Schrecken der Verfolgung in Perge saßen ihm noch zu sehr in den Knochen, als daß diese neue Verfolgung nicht seine Nerven angegriffen hätte.

Als der erste Sturm vorbei war, wollte Lucius die anderen Christen in den Gemeinderäumen verlassen; sie wiederum wollten ihn daran hindern. Er ließ sich aber nicht von seinem Vorhaben abbringen und ging als erster aus dem Haus. Er wollte zu seinem Freund Gaius. Lucius besaß einen guten Orientierungssinn. Er schlich vorsichtig in Richtung des Hauses von Gaius. Unbehelligt kam er ihm näher.

Dann sah er es: Vor dem Haus seines Freundes standen schwerbewaffnete Soldaten. Lucius ahnte Schlimmes. Mit äußerster Vorsicht näherte er sich bis auf Hörweite den Soldaten. Da vernahm er das Wort "getötet". Ein tiefer Schrecken durchzuckte seine Glieder. Panik erfaßte ihn und zitternd rannte er davon. Aber sein Verstand schaltete sich umgehend wieder ein; er schlug einen Haken und war im Nu bei der Lagerhalle von Gaius, die direkt am Hafen lag, nur wenige Meter von der Stelle, wo die Waren aus ihr auf Schiffe geschleppt wurden. Diese Lagerhalle gehörte Gaius zusammen mit einem Nichtchristen, weshalb sie von der Plünderung verschont blieb. Sklaven schufteten gerade und wuchteten schwere Säcke in die Halle. Lucius schlüpfte an ihnen vorbei und suchte etwas Bestimmtes. In einer Ecke fand er es: dort stand eine unvollendete Sortiermaschine für Äpfel, von Gaius konstruiert. Und dahinter lag Lucius letzte Chance. Die Maschine war ihm vor wenigen Stunden von Gaius gezeigt worden. Was seitdem alles geschehen war ...

Sein Freund hatte ihm dann verraten, was dahinter lag. Lucius versteckte sich erst einmal hinter der Maschine und verschnaufte. Er hoffte, Gaius werde kommen und ihm sagen, die Gefahr sei vorüber - oder, sie würden gemeinsam fliehen. Er hoffte, der Tote, von dem die Soldaten gesprochen hatten, wäre nicht sein Freund.

Er betete. Nichts tat sich - viel Zeit verstrich. Er wollte Gaius helfen, das war Freundespflicht. Sich selbst in Gefahr bringen wollte und durfte er dabei nicht, denn das wäre sinnlos und dumm gewesen. Das Nichtstun zerrte an seinen Nerven. Jede Faser seines kräftigen Körpers drängte nach einer Tat. Entgegen seiner Überzeugung sah er sein Beten nicht als hilfreiches Handeln an. Wie Petrus hätte er gern mit dem Schwert gekämpft. Die Klugheit siegte: er betete und wartete - und so verging der Tag.

Da sah Lucius keine andere Möglichkeit mehr, als seine letzte Chance zu nutzen: Er schlich einen kaum zu findenden Gang weiter und gelangte zu einem Notausgang, der von außen leicht verputzt war, dessen Steine aber nicht mit Mörtel verbunden waren, so daß sie problemlos von innen herausgenommen werden konnten.

Als er den Weg zur Geheimtür ging, erinnerte sich Lucius an eine Zeile aus den Fabeln von Aesop: "Ich träte ein, wenn ich nicht sähe, daß viele Spuren hineinführen, jedoch keine hinaus." Aber, er hatte keine andere Wahl!

Lucius hatte schnell einige Steine entfernt und sich durch ein enges Loch hinausgezwängt. Damit stand er nur wenige Meter vom Schiff entfernt. Er sah sich um; es bestand keine Gefahr. Zügig setzte er die Steine wieder ein und verschmierte die Fugen kurz mit Sand, was eine notdürftige Tarnung war. Die Nacht war windstill und gar nicht so kalt. Musik war zu hören. Der Himmel war sternenübersät und die Sterne leuchteten stark. Lucius schlich zum Schiff. Der Seemann, der es bewachen sollte, saß träumend auf Tauen am anderen Ende der Pier und konnte nicht wissen, daß von hier jemand käme.

Und so floh Lucius aus Side als blinder Passagier. Wie ein Fremder in der Nacht. Er war allein, hatte gleichzeitig neben der Angst auch Mut, nämlich Gottvertrauen: Er wußte, er könnte nicht tiefer fallen als in Gottes Hand. Es war diese Liebe, die sein Leben bestimmte.

Wieder vergingen viele Stunden. Als das Schiff mehrfach stark geschaukelt hatte und Lucius davon ausging, es sei auf hoher See, wagte er einen Blick aus seiner Position unter der Plane. Er sah das blaue Meer, kleine Wellen bei einer erfrischenden Brise, was zu einem leichten Schaukeln des Schiffes führte; irgendwo in der Ferne trafen sich Meer und Horizont. Dann schaute er in die andere Richtung. Das Schiff segelte nicht weit vom Ufer entfernt; und sichtbar wurden endlose Sandstrände: Die schönen Strände entstanden aus dem Sand, der im Winter von Stürmen aufs Meer geweht und dann angeschwemmt wurde.

Aus dem Augenwinkel sah er braungebrannte Seeleute mit schwarzen Haaren, vermutlich Ägypter; sie machten eine Pause, saßen beisammen und aßen Feigen. Einer sang ein Lied, melancholisch und schlicht.

In diesen Tagen bemerkte Tante Helena in Ephesos bei einem Einkaufsbummel einen Menschenauflauf. Sie hatte von den Verfolgungen im Osten erfahren und bekam es mit der Angst, es könnte sich in Ephesos ähnliches zusammenbrauen. Sie fragte schnell eine Passantin, weshalb die Menschen zusammen-strömten.
"Eine berühmte Sängerin aus Termessos ist eingetroffen. Sie wird demnächst im Theater auftreten", war die Antwort.

Tante Helena bedankte sich für die Auskunft und war beruhigt. Keine Verfolgung, nur eine "Dame" vom Theater. Das interessierte sie nicht, hatte sie nicht zu interessieren. Jedoch, sie mußte sich eingestehen, etwas neugierig war sie schon, wie so eine "Dame" aussähe, zu der die Menschen eilten, bevor sie überhaupt in der Stadt aufgetreten war. Beim Weitergehen schaute die Tante in Richtung der Menschenmenge und konnte zufällig durch die dichtgedrängten Reihen das Gesicht einer hochgewachsenen jungen Frau erkennen, die auffallend einfach und schlicht gekleidet war.

Wie ein Blitzstrahl traf es sie: "Das Gesicht kenne ich," sagte sie halblaut zu sich selbst. Tante Helena war starr vor Schreck. Das war das Gesicht ihrer Nichte Julia, so dachte sie jedenfalls.

Sie fragte höflich eine andere Passantin: "Wie lautet der Name der Künstlerin?"

Die Passantin reagierte leicht verwundert über diese Frage, denn sie meinte, jeder müßte diesen Namen gehört haben. Wolle man sie also mit dieser Frage "veräppeln"? Jedoch machte die Fragerin durch ihre züchtig-altmodische Kleidung mit dem grobmaschigen Haarnetz den Eindruck, es könnte eine Christin sein. Das würde erklären, warum sie den Namen nicht kannte. Aber, warum, so fragte sich die Passantin, erkundigt sich die Christin dann nach dem Namen? Na ja, was geht es mich an, dachte sie, rückte ihren Überwurf zurecht, der von einer fremdartigen Silberbrosche gehalten wurde, und sagte, die Sängerin heiße Monica.

Tante Helena dankte ihr für die Auskunft und war nun nicht klüger als zuvor. Diese Ähnlichkeit! Das konnte kein Zufall sein. War es eine Zwillingsschwester, die von zu Hause durchgebrannt war und von der sie nichts gehört hatte? Nein, das machte keinen Sinn. Ihre Schwester hätte ihr sicherlich von ihr bereits als kleines Kind berichtet. Dann erinnerte sie sich daran, daß Julia nicht

Ruths leibliche Tochter war. Vielleicht hatte Ruth gar nicht gewußt, daß es eine Zwillingsschwester gab?

Konnte es denn sein, daß die entfernte Verwandte, von der Ruth Julia bekommen hatte, ihr eine Zwillingsschwester verschwiegen hatte und diese später im Theater landete? Oder hatte sie ein Mädchen behalten wollen, es aber nicht mehr gegen den unchristlichen Ehemann durchsetzen können und es dann verkauft, ohne den Mut zu haben, Ruth vorher zu fragen? Auch das konnte nicht sein, denn Ruth hätte mit Sicherheit auch das zweite Mädchen zu sich genommen, und das hätte die Verwandte gewußt. Rätsel über Rätsel. Tante Helena nahm sich fest vor, mit dieser jungen Dame Kontakt aufzunehmen. Aber wie? Was würden die anderen denken, wenn sie als ehrbare Christin sich fürs Theater interessierte? Das ging beim besten Willen nicht. Was tun?

Einen Brief an Ruth wollte Tante Helena nicht schreiben. Vielleicht wäre ihre Entdeckung Ruth peinlich gewesen? Oder sollte sie es doch wagen? Am besten wäre es, die Frage persönlich zu stellen, ging es ihr durch den Kopf; sie wollte ihren Plan wieder aufgreifen, nach Perge zu reisen, wenn die Lage wieder etwas friedlicher wäre. Aber es juckte ihr schon in den Fingern, einen Brief an ihre Schwester zu schreiben.

Ende

Anhang: Biblische Belege

Kapitel 7: Kolosser 3, 12

Kapitel 13: 1. Korinther 6, 7

Kapitel 14: Markus 7, 20+21; Matthäus 5, 21+22+27; 2. Könige 2, 11+12; 2. Samuel 6, 14-23

Kapitel 16: 2. Korinther 12, 9

Kapitel 18: Epheser 5, 4; Kolosser 3, 8; Epheser 5, 10; Philipper 4, 8; Römer 14; Apostg. 17, 24+29

Kapitel 20: Markus 7, 20+21; Kolosser 4, 5; Galater 5, 19-23; Lukas 11, 24-26; Römer 8, 2+5+9+16; 2. Korinther 5, 17

Kapitel 25: Apostg. 19, 29+31; 1. Korinther 4, 9, vgl. Hebräer 10, 33; Matthäus 7, 24-27; 2. Korinther 13, 13

Kapitel 28: Matthäus 18, 20; Prediger Salomo, 3, 1; Hebräer 11, 1

Kapitel 29: Epheser 3, 13+20

Kapitel 33: Römer 8, 35+36+39

Zeitfracht Medien GmbH
Ferdinand-Jühlke-Straße 7
99095 Erfurt, Deutschland
produktsicherheit@kolibri360.de